御龙在天

1 三国龙战

潘海天 骑桶人 刘铭旭 著

时代文艺出版社

图书在版编目（CIP）数据

御龙在天. 1, 三国龙战 / 潘海天, 骑桶人,刘铭旭著. -- 长春 : 时代文艺出版社, 2019.8

ISBN 978-7-5387-6115-3

Ⅰ. ①御… Ⅱ. ①潘… ②骑… ③刘… Ⅲ. ①长篇小说－中国－当代 Ⅳ. ①I247.5

中国版本图书馆CIP数据核字（2019）第101279号

出品人　陈　琛
产品总监　郭力家
责任编辑　刘　兮
特别监制　胡翼亭
装帧设计　陈　阳
　　　　　李　斌
排版制作　陈　阳

御龙在天

1 三国龙战

潘海天 骑桶人 刘铭旭 著

出版发行 / 时代文艺出版社
地址 / 长春市福祉大路5788号　龙腾国际大厦A座15层　邮编 / 130118
总编办 / 0431-81629751　发行部 / 0431-81629755　北京开发部 / 010-63108163
官方微博 / weibo.com / tlapress　天猫旗舰店 / sdwycbsgf.tmall.com
印刷 / 北京市通州兴龙印刷厂
开本 / 710mm × 1000mm　1 / 16　字数 / 254千字　印张 / 20.5
版次 / 2019年8月第1版　印次 / 2019年8月第1次印刷　定价 / 42.00元

目录
contents

引

公元 180 年，时值东汉光和三年，大厦将倾而人不知。

敦煌。狂风卷起黄沙，伴随着校场上士兵们的呼喝声，拍在张奂花白的胡子上。

护匈奴中郎将，张奂，字然明，今年已经七十余岁了，依然甲胄在身，骑在一匹灰马上。长剑出鞘，高举在空中挥动着，时而指向西北，时而指向东南。西北方有匈奴，有羌人，张奂一生戎马，为护大汉，不知击退来犯者多少次；东南方有洛阳，有大汉皇室，还有把持朝政的宦官，张奂有心除之，却无力回天。

念及此处，老当益壮的中郎将双腿一夹，打马冲至队伍的前头，长剑高举，带队发起冲击。士兵们的兵戈振动，盔甲碰撞，混合着冲锋的呼喊，向着不可见的敌人前进。

错了，张奂心里明白，进攻的方向错了。

力牧阁尚勇，虽明知不可为亦为之。而自己身为力牧阁统事，理当是御龙阁中最重视勇武与果断之人，却在朝堂上退缩了，任由那些阉人把自己派往边疆。自己带兵征战数十载，从不惧怕敌人的铮铮铁骑，却被朝堂中的奸佞玩弄于股掌。

恨，他恨那些宦官与外戚；急，他替大汉的皇帝心急。

张奂突然提缰，马打回旋，直冲入自己的阵中，长剑高指。士兵们不明所以，纷纷让开，有些收不住冲锋的脚步，躲闪不及，被飞驰的灰马撞倒在地。张奂也不管，只是向着东南方向狂奔。今年，力牧阁三年一度的选拔又将在洛阳举行，他想回去看看，看看新一代的年轻人，是否足够勇敢，不仅仅敢于在战场上杀敌，更敢于在朝堂中坚守道义，而不像自己，做一个懦夫。

“杀啊！为国杀贼！”张奂高喊着。马甩高蹄，剑指洛阳。

然后他就从马上摔了下来，长剑旋转着落下，插在黄土里。为大汉退敌无数的大将，心忧天下的御龙阁元老，就这么死了。死的时候口吐血沫，皮肤上长满了黑斑。

无人驾驭的灰马依然在向前奔驰，向着洛阳，向着张奂未能回去的地方。

洛阳城外，一片荒凉。饥荒已经持续了有一段时间，郊外百里方圆不见草木。四面八方的饥民蜂拥而来，剥光了所有树皮，挖光了所有草根。

十五座城门口，士兵们拦住每一个饥民，仔细查看。身上生有黑斑的，都被赶了出去，饥民们也绕着他们走。直到黑斑逐渐蔓延全身，倒在地上，口吐鲜血。巡逻的士兵看见了，远远地扔一支火把，就这么烧了。

轲柴骑着一匹消瘦的无角鹿，摇摇晃晃地朝洛阳城走着，远远地看到士兵点燃的火光，双目圆瞪，张大了嘴巴，干涩的嗓子里挤出一声嘶吼，双脚用力一夹，驱使着胯下的瑞兽朝火光奔去。经过数天不吃不喝的长途跋涉，这匹原本毛色鲜亮的无角鹿如今已是骨瘦如柴，连举蹄都已困难，被轲柴这么一催，只是跑了两步便前蹄一软，栽倒在地。

轲柴被甩到地上，吃了一嘴的泥沙，猛然惊醒。他勉强站起身，伸手替自己的坐骑盖上眼睑，若不是它，自己已经投入那诱人的火光之中。轲柴抬头看了看天，紧了紧身上的袍子，勉强止住就算在烈日下也不断打着冷战的身体。他知道自己命不久矣，没有任何东西能够再温暖自己，除非将自己化作火焰。但他不能，他还有使命，他必须将消息带到洛阳。

四周的饥民围了过来，他们盯上了倒在地上的无角鹿，一双双布满血丝的眼睛显露出渴望，一张张早已流不出口水的嘴巴大张着。

“走开！你们这些被瘦约和饕餮所操控的渣滓，如此低级的混沌邪神还敢与龙子螭吻的使者对抗！”轲柴抽出随身的拐杖，对着围拢过来的饥民大声喊道。

几个饥民被轲柴的拐杖打倒，其他的也不敢轻易靠近，但仍旧没有离开，还是不断地试探。突然，一个大胆的饥民冲了过来。轲柴的拐杖用力一挥，重重地敲在饥民的头上。但这饥民却没有倒下，而是蹒跚着扭曲着脖子继续扑过来，一双枯木般的手上布满了黑斑。

“还有兀瘟吗？帝江复现对你们这些下等邪神能有什么好处？”轲柴勉强用拐杖格住长满黑斑的枯爪，自己却也无法脱身。其他饥民见状，纷纷冲到无角鹿跟前，用手，用牙，撕扯，啃咬，被饕餮邪神驱使的他们心中只剩下对食物的渴望。

“滚开！”轲柴大喊一声，火焰从他的拐杖上燃起，迅速扩散，将四周的饥民化作焦炭。而他自己也被点燃，在扬起的尘土中忽明忽灭。

轲柴那寒冷的心脏终于感觉到了一丝温暖，他自火中站起，跨过脚边的焦尸，朝着洛阳城的方向一步一步走去，嘴里不住叨念着："必须告诉他们，帝江之心的封印已经被破除了，帝江将要觉醒。天下……天下即将……"

轲柴身躯一震，站住不动，一支利矢深深地没入了他的胸口。守城的士兵远远地端着弩，警惕地看着这火中走出的诡异之人，见他还没有倒下，又是一支弩矢射出。轲柴缓缓地倒下，化作了洛阳城外的另一道黑烟。

洛阳城内司徒府，何休端坐在书房案旁，眉头紧锁地看着手中的书简。书简内华佗和张仲景在争论如何制止这次的瘟疫之灾。何休又打开另一卷，里面是朱建平的报告，提出要重视此次瘦约和饕餮两位邪神的作乱，切勿与以往一样简单应付。

何休放下书卷，沉思良久，展开一卷新的竹简，提笔写道："……玄幽齐令轲柴曾言另有邪神作祟，至曲阳查之。今日当归……"写到这里，何休突然僵住，一口鲜血喷在书简上。黑斑缓缓地爬上了何休的手、臂和脸庞。

婢女端着狗肉羹站在书房门口，小声唤了几声，未得回应，悄悄推开门进去，却见何休卧倒案上，被黑斑覆盖的手胡乱地抓着。

婢女尖叫着跑了出去，慌乱中撞翻了门口的灯台，灯台倒在了书案上，染血的竹简缓缓地燃烧了起来。

第一章／洛阳幻境困斗

1

洛阳城的百官朝会殿，设于东汉新起的北宫之中，建于九丈高台之上，气势宏伟，壮丽非凡。洛阳城不设郭，从殿上向外远眺，密密麻麻的屋舍围着城墙铺展出去，展现出大汉京都曾经的辉煌。但可能也是因为这繁荣假象的遮挡，就算登上殿内最高处，也是看不见城外的，至于城郊那一缕缕的黑烟更是见也没见过。

更何况此时大汉天子并不在这殿中。朝会时辰已过，百官朝会殿外，一派肃静，陆康和卢植一身戎服，跪在宫外台阶下。他们都是御龙阁首领，受命去江夏郡平叛，他们以马车扬尘先导，以硬弩强弓紧随其后，二百铁骑冲击敌阵，以少胜多，破敌二万，枭首敌酋江夏蛮王、庐江贼黄穰，归来复旨，但是等了半天，仍见不到皇帝。

洛阳城中的濯龙园临湖而建，水波荡漾，连桥飞渡。当朝大汉天子刘宏命中常侍张让在廊桥横楣上挂起一个个招牌，酒肆、马肆、布肆、肉肆等等一应俱全。一些宦官假扮商户，在廊桥上叫卖，甚至还有几个宦官扮作杂耍班子，装模作样地顶铁棍、翻跟头，引得皇帝、众嫔妃和宫女们一片叫好。

扮作屠户的宦官看着满案的油腻，不敢举刀，皇帝一把推开他，自己戴上油腻腻的庖丁帽，撸起袖管。

“上好的梅花肉，上好的后腿子，要不要？”皇帝吆喝了起来。

“来二两呗，晚上煮个肉汤配胡饼哟！”一旁小厮打扮的张让立刻拉高了声音附和起来，他的嗓音尖声尖气的，颇为古怪，又用胳膊肘撞了撞一位假扮路人的宫人。

宫人看了看跃跃欲试的皇帝，战战兢兢地点了点头：“是，是，来二两！”

“好嘞！”刘宏啪地一刀剁下，将砍下的一条肉掷了出去。

张让将肉挂秤一称，大声夸耀道：“陛下，真是一刀准啊，这就是刚刚好的二两，一钱不多，一钱不少。”

刘宏哈哈大笑，撩起龙袍擦了擦手，“朕这铺子，就是一刀准！从不缺斤少两，绝对童叟无欺！”

四周的宦官宫人一片恭维声。刘宏兴起，喝令道：“再把后面那头猪拉出来，朕要杀头活的！”

皇上有令，两旁的小常侍不敢怠慢，忙去牵肉肆后围栏里关着的一头母猪。没想到那只猪早饿了半晌，又听得众人吵嚷，心中焦躁不已，眼看围栏一开，一个纵身蹿出来，嗷嗷叫着向外奔去。

皇宫里的宦官宫人们哪见过这个，想要拦截，一个个被撞得东倒西歪，登时一片鸡飞狗跳，母猪没头没脑地狂奔，不知不觉中兜了一个圈子，奔着皇帝就冲了过去。刘宏吃了一惊，想要躲避，却摔倒在地。张让吓得面色惨白，尖叫道：“护驾！护驾！”

眼看母猪狂奔而至，一名叫何红儿的宫人迎了上去，眼疾手快，一把揪住母猪的耳朵，再伸腿一绊，全身用力一靠，二百多斤重的母猪应声而倒。中黄门冗从们这才赶到，横拉竖拽，将母猪制住。张让和黄门令等人跌跌撞撞拥上前去，将刘宏扶起。

何红儿极是乖巧，一转身跪在皇上面前：“采女何红儿，本是屠户出身，懂得一些捕猪之法，救驾来迟，惊吓到陛下了。”

刘宏惊魂稍定，道：“你抬起头来。”

何红儿款款抬头，刘宏看到何红儿眉目娇俏，虽因抓猪气喘吁吁，发髻也摇摇欲坠，点翠金钗垂挂下来，却别有一番风情，不由得一愣。

“哈哈哈！”皇上大笑着一脚踢开地上的黄门令，从廊桥上踏着台阶跑下来，一边跑一边拍手：“厉害！厉害！朕是一刀准，你是屠户，正是绝配。今日何氏驯猪有功，朕……”

众人肃静，准备听闻皇上有何赏赐。

“朕要立你为后！”

此话一出，院内的所有人都呆住了，就连何红儿都愣在了当地。

黄门令才回过神来，轻声劝道：“皇上，这可使不得啊。”

刘宏站住了脚，怒气升腾而起，回头盯着黄门令问：“如何使不得？”

黄门令难当皇帝之怒，低下头去，尴尬地赔笑着。张让见势不妙，上前解围：“皇后秩比国王，按本朝惯例，采女可以先册为美人，之后再立为贵人，赐王赤绶，考察德行无亏，由尚书官员奏请皇帝册后，经过册封大典，才能立为皇后。”

“有这么麻烦吗？那就先封为贵人吧。什么册封大典的事儿，你去给我想办法，最好明天就办。”

皇后哪是这么说封就封的？还明天就册封大典，也不寻个好时辰。这皇帝是越发不靠谱了。张让觉得不妥，但又没法说出口，正在搜肠刮肚想着怎么把这事儿糊弄过去，此时一个小宦官跑进来，还差点撞上了张让。

“禀皇上，江夏太守陆康和侍中卢植已在宫外等候多时。”

刘宏听了一怒，一脚踹翻来禀报的宦官。

“打扰朕的雅兴，该当何罪？”

“杖责五十。”

小宦官被拖下去打了，刘宏却还闷闷不乐，张让忙道：“我们继续卖肉。”

刘宏兴致已减，“都是假的，不好玩不好玩。”

张让眼珠一转，“皇上，何不把官员们都召来，直接在殿里开肆，也不卖肉卖酒了，拿几个官爵出来卖，又好玩，又能赚到大钱。”

“甚好！甚好！”皇帝拍起掌来，“张常侍，还是你最懂朕的心思！”

百官朝会殿外，陆康和卢植在太阳底下跪了大半个时辰，热得汗流浃背，却都纹丝不动。突然四面八方都有官员过来，面前殿门大开。陆康和卢植疑惑不解，看着官员们一个个越过他们，也不敢起身。不时有官员朝二位草草施礼，又匆匆离去。

卢植喊住一个相识的宦官，问道：“郭常侍，宫里这是发生了什么？”

“卢侍中，陛下在宫里开设官肆，只要价出得够高，三公都能当！”

“什么？”陆康和卢植大惊失色，赶忙站起来，跟着百官一同进宫。

殿内已是人声鼎沸，当朝圣上站在殿中，亲自主持卖官鬻爵。此时已经卖出了不少官爵，皇帝面前堆满了五铢钱，还不时踏入其中，踢得钱币乱滚。

“太尉，秩俸万石，金印紫绶。”张让立在刘宏身侧，高声喊着，“三百万钱起！”

“四百万！”“五百万！”“六百万！”“八百万！”……

陆康两人进入大殿的时候，价格已经涨到了二千五百万，还不断地有人加价。卢植和陆康围在外边，看着人头攒动的官员们，摇头叹息。

突然人群中有人大喊一声：“一亿！臣曹嵩，出一亿！”

整个大殿都安静了。

刘宏大笑着鼓掌：“哈哈哈，一亿！一亿！还有吗？还有更高的吗？”

那曹嵩，乃是宦官曹腾的养子，官至大司农，掌管国家财政，更兼有着做生意的好头脑，据说洛阳城小半城都是他的产业，许多人暗传他乃是京城首富，就连权势熏天的十常侍都无法与之比肩，此时出价一亿，对于太尉之职，那是志在必得了。官员们都看着曹嵩，私下里小声议论，却没有再出价的。

张让斜眼看了看皇帝。

刘宏兴奋得脸都红了，连连点头。

“恭喜曹太尉！”张让高喊。

“恭喜曹太尉！”众官员纷纷向曹嵩道喜。

“谢吾皇陛下！”曹嵩三拜九叩，向上拜谢，一边招呼着仆役把带来的钱一箱箱地扛进来，倒在皇帝面前。金灿灿的钱币洒了一地，从台阶上哗啦啦地流淌下来。

曹嵩意气风发地回到曹府，他儿子曹操此时正在马厩逗马，见到曹嵩回来，把手中的黄豆撒进马槽，回过头对父亲嘲讽地躬身一拜："拜见曹太尉。"

"呵哈哈，你也知道啦。"曹嵩略显不好意思地笑了笑。

"父亲，您这是在做什么啊？陪皇帝和那些阉人玩这傻游戏？这么大笔钱，拿来做什么不好。"

曹嵩听了儿子的质问，一愣，收起笑容，做出一副深沉的模样："阿瞒啊，我这都是为了你啊。你祖父是中常侍，虽然官拜大长秋，终究是个宦官，我曹嵩怎么折腾，都被视为宦官之后，如今士族大家和宦官之争愈演愈烈，士大夫们何曾正眼看过我辈。若能铺平你今后的仕进之路，这三公之首的位子，十亿也很便宜啊。我们曹家要混入士族，就从今日起了。"

"你这一招没有用，士族子弟若觉得用钱买到的官也算数，那就不是士族了。"曹操冷笑一声，把马从马厩里牵了出来。那匹骏马背上铺着锦缎马衣，雕花马鞍上鎏着银子，牵在手中，一看就是纨绔子弟的派头。

"再说了，你爹我现在当了太尉，搞起钱来可不更容易了？"曹嵩见儿子毫不动容，又笑嘻嘻地补充道。

"现在我们曹家还缺钱吗？有吃有喝有玩，还管他们士大夫怎么看？"曹操扛起马球棍，随手采了朵凌霄花夹在耳朵上，翻身上马扬长而去。

曹嵩看着儿子远去的背影，长叹一口气。

2

百官朝会殿殿门大开，三公九卿和属官们鱼贯而入，立在殿前，等着皇上上朝。曹嵩穿着崭新的太尉朝服站在最前面。他身后的几个官员小声偷偷议论着。

“他还真有脸穿着太尉服上朝？”

“那肯定要的啊，花了一亿钱，还不让上朝，那图个什么啊。”

“一亿啊，曹巨高真有钱啊。”

“可不是嘛。他父亲可是先帝面前的大红人，捞了不少钱吧。”

“不然他一个费亭侯而已，怎有这许多钱？”

“有钱有什么用，不如跟他爹一样，胯下来一刀，不比他太尉在皇上面前好使？”

“哼，曹太尉？不过是阉人的儿子。哈，阉人的儿子也当上了太尉，可笑，可笑。”

众官员一阵窃笑。曹嵩假装听不见，双手举着笏板，笑眯眯地在队列里站着。

过了许久，不见皇上上朝。大长秋张让走了出来，宣布退朝。众官员们又依次退出宫外，默默摇头叹息。只有曹嵩脸上依然挂着微笑，拉着各个官员递上名帖，邀请大家来府上赴宴，庆祝自己上任太尉。

堂堂太尉，一会儿拉住这匹马，一会儿拦住那架轿子，身后跟着个老仆役，抱着厚厚的一摞名帖，一本一本递给他，他再亲自双手递出去。可这些官员们却轿也不停，马也不下，摆摆头让下人们收了，没走出宫门外两步，直接弃在地上。曹嵩的仆役看见了，几次想提醒他，可一直等到曹嵩把一整摞名帖都发完了，笑眯眯地上了轿子，也没好意思开口。

过了几天曹府大摆宴席，几十条案几把大厅摆了个满满当当，下人们一早就备好了各色菜肴，就等宾客们入座了。

然而宾客们一个都没到。

曹嵩站在门口亲自迎接，左等右等却等不来人，还被去打马球的儿子嘲笑了一番。一旁的仆役也是一脸的尴尬纠结。

“曹太尉！”粗犷嘹亮的喊声，从街那头传来。眼看来了位一身锦袍的大汉，留着一脸毛刺刺的络腮胡子，踏着一双乌亮的高靴，袍子的下摆别在腰间，宽大的袖子里拎着一吊荷叶包，随着迈开的大步一晃一晃。

这一嗓子把曹嵩也喊住了，可能他也没想到还真有人来赴宴，定睛一看，随即喜出望外，远远地恭敬施礼，再一摆手，将这人请进了府中。

“何国舅！快请快请！”

原来何红儿终究是被皇帝册封了皇后，前两天在朝上张让代为宣旨，连册封大典都免了。他的哥哥何进，也因此被提拔进京，当了虎贲中郎将，旋即又升为侍中、将作大匠。虽然都是虚职，但借了妹妹的春风，也是朝中炙手可热的人物。而这被曹嵩请进府里的锦袍大汉，正是何进。

二人落座席间，下人们送上酒菜。大厅里也没有别的客人，何进直接就在上座坐下，看着这一道道美味，也不用勺箸，把两边袖子胡乱地一挽，端起碗呼噜噜就喝，又伸手抓肉，扔进嘴里嚼得吧唧响。下人们没见过这样的客人，纷纷侧目耳语。曹嵩却是镇静，撩起袖子吃自己的菜，时不时敬上一盅酒。

何进足足吃了大半炷香的时间，才抹了抹嘴上的油，对着曹嵩一举杯："恭喜曹兄官升太尉！"

曹嵩也举杯："承蒙国舅赏脸，前来赴宴。"

"曹兄太客气了。我何某是来祝贺的，你看我还带了礼物。"何进是拎着荷叶包进来的，落座时随手扔在了一边，此时往案上一放，麻绳一抽，哗地大敞开来。

"半扇猪肉，都切作了臊子，两斤猪大肠，也洗了通透。"

下人们纷纷掩鼻，曹嵩也不由得向后一仰。

"吾弟何木，那是乡里的一把好手，乡亲们都愿意听他的。他的刀法比我还好，今天这只猪就是他亲手宰的，大半只都送进宫里去了，我留了点来送给曹太尉。我想让他当个河南尹，劳烦太尉帮忙关照一下。"

说完起身，两袖一甩，环在身前作了个揖，也不等回礼，转身就走。

何进这来得也快，走得也快。曹嵩一时没反应过来，急急追了出去，在府门外拦下了何进。

"何国舅，这河南尹一事……应归大司徒议定，我也帮不上忙呀。"

"曹太尉，"何进一脸不快地打断了曹嵩的话，"您现在可是太尉，一言九鼎，这等区区小事也不肯帮忙，莫非看不起俺的出身？那我可要找皇后说道说道了。"

说罢大步离去，下摆依然别在腰间。

何进当官之后，他弟弟何木继承了家里的招牌，也当起了屠户，大字不识一个，怎么看都不像能当官的。不过现下大汉的官府，又有几个是够格的？连皇上都亲自卖官鬻爵，何进说的也没错，曹太尉出马，稍微斡旋一下，一个小小的河南尹还是很容易当上的。问题是掌侍皇帝左右的小黄门蹇硕早就定好了人选，要让他的侄儿蹇岗来任这个河南尹。外戚与宦官历来水火不容，这河南尹之争，定然不会轻易罢手。

果不其然，当天晚上，蹇硕的轿子就停在了曹府的门口。

蹇硕也不进门，连轿子也不下，只是掀起轿帘，让曹嵩像下人一般在一边站着。

“何进这厮是不是来找你了？”

“何国舅确实来过。”

“要他那个屠夫弟弟当河南尹？”

“何国舅确实举荐其弟。”

“你觉得如何？”

曹嵩抿嘴想了一会儿，“未曾确切考察。但曹某听闻何木为人正直，孝对父母，信服乡里……”

“狗屁！”蹇硕破口大骂，“就是个杀猪的莽夫，不通人情，不识句读，除了杀猪刀连个兵刃都拿不稳，能当个屁的河南尹！”

曹嵩被唾沫星子喷了一脸，也不敢回嘴。“河南乃成周之地，要是让这厮当上了河南尹，朝廷脸面何存。曹太尉，我是看在你爹曹季兴的面子上，来给你打个招呼，你可要站稳脚跟啊。宫里的大长秋也记挂着你，说自己是看着曹嵩曹巨高长大的，让我提醒一下你，可别有什么错觉，觉得一亿钱很多呀。”

蹇硕阴恻恻地说完，帘子一放，吩咐下人抬着轿子走了。

留曹嵩一个人，看着自家门上崭新的太尉府牌匾，暗自叹气。

第二天上朝回来，曹嵩鼻青脸肿。

曹操带着马球棍例行来问安，不禁笑出声来。

“曹太尉这是上朝路上遇见劫匪了？”

曹嵩扶着额头，苦恼地说：“昨天何进何国舅不是来了一趟嘛，要我帮他弟弟当个官儿。”

曹操点点头。

“今天他又带了两个人来，说是少时玩伴，非要一块上朝。跟守门的功曹打了起来，脱下靴子就扔。直接砸我脸上了！”

“这玩伴好力道啊，砸这么重？”曹操看着父亲眼眶的瘀青，想这靴子怕不是铁做的。

“不不不，这不是靴子砸的。”曹嵩一面拿手揉了揉一面解释道，“蹇硕不是也要那个河南尹的位置嘛。皇上下了旨，让何木当河南尹，大长秋张让就是压着不让盖玉玺，何进也不是省油的灯，在朝上就打起来了。”

“嚯，朝堂还真是热闹啊。”

“热闹极了！可我得上去拉架啊，两边都喊我帮忙，结果他们俩没事，我给打成这样了。要不是皇后出来圆场，我今天恐怕走不脱。”曹嵩说着直摇头。

“哈哈哈，活该你要当什么太尉！”曹操一手撑着马球棍，笑得直不起腰来。

曹嵩板起了脸，训道：“阿瞒你光笑话你爹，可不是为子之道！曹家人不应该同心协力，共渡难关吗？”

“共不了共不了。”曹操才不管这些，扛起马球棍就要走，“谁要出大钱买这么个官，谁就得受这些气！”

曹嵩轻叹一口气，“要是御龙阁势力还在，哪里会有这种乱象……”

“孟德兄，快快快，去芳泽楼。马球棍放下、放下。打什么马球。”好巧不巧，这时刚好袁绍来了，“听说今天芳泽楼的来莺儿出道，可不得了。”

袁绍与曹操相识已久，进府也不需要通报，直接就走进厅中，拉着曹操就走。临走前向曹嵩点了点头，算是问候了。汝南袁氏四世三公，是出了名的士大夫家族，那袁绍字本初，乃是司空袁逢庶子，少年任侠，飞鹰走狗，倒是与曹操志趣相投。曹嵩自然是巴不得跟望族袁家多多来往，任儿子跟袁绍去了。

洛阳城墙内不准奔马，这是汉光武帝刘秀定下的规矩。但此刻袁绍和曹操正各骑着一匹快马，朝着芳泽楼奔驰而去。袁绍一路跑还一路道:“快走快走，新花魁出道可不容易碰到，去得迟了，只怕被其他人捷足先登。”

巡逻的兵丁看到了，横下长戟想要阻拦，一声呵斥还未出口，看到马上坐的是袁家公子，默默地把长戟又收了回来。

到了芳泽楼下，袁绍猛地提缰一勒，马儿收不住冲势，前蹄抬得老高。袁绍顺势一个翻身，从马背上跳下来，马儿的前蹄未落，袁绍却已站在地上了。他把手上的缰绳往后一甩，撞开芳泽楼出来迎接的仆役，急急就往里边跑。

曹操从后头赶到，险险接住袁绍甩过来的缰绳，手忙脚乱地拉住马。曹操是爱马之人，心疼袁绍的马，抚着马脖子安抚了半天，才让仆役把马牵到后头安顿了。

等到曹操进了芳泽楼，才发现楼里已经炸开了锅。

原来袁绍的弟弟袁术，比袁绍早来了一步。

袁术外表文弱，秀气如女人，常常不声不响，跟着袁绍、曹操一起玩耍，袁绍只当他是自己的跟屁虫。没承想他们一同在袁府听说了芳泽楼的消息，袁术趁着袁绍来找曹操，先一步到了芳泽楼，花重金买了最好的包房，要来给新花魁捧场。这位置本就是袁绍先派人来订好的，袁术却多出了两倍的价格夺了去。袁绍怒上心头，大骂着踹开包房，要袁术滚出来。袁术在下人面前失了脸面，咬着牙说："臭丫头生出的粗人，不懂得先来后到吗？"

袁绍大怒，他乃是庶出，被过继给叔叔袁成为子，生平最恨人家提及母亲出身，当下捏紧拳头，就朝袁术头上砸去。袁术力量不及哥哥，但是身子灵活，闪身躲过，回手扔过来一个花瓶。两兄弟厮打起来。

新花魁还没出场，厅堂里的帐子都还没拉开，二人就扭打在一起，曹操哭笑不得，突然听到身后一声长笑："哈哈，都是自家兄弟，何必为了一个女人生气。本初、公路，你们也太孩子气了。"

曹操回头一看，来者乃一位青年公子，身着玄色帛衣，帽子上饰着金铛貂尾，风采翩然。

袁绍、袁术各自住手，脸上现出愧色。

袁绍向曹操介绍说："此人乃东平张邈，是我世交。"

曹操不由得"哦"了一声，躬身一揖到底："久仰久仰。"

张邈名气很大，乃是兖州名士，为人仗义轻财，号为"八厨"之一，愿为朋友一掷千金。他刚刚从东平赶到洛阳，也是慕来莺儿之名而来，谁知刚进门，就看到袁家兄弟因争风吃醋打起来。

张邈哈哈笑道："你们这种架啊，最容易解决。"

他让奴仆搬出钱箱，堆在芳泽楼的桌子上，不但包了整个芳泽楼，还把洛阳四大妓馆最好的歌伎全都请来，任两兄弟挑选，来莺儿也出来拜见二袁，弹唱歌舞，莺莺燕燕。

众人开开心心地喝酒作乐，直至天明。袁家两兄弟连马都没法骑，互相搭着肩背，唤来仆役，乘着一顶轿子一同回去了，一点都看不出两人在进楼之前曾打过一架。曹操和张邈也醉得不轻，互相扶着在树旁吐了一回。

按说张邈这次来是最亏的，他也是来捧花魁的，结果花魁没捧上，反倒花了大把钱财，买了袁家两兄弟的高兴，但张邈看着却满不在乎。

此人真乃豪侠。曹操这么想着，上去与张邈攀谈。

“孟卓兄今天花了有五十万钱吧？”

张邈摆了摆手：“朋友高兴就好，区区小事何足挂齿。”

曹操若有所思，点了点头，突然问道：“此次你进京，带了多少钱？”

初次见面，曹操这么问话，实在不礼貌。但张邈丝毫不以为忤，坦然答道：“呵呵，不多，三百万。”

“确实不多，按孟卓兄今天这个手笔，不出两月就要花完了吧。”

“花完了我就回去了，两个月能玩遍洛阳了吧！”张邈倒也很洒脱。

曹操摇了摇头：“洛阳这么大，两个月可能够，但三百万真不够玩的。”

“那没辙了，我就带了这么多钱。”

“不如这样，你手头还有多少钱。”曹操眼珠子一转，“全都拿来给我，我定然帮你赚上一笔。”

“哦？孟德兄可有什么好主意？”张邈也来了兴致。

“今日京城里，谁的势力最大？我们可以去拜访一下。”

“新贵何进如何？”

曹操摇头：“何进刚当上大将军，也算热门，但势力尚不稳固，要论权势最盛的，还是中常侍张让。”

张邈沉思着说：“求见大长秋的人可多了，排队也要排半个月吧，再说我这点钱，只怕张让还看不上。”

曹操摆了摆手，“孟卓兄请放心，只要把钱都给我，曹操我自有办法。”

曹操、张邈不过只喝了一夜酒，可算素昧平生的陌生人，这就要把钱全都拿走，也当张邈太好骗了吧。几名扛着钱箱的张家奴仆都看不下去了，一个劲儿地甩眼色给张邈。张邈却认真地看了看曹操，把手放到他的肩膀上，“行，我的钱全交给你了。”

曹操也不回家，让仆役带上张邈的钱，上马扬长而去。不出下午，曹操回到驿馆找到张邈，几箱钱财都不见了，他拍了拍手，“好了，孟卓兄跟我走一趟吧。”

“今日就能见到张让？”张邈惊道，“孟德你是神人吗？”

曹操哈哈大笑，“当然见不到，可是孟卓兄只管走这一遭。”

张邈不得其解，只得与曹操驾上车子，朝大长秋府邸驰去。只见张让府邸门外，求见张让的宾客车驾把道路塞得水泄不通。张邈的车子被堵得动弹不得，万般无奈地看了看曹操，曹操抱着胳膊，神色怡然。

只见远远的大门打开，大长秋府邸的管家张虎走出门来，他胖得如同一个棉花包，走两步就气喘吁吁，此刻擦着汗，东张西望地好像在找谁。曹操遥遥地招了招手，再指了指张邈。张虎眼睛一亮，回头招呼出十几名奴仆，把挡在前面的人都推开，管家张虎亲自以手为轿，和奴仆一起把曹操、张邈从人堆里硬是抬进了门里。那张虎身子肥胖，汗如瀑下，走得甚是辛苦。

满路的宾客都震惊得不敢相信眼前一幕，默然无声看着这一奇怪的队形从人群中穿过。

话说管家带着奴仆，将曹操、张邈抬入府内，大门一关，张虎一松手，将曹操放了下来，问道："曹阿瞒啊，这就完结了吗？"

曹操轻巧地跳下地来站着，笑嘻嘻地道："可以了可以了。三百万钱，让管家辛苦一趟，可还值得吗？"

张虎擦着汗挥手，"行，行，你们走吧。我们两不亏欠了。"

张邈还在愣着不知发生了什么。

曹操扯了他一把，"从侧门走，别让外面看见了。"

原来张邈的钱，曹操全都贿赂给管家了，也不求别的，只为演这一出。他们两人花了三百万钱，连张让的面都没有见着。曹操却胸有成竹，扯着张邈回到驿馆，饮酒作乐。

张邈隐约猜到了什么，却还想不通里面的关窍。他不知道，一日之内，他和曹操的名声已经响遍了整座洛阳城——他们竟能得到大长秋的如此礼遇，越过所有等待接见的高官名爵，由管家亲自抬入府中，也不知与张让的关系好到哪里去了呢。

当天晚上开始，名刺如流水般送到张邈的居馆里，那些有求于张让的官员，往往等待数月，不得其门而入，如今只求张、曹能在大长秋面前说上一句好话。

来人当然都不会空手，各自备了一份份的厚礼，更有无数珍宝奇玩，曹操也不客气，全都收下，转手就交给张邈。不出十天，张邈手上的钱财，果然比之前多出十倍不止。

“孟德兄真乃鬼才，”张邈抱拳施礼，同时又很好奇，“简直就是个天生的骗子，是怎么想到这个法子的？”

“哈哈哈哈，不敢当不敢当。”曹操回完礼，敲了敲自己的脑门儿，笑道，“我也不知道为什么，从小鬼点子就不断从这里往外冒！”

3

洛阳北市，摩肩接踵，车水马龙，米市、油市、盐铁市，鳞次栉比，门前尽是人头攒动。市街道上，自羌胡之地远道而来的行商，赶着车马，行色匆匆。偶尔还能看到牵着骆驼的色目人，拄着竹杖的身毒人，虽然天下皆是瘟疫横行，但洛阳城内却是一片繁华安宁景象。看来这饥荒和瘟疫，是被什么力量给拦在了洛阳之外吧。

张邈和曹操已成莫逆之交，两人骑马共行，把酒言欢，一日观尽洛阳花，此时正好行到北市，只见暮云低垂，阳光洒落。

曹操也不知怎么回事，只觉得有些燥热不安。

北市街头一处杂耍班子吸引了曹操的注意。十几条汉子组成的一支舞龙队正在表演，稻草和锦衣包裹的一条巨龙上下飞舞，舞到曹操、张邈面前，突然龙口一开，从中喷出一阵火焰来，曹操的马受到惊吓，几乎将他颠下马来，引得四周百姓一阵讪笑。

曹操问道：“孟卓兄，龙这东西，大则兴云吐雾，小则隐介藏形；升则飞腾于宇宙之间，隐则潜伏于波涛之内。世上可真有神龙？”

张邈回答说：“当然是有了。龙实为万物之尊，据说只有御龙阁的人物，身上才会寄宿龙之力。本朝高祖乃赤龙之子，就是得到了龙神之力，斩白龙子而成天下霸主。”

“这只是传说吧。不过，这御龙阁的名字，我好像在哪里听到过。咳——读书不专心，不记得了。”

张邈微微摇了摇头，脸色渐渐严肃起来:“你在书里是读不到御龙阁的，可它却无处不在。不论是外能镇抚四夷、内能亲附百姓的名臣，还是能开疆拓土、建功立号的虎将，后面都藏着它的影子。可惜遇到党锢之祸，逐渐式微，可是天下英雄依然人人向往之。”

曹操“哼”了一声，“我反正不是英雄，这个御龙阁，又是你们这些名门士族搞出来的东西吧，和我们这些人物扯不上关系。”

“阁里出身世家的人物确实比较多，但据说御龙阁唯才是举，就算是乡野村夫，哪怕是下贱的歌伎走卒，也有可能得到阁主青睐。”

曹操扬着马鞭哈哈大笑，“唯才是举，这句话倒是有点意思。可惜在这世道，一般人家的子弟若想跨越鸿沟，比登天还难。这种事，终归是说说而已。”

两人谈笑间，曹操眉头一皱:“孟卓兄，你没觉得这里有什么不对吗？”

夕阳西下，把金色的光线洒落在熙熙攘攘的人群上。

“你看那边那个黑衣服的家伙，还有旗杆下戴着远游冠的大汉，还有烧饼铺前那个正饮马的汉子……”

被曹操一提醒，这些人在普通人群中如沙滩上的砾石般显露出来。张邈转头四顾，发现区区一个北市里，竟然有上百名这样的神秘人。

这些人身着便衣，但身材魁梧，走路的模样也不像寻常商贩，那种自信的步伐倒似统御千军万马的将军，个个身上负着布包的长条包裹，显然是装着长柄兵器。

其中一名虎须大汉正从腰间解下水囊喝水，随手将长包裹靠在马槽上，马槽吱嘎一响，竟然歪向一边，显然那兵器沉重异常。

一位少年推着一辆枣车从曹操身边侧身经过，曹操只瞥见戴着的破斗笠下，一对眼睛精光湛湛，四目只是这么一对，曹操眉心不由得一跳。前方路窄，枣车被一只石狮子挡住去路，推车少年漫不经心地伸手一推，单手就将石狮子向路旁挪了半尺远，车子轻捷地闪过。

曹操暗赞道，好个力士，突然又听到背后如雷声滚动，回头看时，市集外一群白马骑士直冲了过来。

此处人群密集，街头更是摆满小摊，那群马却收发自如，每在间不容发时从摊上人边轻巧跃过，训练得如同一人一骑般精准。为首的骑者白衣飘飘，姿态逸群，只是眉目间有一股凶枭之气。

张邈“啊”了一声，“骑白马的我认识，那人叫公孙瓒，曾以三千骑兵追讨张纯等叛贼，立下战功，升为骑督尉，在北地有勇悍无匹的名声，已经是一方重臣，怎么也便装来到了此处？”

正在此时，一名拿着风车的孩童却突然从路边蹿了出来，正挡在白马群前面。为首的白马来不及收脚，一双铁蹄朝孩童天灵盖上落了下去。

一名路边站着的毡帽大汉眼见事急，一脚横扫，踢了出去，那匹高有一丈的塞外良马被这一脚踢在胸口，竟然连退两步，长嘶一声，几乎坐倒。骑术精湛的公孙瓒一提马缰，翻身下马，白马背上一轻，才站了起来，公孙瓒只是左脚在地上一沾，速度快到旁人看不清，已经又跃上了马背。

毡帽汉救了小孩，公孙瓒却不感激，怒瞪了毡帽汉一眼，纵马而去。毡帽汉也不生气，压低了帽檐，自顾自地走了。

曹操看见那人长手长脚，嘴里叼着根草叶，悠闲地荡了过去。曹操心中惊讶，觉得那人极像自己的从弟夏侯惇。夏侯惇年少时即以俊美和勇气闻名于乡里，曹操听说他在老家打死了人，不得已亡命天涯。若真是他，如今出现在京城要地做什么？正惊疑间，那人只一晃眼间就走了过去，消失在人群里。

这一群能人异士，如同群羊，跟随着看不见的头羊，一个个走到一处深巷中。

张邈面色更加凝重："走，孟德兄，此地有大戏可看了。"

不用张邈说这句话，曹操也要去看个明白。

他们一路跟随，来到北市中央的市署门口，又顺着一条窄巷子绕到市署的背后，走进了北市的钟楼里。

那座钟楼高有三层，顶层无檐，立有一座大钟，一尊蒲牢像蹲踞于铜钟之顶。数百人陆陆续续走了进去。曹操在外头看了一会儿，眼见这小小的钟楼绝对容纳不下如此多人，又再无别的出口。

御龙阁吗？曹操只能联想到这个，这小钟楼就是御龙阁？

曹操心里打着疑问，绕到门前看时，只见门前立着两名木雕武士，金刚怒目，高有两丈，拦住去路。正好一名倒拎着一把流星锤的大汉走到门口，叩响门环。

木雕武士从腹内发出訇訇的人声："叩门者何人？"

拎流星锤者大声喊道："我乃并州卞喜，开门！"

木武士喝道："未在名录，壮士请回！"

卞喜大怒，抡起流星锤，朝武士砸去，突然一片荧光如同水中波纹闪烁，卞喜倒飞出数十步，鼻青脸肿，狼狈起身而去。

曹操见了心中暗奇，张邈一把没有拉住，曹操也一步上前叩响门环。

木武士依然问道："叩门者何人？"

"吾乃曹操。"

木武士腹中发出訇訇回响，良久不言。

曹操叱道："这蠢木头坏了。"又怂恿张邈上前试验。张邈拗不过，拱手道："东平张邈在此。"

木武士突然开口道："八厨张邈是也乎？两位请入。"

大门向内大开。

曹操又惊又喜："八厨果然名闻天下，这两块木头倒知道孟卓兄。我们快进去看看，这里面究竟是什么名堂。"

曹操拖着张邈大步走了进去，门内是一条暗淡无光的长长通道，寒风凛冽，曹操不得不低头弯腰。也不知顶风走了多久，突然豁然一亮，只见眼前是一栋阔逾百丈、高十数丈的巨殿，一口巨钟悬于头顶，四周则是一圈圈围绕的回廊，一廊高过一廊，显然不似外面看到的那个小钟楼模样。钟下摆了两条席子，先前走入钟楼的那些神秘人都围着席子站着。

这席子上坐着的并非他人，一人是平叛归来的侍中卢植，另一人则是大名鼎鼎的许劭。许劭在洛阳声望极高，每月初一都会主持月旦评，点评天下名士。而此刻，他也正举着一卷名册，依次点评。

"公孙瓒，文武才力足恃，然记过忘善，睚眦必报，略有骄矜，位可及一镇诸侯，此地却生死有命，可愿一战？"

白衣骑者公孙瓒"哼"了一声，"某千里迢迢从幽州赶来，就是要和天下英雄试试手，岂畏生死！"

"你那些从者可得退出。"

公孙瓒还想争辩，却听头顶钟声一响。待众人回过头来，公孙瓒身后十余名白衣从者已不见了踪迹，四下一片哗然。

许劭摆了摆手，让众人安静下来，继续按名册点名。

下一位大汉正由侍者忙忙碌碌地给他套上一副狮面重甲，那套重甲鎏金镀银，内衬牛皮，将全身裹了个严严实实，看上去厚实异常，不是力大如牛者不可能负得起。

“刘岱，孝悌仁恕，自信太过。可愿一战？”

刘岱抬头不服气地道：“难道要我一个人带着兵器盔甲上阵？谁帮我牵马，拿箭壶和盾牌？”

“进入此阁，一切只能靠自己了。”许劭说，依旧是一声钟响，刘岱的从者消失了，尚未系上的腿裙掉落在地，叮当乱响。

“鲍信，少有大节，宽厚爱人，沉毅有谋。可愿一战？”

“愿意！”

“韩馥，贯通诸子，博览九经。虽非冲阵之将，却有领兵之才。可愿一战？”

“愿意！”

他每提到一人，那人就提起武器，走上回廊。

忽然点到一人，曹操却发现是北市马槽边喝水的大汉，他解开长布包裹，从中提出一把兵刃，围在他身边的人倒吸一口凉气，原来是把粗壮的铁斧，看模样有百多斤重。

“潘凤，畅晓武艺，实乃上将之才，可愿一战？”

潘凤衣衫破烂，正低头用一条简陋的皮带将宽袖子扎起，也不答话，良久才抬头阴冷一笑，“二十年来，我除了吃饭喝水，就想一件事：风雨无阻，练成天下第一。不是我可愿一战，而是可有人敢与我一战？”

他訇然站起，手擎巨斧自上而下一斧斩下，大斧带着凌厉风声斩在地面，坚实的地砖登时碎裂成万千碎片，地面更是裂开一道巨大缝隙，地面隆起一堆土，连同碎裂的砖石，如同巨浪般成扇形涌动，冲击到支撑屋顶的巨柱上，登时整座大厅，连同头上的巨钟都摇晃起来。碎瓦尘土雨点般落下，众人大骇，纷纷躲避。

潘凤目视全场，傲然一笑。

殿中诸人一时胆怯，不敢说话。卢植不免摇了摇头，只见他身后站着一位少年，肩负双剑，面露不忿之色，正要开口，却突然从柱子后面传来一声："没有眼界，再苦练也没有用。"

潘凤大怒，提斧喝问："什么人说话？"

柱子后转出推车少年，淡淡地说："我说的。"

潘凤用斧子指着那人道："你叫什么名字？报上名来。"

"我自无名。"

"无名者可进不了这力牧阁。"

那少年摘下脖子上挂着的汗巾，自顾自地拍了拍肩膀上的灰尘，"实话说吧，我是逃犯，名字不能告诉你。"

刘岱在一旁喊声如雷："这人是你们放进来的？我乃汉室宗亲，怎么能与逃犯同列，如果逃犯也要参加你们御龙阁的比试，我就不比了。"

许劭一挥羽扇，"御龙阁向来不看出身，刘公山如果不比，可以自愿退出。"

突然，人群一阵骚动，曹操只觉如芒在背，急忙转头看通道口，又进来一人。此人身材也不甚高大，面目隐在阴影中，看不分明，但他慢吞吞地走来，一瞬间曹操仿佛看见一只猛虎，在悄无声息地潜行，虽然牙爪不露，殿里的争闹却如同狂风之下的蜂群般消散。

刘岱见来人穿着一件绛色布衣，空着双手，连兵刃都没有一把，心想又来一个贱民，故意挡在那人面前，待要喝问是谁，被来人伸出手，毫不客气地横掠在一边，踉踉跄跄退出七八步，接连撞翻数人，依旧站不住脚，眼看就要摔倒在地。他那一身重甲，要是摔倒，只怕三两个人扶不起来。

站在卢植背后的双剑少年忽地一闪，闪到刘岱身后，双手并掌一推，刘岱变了个方向，后背撞上殿中立柱，殿上泥沙又是簌簌而下。刘岱这才勉强站住。

绛衣人把刘岱推开，如同快船推开浮萍，推得轻描淡写，曹操看得真切，那人出手时伸出食指，碰到刘岱身上的也只是这一根指头。

刘岱身材粗壮，加上一身厚甲，怕有四百多斤重，竟然被此人一根手指就推开，此人一身神力深不可测啊。

绛衣人走到殿中，阳光透过高处窗棂透下来，只见那人原来长得气宇轩昂，眉毛英挺，看上去不过刚刚成年，神情却轻松自在，浑不似来此生死之地比武，而是来逛菜市场。

“力牧阁要招的就是这群庸才？”来人走到许劭面前，环顾四周，揉了揉鼻子问。

此话一出，一众壮士都被激怒了，纷纷操起兵刃，犹如一座刀山枪林，刃尖所向，皆是绛衣人。潘凤怒喝道：“拿出你的武器，我潘凤手下不杀无刀之人。”

绛衣少年视若无睹，双手放下，“庸才们不值得与我一战。”

推车少年双手抱肩，冷冷地踏前了半步，微微眯眼，目中流露出的寒光如刀刃般清澈。

绛衣人“咦”了一声，突然转了半个身，侧对推车少年，流露出防范之意。他用手一指，“你，你，你，还有你，你们要是一起上，可以与我试试，其他人嘛……”摇了摇头。他用手指的乃是推车少年，隐身立在另一根柱子背后的夏侯惇，卢植身后的双剑少年，却还有一人，适才未被众人注意到。他身着玄色鱼皮靠，腰束一条狮蛮带，一副海贼打扮，广额阔面，盘腿坐在席子后面的地上，文文静静，被点了名，却不开口回应，只是微微一笑。气势雄猛的潘凤却不在其内。

潘凤怒极而笑，“通上姓名，吾今日叫你死得痛快！”

“你还不配问我名字。”绛衣人丝毫不给面子。

潘凤按捺不住，操起大斧就要扑上。

双剑少年又是一闪，伸手按住潘凤的肩膀，面如寒霜，“不要在这里打。御龙阁岂容列位在此撒野，你们要打，龙之幻境里有的是机会决一生死。”

“这位壮士如何称呼？”卢植站了起来，向绛衣人问道。

绛衣人看了卢植一眼，大咧咧地拱了拱手：“卢侍中，你武艺不行，但为人光明磊落，可受我一拜。在下五原吕布。”

“吕奉先！”不等卢植回答，许劭一拍案几，站了起来，“我这卷中名册早有你大名，不想今日果然见到了。”

许劭踱步走到吕布跟前，上下打量了一番，竖起大拇指，叹道：“壮士，善战无前，可称军神。”

吕布笑曰：“我是今日魁首，可有异议？”

众人听罢皆是不服，叫嚣起来，许劭举起手：“且慢！今日还有一人，不在这名册之上，我许劭却不得不评。”

他沉默良久，缓缓地道：“若是天下大乱，在座诸公恐怕都及不上他。”

众人惊诧，连吕布也不能淡定，急急问道：“是谁？”

许劭看向张邈、曹操这边。

座中有人一眼认出张邈：“原来是八厨之一啊，确是有些名望吧。”

张邈看自己行藏被撞破，连忙拱手行礼："久闻御龙阁大名，吾与友人无意中撞入，在下徒有虚名，可不敢参赛。"

许劭却道："我说的不是你，是你身边那个人。"

众人目光都集中到曹操身上。

曹操一愣。

"便是现今太尉曹嵩之子，曹操曹孟德。"

众人愣后纷纷大笑。

"听说过，阉人之后。"

"他父亲不就是那个花钱买太尉的吗？"

刘岱大声道："这御龙阁越发可笑了，逃犯平民也就罢了，居然连阉人之后也放进来了。"

曹操好奇到此一窥，不过是因为之前听父亲和张邈先后提起过御龙阁一词而已。此时见许劭引得众人目光集于己身，只道是消遣自己，"哼"了一声，转身就走。

不料还未出门，就被那位双剑少年拦住了，少年对曹操恭敬地施礼："曹公子还请留步，吾师卢植与曹公子有事相谈。"卢植走过来，对曹操恭敬地施了一礼，也不在乎自己是朝廷命官，而曹操只是个平民百姓，"曹公子，在下卢植，乃九阁之中君子阁的统事，今日代力牧阁统事张奂在此举行选拔，曹公子若是心怀大义，意图匡扶汉室，还望前往龙之幻境一试身手。"

"卢侍中，我……"卢植可以不顾地位身份，曹操也就不管了，虽然嘴上说着侍中二字，却也毫无恭敬的表示，反而又怒又笑，"曹某这可真是摸不着头脑啊。你看，我打算和朋友打个马球，逛个街，晚上找个歌楼抱着两个妞，好好喝上一顿酒，不醉到不省人事不能算尽兴，你现在突然要我拿刀子上阵比武，就为了这个劳什子御龙阁……抱歉啊，我真不知道，这个御龙阁是个什么鸟东西！”

卢植没有生气，似是料到曹操会如此反应激烈，反而面色平静地说：“无妨，我可为曹公子解惑。御龙阁，乃天子与神龙立下的万世之约，下分九阁：伶伦、力牧、谛风、君子、鸿儒、妙手、铁案、仓颉、玄幽，侍奉龙之九子。九阁所尚不同，但所求为一，皆为守护天下安宁。力牧阁尚勇，为天下选拔将领，若得魁首还可得龙神之力。”

“天下安宁？哈哈哈哈！”曹操大笑，“若如卢老侍中所言，这御龙阁不过一好空谈的地方。如今天下大乱，饥荒遍地，宦官为乱，外戚方兴，御龙阁又在哪里？不知天机，不识大体，得到龙神之力，最多不过是百人敌，不过冲锋陷阵逞匹夫之勇的一莽汉而已。我要龙神之力有什么用？再说了，天下都知道我曹操乃阉人之后，没错，宦官对我们曹家不错啊，我为什么还要守护天下？”

“曹公子说笑了。天下是众人的天下，守护安宁，人人有责，只要英雄毕集，必可成事。”

“在座诸公中我可没看见有什么英雄，一个个冢中枯骨而已，抱歉，我不愿一战。”

曹操说完，礼也不施，拖了张邈，转身就走。

双剑少年眉头一皱，拔出背上一把长剑，朗声道：“站住！这御龙阁岂是你说来就来说走就走的地方？”一步还没迈出，持剑的手却被卢植给按了下来。

“玄德，随他去吧。”原来这少年乃是中山靖王之后刘备刘玄德，追随卢植学习兵法剑术，已有数年。

“老师，这曹操甚是无礼。”

“因为他还没有看清自己啊。”卢植捋着自己的胡子说。

“如果看清了呢？”

许劭在一旁说：“若是清平治世，可为一代能臣，若是乱世，便为一世奸雄。”

刘备望着曹操远去的背影，若有所思。

4

曹操走后，大家早已按捺不住，本来他们也看不上曹操，此时乱纷纷地喊道：“怎么还不开始？”

卢植回到人群中间，对许劭点了点头，从怀里取出一颗宝珠，伸出手指轻轻一敲，宝珠光芒一闪，头顶钟声大作。众人耳中嗡嗡作响，随着钟声越来越大，仿如巨网，将众人罩在其中，许多人无力抵挡巨响，只得跪地捂住耳朵，只觉五脏六腑随着钟声跳动，越来越难以忍耐。

突然一声巨响，钟声散去，众人抬头再看，整座钟楼不知去向，众人所在竟然是一处山青水绿的山谷，四周怪石耸立，茑萝藤蔓相攀。而原本已经低落的夕阳，竟然跃上天顶，成为灼热的烈日。

圆形的山谷正中，塑着一位金甲武士铜像，手持一把方天画戟，锋利的戟刃反射出彩虹般的光芒。面甲之下，武士的一张长嘴向外突起，遍布鳞片，巨眼暴突，牙齿根根如同银钉，却是一个龙首人身武士像。

卢植和许劭身披战甲，举一面“勇”字旗，立于众人之前。

“此乃龙子睚眦，在龙之九子中，勇力第一，我力牧阁，乃是以武力为尊，你们想要统率三军，称雄天下，就得在今天先成为唯一胜者。”

许劭一抬手，对众人说：“诸位，且跟我来。”

卢植和许劭两位当先而行，攀葛附藤，向上行去。

他们不停地往前走，身披重甲的刘岱第一个走不动了，瘫坐在地，破口大骂，再也不肯前进一步。

“抬头且看！”他们脚下，是一道鲫鱼背般狭窄的山脊，山脊对面，一座山峰如长剑般笔直竖起，只有一道隐约的小路在石上雕出，盘绕而上。山巅处一座亭子，桌上放着一个长匣。

许劭道：“匣子里的古锭刀，就是魁首的奖品。能者得之。”

“那就是你们的目标。展现出你们的勇气与斗志，为夺取目标而战！”卢植把手中的旗子往地上一插，拔剑出鞘，“力牧之勇，脉贯天地！”

上百名勇士越过旗帜，向前冲去，踏起的尘土逐渐弥漫整个山谷。

路窄人多，人群在鲫鱼背上拥挤着前进，不时有人滑出步道，几乎滚落山崖。吕布空着双手，没有前冲，只是冷笑。

等待了许久的潘凤早已按捺不住，喊道：“来来来，吃我一斧！”跳在半空，一柄大斧自上而下猛砸，朝吕布背后砍去。

吕布依旧没有回头，连一瞥都懒得给他，大喝一声，笔直地冲入人群，他虽然手无寸铁，但所向披靡。惊叫声中，十多人高高飞起，向两侧山崖落去，手脚扭曲飞舞。

着玄色鱼皮靠的年轻人此时突然跃出，一手攀着悬崖，另一手拉人，他手脚快捷，抓住坠落者的背心就往上扔，连续拉上了多人，但还是有数人掉落了下去。

被拉上来的人看着下面云遮雾绕的深谷，吓得腿软脚抖。

许劭摇了摇头："陈留孔伷，山阳袁遗，泰山王匡，并州张扬，淘汰。"

卢植问身后的刘备："玄德，你觉得今天谁会胜？"

双剑少年面目沉着，指着玄色鱼甲的年轻海贼道："英雄众多，备已经看花眼了，不过我觉得此人会胜。"

卢植"哦"了一声，"你选了吴郡孙坚孙文台，为何不选吕布？他可已遥遥领先了。"

刘备咳嗽了一声，双手抱肩，"因为有那两个人，他过不去。"

孙坚为了救人落在了后面，但还有两人抢在了吕布前面，越过了鲫鱼背。一位是推车少年，另一位正是夏侯惇。

两人已经回头，一个手持大刀，一个手持铁槊，占据地形，挡住了所有人的去路。

两人互相点头道："就在这里了！"

"谁放人过去，谁就弃权。"

"就这么说定了。"

突然一声如雷般吼道："让开了！"一个人影冲出，正是公孙瓒，左手持刀，右手持枪，一招之内竟然想分袭二人。

推车少年不愿意以多欺少，往后一退："这个人，让给你。"

夏侯惇嘀咕了一句："给我就给我！"

两枪相交，嘡的一声大响，竟然胶着不动。公孙瓒成名已久，在北疆被誉为白马将军，胡人见之避走，此刻却和面前无名小辈相持不下，公孙瓒不禁脸色发红，刀枪并举，疾如狂风暴雨，向前攻去，夏侯惇一杆铁槊，却是滴水不漏。

眼看吕布赶到，却不加入战团，只是负手微笑。

夏侯惇却突然回头，手持一根铁槊，舞了一个枪花，直朝吕布面门搠去。一来是恼火吕布要单挑群雄，另一个也当真是初生牛犊不怕虎，居然想要双战公孙瓒和吕布。

枪尖上的点点反光，映照得满山谷一亮，吕布也不敢撄其锋芒，只伸手一抓，将公孙瓒抓了起来，朝枪尖上扔去，也不管夏侯惇如何应对，自己一个腾空翻身，从夏侯惇头上越过。

推车少年已经退到鲫鱼背尽头的石台，看见吕布空手，也将手里刀往地上一插，对着在空中飞过来的吕布，也是纵身跃起。吕布大喝一声，两人在空中对了一拳。

仿佛有一道透明的波纹在空气中荡漾开来，两人拳锋相交，方圆十尺之内的草木向外倒伏而下。推车少年两脚深陷于地，看上去略微吃亏，但他不退不让，深吸了一口气，继续拦在吕布面前。

吕布喝道："让开，你不要命了？"

那少年用双臂挡住雨点般的拳头，眼看双脚越陷越深，却始终不肯拔刀。

"吕布！与我一战！"被他这么一拦，孙坚自背后追了上来。

夏侯惇自后赶到，也怒道："吕布不要走！和我一战！"

"都让开，让我来杀吕布。"潘凤大叫着，手舞大斧，也赶了过来。

吕布一弯腰，抓住潘凤的脚踝，将其倒拎起来旋风般挥舞，潘凤哇哇大叫，手中巨斧乱甩，倒成了一件杀伤力极大的兵器。

鲫鱼背上仍有数十人，一起向前涌来，推车少年怒喝一声："想过去，还得看有没有这个本事！"他眉毛竖起，神威凛凛，双掌向前并排推去，推得众人一起向后退去。他一人即如一座铜墙铁壁，挡在鲫鱼背前。

最终只有少数几人追上了宝剑峰。转瞬间，山顶就在眼前，古锭刀触手可及。伴随着喊杀声，隐约有兵刃相击的火花闪动。待到众人和卢植、许劭赶来，尘埃落定。

孙坚手里拄着古锭刀跪地，汗流浃背。吕布却背朝大家，负手而立，似乎在眼望峰下的景致。

“好！”卢植从马上下来，鼓着掌，大声叫好。

“妙哉，妙哉！”许劭也下了马，走到孙坚身边，将他扶起，“身先士卒，勇烈坚定，不愧英雄豪杰！”

战斗既罢，剩下的人稀稀落落，慢腾腾地走回山谷，十停武士中，只回来了一停，而且多半身上带伤。

许劭宣布：“此次选拔大会，魁首之名，当是孙文……”

卢植却一挥手，打断了他，问道：“且慢！吕布，剑亭之上，你为何罢手？”

“唔，被你看出来了吗？”吕布歪着头说，“老头子眼力很好。孙坚这家伙不是我的对手。”

孙坚昂然说：“没错，单打独斗，我打不过你。”

“那么你为何不取走这把刀？”

“因为啊……我一开始就没看上这把刀。”吕布慢慢走到山谷中心铜铸的塑像下，伸手抚摸铜像手中的兵刃，“既然我力冠群雄，难道，我不配得到这把龙子睚眦的方天画戟吗？”

卢植脸色一变，疾喝道：“画戟上附有神龙之力，不可擅动！”

但吕布已经反手翻腕，双手抓住铜像上的方天画戟，大喝一声，竟将画戟拔了出来。

许劭也高喊道："不可！"

一道耀眼夺目的虹彩从画戟上喷涌而出，上贯白日。

卢植喊道："不好！大家快闪开！"众人纷纷闭目躲避。只有夏侯惇和推车少年一起飞身扑上。

只听山谷里一声巨响，山体崩塌，尘土飞扬。待飞沙走石稍散后，吕布已经不见了踪迹，就连离得近的夏侯惇和推车少年也不见了，恐怕是被爆裂之力甩下了悬崖。

许劭喊道："吕布就算拿了画戟，也走不出龙之幻境！只怕是被龙之力反噬，尸骨无存了。"

卢植默然摇头，示意许劭看对面，只见对面山崖上竟然多了一个山洞，隐隐约约是个人形轮廓。

卢植大喝一声，举手拍击怀中宝珠。四下钟声再次响起，一转眼，又回到了钟楼内，山谷，马匹，连同众人身上的伤一同消失不见。原来这龙之幻境，并未将众人肉身带离，只不过神游而已。

钟楼二楼的瓦面上现出一个人形的破洞，吕布怕就是从这里逃走的。

许劭跌脚叹道："画戟丢失，只怕闯下大祸了。"

卢植却微笑道："也不尽然，龙神之力毕竟是正气凝聚而成，无论吕布如何化炼，希望有一天能让他返邪归正。况且，"他回顾孙坚，"我们有魁首文台在此，天塌下来，亦可一战！"

孙坚手持古锭刀，躬身行礼："我孙坚愿为天下而战，粉身碎骨不敢后退！"

许劭大赞曰："天命之人，定然可以匡扶乾坤！天下安宁在望！"

众将一起上前向孙坚道贺。

卢植退到一旁，刘备却上前悄悄问道："老师，你心中其实很担忧是吧？”

“唉，玄德，只有你理解我。”

“御龙阁重启，天下英雄，济济一堂，一个吕布终究不是天下英雄的对手，老师为何不快？”

“玄德你是不知。御龙阁如今的首要任务，其实并非求得天下的太平，那是长远的目标，如今最紧急的事情，是先守护好镇压混沌邪力的三道封印：一是传国玉玺；二是天龙象征，也就是皇帝；第三则是这座洛阳城本身。若是三道封印尽毁，将混沌邪神释出，就是天下的末日了。”

“老师过虑了，传国玉玺深藏宫中，若非皇室宗亲，不知其究竟藏于何处；皇帝身边重兵拱卫，寻常人等不得靠近；而洛阳城坚若磐石，羌胡叛乱都被镇在疆外。要将这三道封印全数破去，绝无可能。”

“唉！”卢植叹了口气，“我也不信，但鸿儒阁前日来信，说近日观天，星象大异，是邪神将出的征兆。御龙阁一定要小心行事才行。”

5

曹操从北市回到曹府中，还在想着御龙阁之事，却迎面撞见曹嵩。曹操刚想向父亲施礼，却被父亲一顿劈头盖脸责骂。

“你这逆子！成天吊儿郎当，四处闲逛，不学无术。家中藏书无数，也不见你多看上两眼。”

曹操本就心烦，被父亲没来由地一通骂，也不客气地顶了回去：“读书嘛，观其大略足矣，何必像老书虫那样寻章摘句。”

曹嵩给气得半死，半天没说出话来。

曹操看着父亲憋红的脸，说话软了半分："父亲现在官至太尉，还是多关心朝堂之事。我行事自有分寸。"

"分寸，学人家去捧花魁算什么分寸？"曹嵩道，"你这样无所事事，早晚给我惹事。父亲我给你寻了个差事，是南宫司马门的守门功曹。"

"父亲，我不要去，一个看门汉，有何前程。"

"别看这个职位低微，百官上朝皆从此门进入，虽然说不上什么话，但也能混个脸熟。而且这百官进门的顺序讲究得很呢，两虎相争，比你们争抢花魁，那是刀光剑影，厉害多了。"

"我反正不去。"

"别说了，就这么定了。今天晚上如果不去当班报到，我就不认你这个儿子了！"

曹嵩难得地露出做父亲的威严，虽然左眼上青痕未消，倒也有几分威势在。他"哼"了一声，转身拂袖而去。

曹操心里自然是百般不乐意。且不说他自由散漫惯了，怎肯去当这么个小差。这北宫领兵守宫门的偏将军，就是那何进的屠户弟弟何木。如果他真的去当了功曹，那何木就是他的顶头上司。

不可能的，要在何木手底下当差，那还不憋屈死。曹操这么想着，又骑马溜出门，去驿馆找张邈去了。

一直到第二天天黑，曹操才回到曹府。他本是想找张邈再问问御龙阁的事情，却没承想被张邈拉着去了芳泽楼，听来莺儿唱歌弹曲，跟张邈喝了一整晚的酒。第二天在驿馆又睡了一整天，这才骑着马回来。

行至府门口，曹操看到蹇硕的轿子停在门口。曹嵩站在轿子边，隔着帘子听蹇硕的训话。曹操见状下了马，躲到墙根下，偷偷听他们的谈话。

“听说今天何进这厮又来找你了？”

“是有来过。”

“还是为的河南尹一事？”

“何国舅现在是大将军，他说的事……”

“狗屁大将军！”蹇硕掀开帘子就是一句粗口，“你可别想两边都对付着。我中常侍，天天在皇帝身边伺候着，别看你现在是个太尉，要不是看在你父亲曹腾是前大长秋，要搞死你也就几句话的事。不要以为出了阉门就能翻脸不认人了。你看那些士大夫肯认你吗？”

“是……蹇常侍说的是。”

“哼，记住我的话。起轿！”

蹇硕放下门帘，吩咐仆役走了。曹嵩也不抹脸上的唾沫，依然恭敬地站着，直到轿子转过街角。

曹操在墙根下把自己父亲的尴尬处境听了个一清二楚，突然觉得心有不忍，索性今晚也不回府了，转身上马，朝北宫朱雀门而去。

不就是当个功曹嘛，就顺自己的父亲一回心吧。

洛阳城分为南宫北宫，南宫是皇帝及群僚朝贺议政的地方。南宫司马门作为皇宫的南正门与平城门相通而直达城外。由于皇帝出入多经司马门，故此门最为尊贵，门前竖立两个铜驼，夹路东西相对，高有九丈，建筑也格外巍峨壮观，远在四十五里外的偃师遥望司马门阙，其上宛然与天相接，堪称洛阳之奇观。

守宫门的功曹其实也是个闲差，曹操过去报了个到，把手下一吩咐，就拉了几个不当班的小兵在一旁赌钱，一直赌到天亮。估摸着时辰，官员们该来上朝了，曹操才装模作样地穿上甲胄，举着长戈站到门边上去值守。

曹操看着百官们陆续到来，一个个恭恭敬敬，该下轿下轿，该下马下马，从中门鱼贯而入。反而是外戚与中常侍们迈着方步昂首挺肚，跋扈之色溢于言表。曹操一个个作揖打躬，只觉得腰都要断了。不禁想到，当个小官，真是太累人了。

正想着，远远看见一人驾着马车径直朝宫门冲过来，丝毫没有停下的意思。曹操忙问："此人如此大胆，是谁？"旁边的人都笑道："此人就是何木，如今镇守宫门，正是你的顶头上司。"

曹操在赌钱的时候听说了，何木仗着自己就是守宫门的偏将军，入宫从来都是驾车的。虽然按照规定，能够驾车入宫的，只有大长秋赵忠而已。

曹操再问给赵忠驾车的是谁。其他人就笑了，说驾车的是蹇岗，就是跟何木争河南尹的蹇硕之侄蹇岗。蹇硕让侄儿给赵忠驾车，不光是为拍马讨好，更是为了接近赵忠，快速镀金，再好提拔。这位蹇岗曹操倒是见过几次，也是个吊眉尖嘴、眼球三边漏白、心胸狭窄不好惹的角色。

曹操眼珠子一转，突然把手中长戈一横，拦在门前。何木的车驾被拦，驭马一声长嘶，人立而起，何木几乎掉下车来。门边羽林军见曹操如此大胆，吓得兵器都差点掉了。

何木拿着马鞭就跳下车来，气得满脸通红。

"你是什么来头，敢拦我的车？"何木举着鞭子指着曹操的鼻子。

"在下乃新来的当值功曹曹操！"曹操也不细说自己是谁，"来者可是蹇常侍之侄蹇岗？若是大长秋的车驾，在下自是不敢阻拦。但若是其他人，那便是不行。"

一听蹇岗的名字，何木一股怒气就涌了上来，抬手一鞭子抽在曹操脸上。

“新来的听好了，这宫门就是归将军我管的，本将军爱怎么入宫就怎么入宫！”

说罢回到车上，扬鞭驱车而入。众人看见曹操被打，心中均暗道，这个不长眼的小子第一天就得罪了上司，肯定没好果子吃了。

曹操却不当回事，捂了捂脸，笑嘻嘻的，还自掏腰包请大家吃早点。

等到退朝，百官陆续从宫门里出来，曹操一眼看见蹇岗趾高气扬地驾着空车出门，曹操瞅准了蹇岗出来的时机，上前抱拳请安。

“家父代问好。”

蹇岗抬了抬眼皮，“你父亲是谁？”

“乃今曹太尉。”

“啊，我记得你了，你是曹操嘛。你爹办事很拖沓呀，怎么还没给我回音。”

曹操趋前两步，压低声音，为难地道：“正在操办，你也知道的，阻力挺大……”

蹇岗看曹操脸上有鞭痕，奇怪地问怎么回事。

曹操做出一副愤愤不平的表情，“唉，何将军早上硬是要驾车入宫，我去拦他没拦住，还被抽了一鞭子呢。”

蹇岗果然大怒，骂道：“驾车入宫，乃是皇上赐予的殊荣，怎么能放任这些肮脏的屠狗之辈乱闯。”

“蹇常侍说的如何不是？但是……唉。”曹操摸了摸脸上的鞭痕，把下半句话咽了下去。

"不守规矩成何体统！等我明天见着大长秋，让他这偏将军也当不成，更别提什么河南尹了！"蹇岗怒道，说罢驾车离去。

曹操看着蹇岗走了，又等到何木驾车出来，连忙趋前，扶着车辕，露出讨好的表情。

"何将军，曹某初次当班，有眼不识泰山，冒犯尊驾，该死该死。"说话间悄悄摸出一块玉璧放进了车子。

"哟嗬，曹功曹这么快就学会了啊，"何木笑咧咧地说道，"识时务者为俊杰。等我跟我哥哥何大将军美言几句，让你升个官。也不枉你挨上我这一鞭。"

"承蒙何将军好意。"曹操也满脸堆笑，点头哈腰地，"不过属下今天听说蹇岗要去跟大长秋说您的坏话，说要教训将军。请将军小心。"

"又是蹇岗！还想教训我？等我遇到了他，让他知道我的厉害！"何木抛下这话就驾车走了。

曹操回到家，曹嵩问道："今天当班当得如何？"

曹操含糊地应了一声，不想被父亲看见脸上的鞭痕，低头就走。

曹嵩继续絮絮叨叨："维持朝堂和谐，这守门功曹关系重大，谁和谁是对头，你可要踅摸清楚，让他们分开走啊。"

又过了一天，又是曹操当值。

上朝时分，何木这次绝早就驾车前来，却也不进门，把车停在一边，对着门外虎视眈眈。曹操知道他在等谁，却不说破，上去招呼，嘴上一口一个将军，拍尽何木的马屁，暗地里却偷偷地把何木马车的车辖抽出来一根，藏在袍子里。

不一会儿，蹇岗驾车而来，斜眼瞟了何木一眼，故意将马鞭打了个响，直朝宫内驶去。

何木在一旁大喊一声："站住！车驾怎能擅闯司马门！"

蹇岗回头道："此乃大长秋御驾，皇上特许驾车入宫。你待要如何？"

"是吗？大长秋何在？他不在车上，你不过一介马夫，怎敢从我这里过去！"

"妈的，老子就要第一个进宫。你能拦住我？"

蹇岗扬鞭催马，朝驰道直奔而入。

何木大怒，立马也登上马车，驾着车就朝蹇岗追去。"你给我回来，我今天就不让你进去！"

两辆车在宫内争道竞速，谁也不让谁，并驾齐驱，一路往里冲。曹操嘴角露出一丝微笑，在一旁看着，心里默默数着数。

一、二、三……一直数到十七，何木的车子因为车辖少了一根，在跟蹇岗的车相撞之时，车轮飞出，整辆车一斜，砸在地上。蹇岗连忙躲闪，不料拉车的马受了惊吓，控制不住，直拉着车子撞进了大名堂。

守门的士兵看见这场景，全都大惊失色。

突然，被马车撞入的大名堂内亮起了火光。

糟了，闹大了！怕是马车撞翻了堂内的灯柱，失了火了！

曹操也笑不出来了，他原本只想让何木与蹇岗相争，只要车子摔翻在驰道里，御史必然不敢隐瞒，会上报皇帝偏将军违禁闯司马门，就算何家势大，朝堂之上也不得不收敛自责，何木这家伙两年内不可能争夺河南尹之位了。没想到何、蹇两人御术都会如此不济，这回可把事情闹大了。

曹操赶忙招呼众人前去救火。可这火势一旦燃起来，就非比寻常，不一会儿就蔓延开来，整座建筑浓烟滚滚。任凭曹操和手下们奋力扑救，把几个水缸里的水都倒干净了，也不见效。火势越来越大，呛人的浓烟直冲云霄。

何木和蹇岗一个摔死一个烧死，何进和蹇硕都脸色难看，各自将曹嵩叫去大骂一通。曹嵩出来时却是大大地松了一口气。

这两虎相争，终于有了个结局。不会殃及周围的狐獾犬兔了。

大名堂的熊熊烈火，直烧了一整天，火光中仿佛有一条巨龙腾空飞去。

6

君子阁的真阁也是一座钟楼，不过不在洛阳，也不在长安，而是立在昆仑山的山顶。三十六丈见方的地台高六丈，台上楼高九层。整座建筑极为开敞，有柱无墙，却风雪不进。其中第一层柱间由一面面大鼓隔开；二层往上没有房间，只有一口巨大的铜钟悬挂在中央，钟高八层。张着巨口的蒲牢形的巨大钟槌平时槌头向外，自昆仑山顶俯瞰天下。

但此时，槌头向内，一下一下地撞击着铜钟。钟声轰鸣，声达四方。各地的钟楼也会一起鸣响，一般人听不见，但御龙阁各个阁的长老们却是耳中震响。每当此钟响起，必是御龙阁又有大事发生，各地的长老即须通过各地阁中的法术，来到此处，商议决策。

此钟上次敲响还是在秦朝，是为除暴秦而响，相去已有数百年。

此次敲响此钟的，是现任君子阁的统事——卢植。

刘备也随卢植来到了昆仑山顶，但他不知为何要如此兴师动众。

“昨日大名堂失火了。”

卢植眉头紧锁，见刘备依然不解，重重叹了口气。

“玉玺丢了。”

第二章 / 窃何不为贼

1

大名堂失火，掌管宫门的偏将军身亡，皇帝大怒，指派了新的偏将军。原本各个宫门由一队士兵看守，三日一换。现在新官上任三把火，每个宫门增加到三队人手，六日一换。

今天是曹操当值以来的第六天，时近黄昏，眼看一天的值守就要结束。曹操抱着长戈斜靠在南宫司马门墙根下，心不在焉。其他功曹也都疲惫不堪，但还是板着身子，拄着长戈，端端正正地守在门口。

曹操这时候觉得，有个当太尉的爹也还不错。他伸了个懒腰，想着要不干脆提早开溜算了，反正这时候也不会有什么人再进宫了。他跟其他功曹打了声招呼，笑嘻嘻地正准备离开，却看到道上远远地走来一位少年。

曹操一瞧，这不是那天卢植身边的那位双剑少年吗？这个点来宫里做什么？

“来者何人？”曹操脸色一板，长戈一横，拦下少年，故意装作不认识的样子。

“在下刘备，字玄德。”少年拱手作揖，又从怀里取出令牌来，“奉侍中卢植之命，勘察大名堂。”

大名堂此案按理当归奉常、宗正二府负责，但侍中一职虽归于少府名下，却是皇帝直接指派。曹操仔细检查了令牌，挑不出毛病，但还是百般狐疑地看着刘备。

“进去吧。虽然你有卢侍中的令牌，但你终归是白身，入宫时间不能太长，给你半个时辰。”

“半个时辰？什么时候还有这种规矩的？”刘备疑惑地看着曹操。

“新规矩，刚定的。”这规矩根本是曹操瞎编的，毕竟心里有鬼，怕刘备发现何木之死与自己有瓜葛，本来还想说就给两炷香的时间的，“宫里不得携带兵刃。还请将武器暂交给我保管。还有，我得在旁边看着你。”

刘备皱了皱眉，也没有争辩，卸下背后双剑，交给曹操，走入宫内。

大名堂大火已经过了数日，奉常、宗正二府早已派人来调查过了。曹操双手抱肩，百无聊赖地看着火场，且看刘备还有什么花头可搞。

何、蹇两人的尸体早已移走，但翻毁的车子尚未来得及抬走，只是简单地收拾一下，和烧残的大名堂梁木、柱子、窗棂堆在一起。

只见刘备在一堆焦木之中仔细翻找，几圈翻查下来，双手黝黑，又到何木翻车处仔细探查，查看道路上的车辙轨迹，突然弯腰，从怀中取出一个匣子，把发现的可疑之物放入其中。

曹操斜眼远远看着，也不知道刘备发现了什么。那日出事之后，他把抽出的车辖偷偷扔在了散乱的翻车现场，自忖百无一失，但毕竟心虚。

刘备跑东跑西，好半天才走了出来，掏出刀笔，做出详细记录的样子："请问曹兄，大名堂事发当日，是否曹兄当值？看到了什么？"

曹操不答话，只是把双剑递还给刘备，"半个时辰已过，请回吧。"

"大名堂失火一案，与我御龙阁关系重大。还望曹兄把当日情况如实告知在下。"刘备不依不饶。

曹操的不耐烦按不住了，把双剑往刘备怀里一塞，"不记得了。"

刘备把刀笔一收，"曹兄若是觉得在这里不方便说，我改日到府上拜访。"

"哎呀，你这是不依不饶了是吧？那天何木驾车先到，蹇岗后到，二人相争宫道，俱不相让，何木突然车翻，蹇岗马匹受惊，径直撞入大名堂，然后大名堂就烧起来了。我就知道这么多，其他的你去奉常、宗正二府去问吧。好了请回吧！"

曹操不等刘备说完，就噼里啪啦地回答，同时一手揽着刘备的肩膀就往外推，一直推出了宫门外。

2

被刘备多耽搁了半个时辰，天色都暗了。

满打满算，曹操也算是值了六天班，闷了整整六天，可把他难受坏了。一下值，曹操立刻回家换了一身行头，吹着口哨，打算骑着马出去，一转头又被父亲曹嵩叫住了。曹嵩皱着眉头道："一当值就出了这么大动静，这个守门功曹不好当了，早点走吧。"

"儿子正有此意。"

曹嵩还想说点什么，门房已报大司农黄万来访，曹嵩只得挥挥手让曹操走了。

这大司农黄万，乃是朝廷重臣，出身世家，见人不苟言笑，常以有洁癖自居，现下居然来访人人避之唯恐不及的太尉，曹操不免好奇，虽然收拾马具，耳朵却听着书房里的争吵声。

"……要组建西园军，每岁至少增加一亿钱，军粮七十二万石，这军费得从哪里出？恐怕得曹公想想办法了。"

"说得都轻巧，一到用钱这事儿，都找我来筹谋，难道我有法术，会变出钱来？"

"你们曹家富甲天下，号称曹财神，谁不知道，就连皇上都说你曹嵩有点石成金术呢，不然怎么会聚敛这么多钱。"

"没有，没有的事，怎么能听信谣言呢，这都是合法经商得来的……我曹嵩也要起早摸黑辛苦经营，生意人可不容易啊。"

"如今国库空虚，财政税收每岁递减，皇上也和我说过，要曹太尉想想办法，这找钱的事情，非曹氏莫属。他可后悔让你这个财神跑去当太尉了。"

"不就是想办法搜刮民财嘛，不瞒黄兄，这个上面，小弟我倒是有一些心得……只是急切之间，真财神下凡，也搞不到这么多钱。"

"实话说了吧，曹太尉，我老黄挺看不起你们曹家，今天我是捏着鼻子来这里的，但看不起归看不起，这钱你们还得搞来！"

曹操心里知道，父亲推三阻四，其实是因为西园军八军，说是羽林军，最终还不是要沦为宦官爪牙，为虎作伥。决心摆脱宦官牵制的曹嵩，应该是不愿意干的。民间传说他们曹家有点金术，曹操也有耳闻，都是付之一笑，不过，他爹的庞大家产是如何聚拢的，他确实也犯过嘀咕。

曹操最不理解的就是，父亲不肯守着这巨量财富安安逸逸地当个宅公，却偏要去捐个太尉，在外戚宦官两大股势力之间两头受气。曹操想为父亲分忧，却闹出了大乱子，害死了人，未免有点心神不宁。

唉，管它呢，今天不如喝个痛快忘掉那些糟心事。曹操翻身上马，急匆匆地找玩伴去了。

此时张邈已经回东平去了，曹操照旧去找袁氏兄弟相聚，袁府还有几个同样官宦出身的子弟朋友正在相聚，曹操也都认识，相见大喜，几日不见，大家自然是把酒尽欢。

酒到酣处，袁绍道："你曹阿瞒当什么守门功曹啊，又累又无前程，听说陛下要组建西园军，让你爹运作一下，当个将军校尉，岂不比看门好多了。"

袁术也道："我们都去，都去。"

就连来莺儿也吵着要去。

袁绍说要去容易，先唱个带荤的艳曲儿，唱高兴了哥儿几个才有资格入军营。兄弟几个正在听曲胡闹，突然外面街道上传来一阵喧闹，闹腾得来莺儿唱的小曲儿都听不见了。

曹操揭窗一望，只见外面吹吹打打，却是有人娶亲，花轿仪仗直铺出三五条街去，显然是个大户人家。

曹操看到灯笼上的字，突然眉头一皱，扭头对大家说道："今天我曹操很不爽，我要去把那个新娘抢走！"

屋里众人愣了半晌，爆发出一阵狂笑，"阿瞒又喝多了吧？"

曹操却不依不饶："不行，今天我就是要干这一票。是兄弟的，就跟我走。你们敢不敢？”

这个事情有点太过胡闹了，京城之内劫夺新娘，可不是闹着玩的。

袁氏兄弟面面相觑，但他们毕竟纨绔子弟，在京城里横行惯了，从没怕过谁，此时酒劲上来，袁绍拔刀斫桌，大喊一声：“好！抢就抢，好兄弟一起去！”

袁术也笑嘻嘻地附和说：“这就是我们西园军的第一战！”

大家乱哄哄地捡起兵器，骑上马，顺着鼓乐声跟踪而去。曹操走在最前面，他们酒醉眼花，在马上东倒西歪地晃荡，前面迎亲队伍走得远了，鼓仗之声逐渐听不到了。

“我们是不是跟丢了？”

曹操却胸有成竹：“我知道哪一家，跟我来就行。”

他们在洛阳城里东转西转，绕了一大圈，果然到了一个张灯结彩的大宅子面前。曹操看看四下无人，跳下鞍，带着大家绕到后巷子，指了指一扇半掩的厨门：“就在这院子里了。”

袁绍从门缝里探头看了看，“怎么还有这么多奴仆，还有士卒守卫，莫非是什么官宦之家？”

曹操一边轻蔑地笑，一边指挥大家用围巾把脸蒙上，“你们难道不知道这是谁家府第？”

“谁家？”

曹操扯过门上的红灯笼，指给他们看，只见上面一个巨大的“蹇”字。

“蹇硕？”袁绍的酒醒了一半。

“快走，快走，这个人不要惹。”

曹操已经一脚踹开后面的厨门，朝着门内惊愕不已的奴仆大喊一声，杀了进去。

3

蹇硕身着采章冕服，头插雉羽，正在堂前喜滋滋地招呼客人，突然听到后堂一阵嘈杂，几个奴仆老妈滚爬出来，喊道："不好了，新娘子被抢走了。"

蹇硕孔武有力，遇变倒是不慌，喝问："有多少人？"

"不多，四五个，蒙着面的大汉，冲入后堂，把新娘子扛在肩膀上就跑了。"

"想跑？给我追！分头追！"蹇硕大喊。蹇硕虽然只是个小黄门，但权势甚大，又好武力，养了数百家兵，此时脱了礼服，令手下牵出马来，分兵数路，追了出去。

话说曹操袁绍等人，趁着婚礼嘈杂，后堂人多眼乱，又都是不当事的奴仆女人，抢了新娘子，高一脚低一脚地往外就跑。蹇硕住处靠近都城西南，一越过小苑门就甚为荒僻。曹操等人将新娘放在马背，正逃窜间，袁绍一个不小心，竟连人带马冲入一大片荆棘丛中，挣扎不出。

眼看灯笼火把越来越近，袁绍却怎么也挣不出来，没想到曹操在一边哈哈大笑，高声喊道："快来快来，抢亲的贼子在这里！"

袁绍听了大怒，骂道："曹阿瞒你这混账，有你这样喊的吗？"

袁绍一着急，死命一挣，倒是连人带马挣脱出来了。曹操喝道：

“这不出来了吗？快跑快跑！”

此时袁术等人早已经跑远了，只余袁绍、曹操在后面，袁绍不管曹操，自顾自抢着往前跑，曹操带着新娘，却跑不快，一不小心，自己倒被荆棘缠住了出不来。

曹操挣扎了几次，无奈被刺丛挂住衣服，脱身不得，只得喊道：“你把这女的带走。”

袁绍跑回来，绕荆棘丛兜了一圈，无路可进，眼看背后灯笼火把越来越近，没奈何只得喊道：“孟德，我去附近找找有没有斧子，有了再回来救你。”自己飞一般走了。

过不了一刻，蹇硕已然带着家兵赶到，刀枪并举，灯笼火把照进荆棘丛中，家兵们叫道：“在这里了！”

蹇硕笑了起来。此人身体壮健，高出常人一头，还有一脸的伤疤，尤其显目的是左颧骨的一记刀疤，连鼻梁都似歪曲的骨骼做的，笑起来如同鬼怪般狰狞。

蹇硕笑道：“哈哈，小贼，现在还能往哪里逃？我可真好奇啊，这洛阳城里居然有人吃了豹子胆，敢到我蹇家闹事。你把蒙面巾解开，让我看看，没准大爷我能放你一条生路呢！”

曹操头发蓬乱，双目尽赤，却不肯放开女子胳膊。

“以为你手里有新娘子，我就不会杀你吗？”蹇硕拍掌笑道，“小的们，扔火把，烧死他们。”

“等一下，好好，我放人，我把新娘子放了，你们先让她走。”曹操连忙道。

“这不是我开的价。怎么，不想让我看到你是谁？那就自断右手，走出来就没事了。怎么样？”

“蹇硕，你这是要杀了我吧？”曹操也在蒙面巾后面不露齿地笑了。

“讨价还价嘛。”

“信不信我早晚干掉你？”

蹇硕拿过身边家兵火把，“这妮子反正被你拉了手儿，我也不想要了，还是烧了吧。”他将火把扔入荆棘丛，又大声呼喝，瞬时十多个火把扔了进去，转眼间荆棘丛就烧了起来。

荆棘丛中一片火光，亮晃晃的，将树影摇曳着投射出去。曹操单手拔刀乱砍，试图将荆棘砍开，辟出一条路来，但每走到荆棘丛边缘，就又被四面围着的家兵用乱刺的长枪赶回烟火丛里，眼看就要被活活烧死在里面。

突然一道白光骤亮，如清风拂柳，只听得叮叮当当之声，十几杆长枪都被截断。只见一位衣着平常的少年，手持长剑站在场中，他背上背着双剑剑鞘，但手中只持着左剑。

蹇硕惊怒之中，大声下令，众家兵持枪乱扎，少年左手横掠，长剑划出一道弧线，又将十余杆长枪截断。

此剑有刃无锋，坑坑洼洼满是凹缺，但切断白蜡长杆毫不费力，竟然是削铁如泥。

空了双手的家兵们面面相觑。蹇硕大怒，抢了身边一人的长枪，道：“你知道我是谁吗？敢管我的闲事！”

少年冷冷地说：“我知道你，蹇大狗。皇上喜欢看角戏，常常让宫人互相搏杀。你是宫中黄门里最能打的一个，从小打到大，最高时一天能打十二场，号称常胜不倒黄门。”

蹇硕道：“好，知道我的名号还敢来送死，有种。”他大吼一声，一枪朝少年刺去，枪至半途，却突然一折，转向曹操，这一枪迅若飞箭，枪缨奓开，在空中犹如一朵硕大的红色菊花，气势之盛，倒是当得起常胜之名。

叮的一声，枪尖撞上剑尖，偏开半尺，从曹操身边掠过。少年收剑道："我在这里，就谁都不能打！"

"凭什么？"

"令侄蹇岗驾车不当，致使大名堂失火，玉玺失窃。不出半月，你又在洛阳城中厮杀，若闹出人命，对朝廷也不好交代吧？御龙阁要照看京畿安宁，不得不管。"少年拱手一拜，表面恭敬，但又丝毫不让。

"呸，御龙阁管得还真宽啊。"蹇硕皱了皱眉，偷偷地揉了揉手腕。原来刚才那一枪，他双手被震得发麻，枪比剑分量要重上许多，蹇硕却吃了亏，对少年不免生出几分忌惮。御龙阁的名头他也听说过，但就这么放了两人走，他又不甘心。

少年眉头一皱，轻声说："我这一把剑，是救人剑。"另一只手摸上右肩上的剑柄。那只剑柄上黑乎乎的都是锥形刺，如果捏实了，只怕自己手上先要破皮流血。少年把手掌轻轻搭在剑柄上，他的手指修长有力，"这一把剑，则是杀人剑，如果它出鞘了，这里有人必须死。你们都快让开吧，今日我不想杀人。"他的目光望向蹇硕，亮如朗星，不知怎的，蹇硕竟有点害怕起来。

他把手举在空中，只要挥手向下，他身后的卫士家兵就会一拥而上。蹇硕身体壮健，高出少年两个头，身边更有三四十名家兵拱卫，面对温和仁厚的少年，却不知道为什么，他那只手竟然不敢挥下去。

"好，我把这女人带回府。你们两个，我当没看见，可以了吧？"

少年望向曹操，显然是希望曹操接受条件。

曹操装作没看见，扬起下巴，"放这个女的走，我就放过你们。"

少年眉头一皱，"你别胡闹了。"

曹操“哼”了一声，道：“怎么是胡闹？”

新娘突然跪在了地上，“我是被逼的，我愿意跟两位公子一起走，做马牛回报！”

蹇硕扬了扬手，一旁管家连忙递上卖身契，“有买有卖，天经地义，莫非御龙阁还要管人间的婚嫁喜丧了。”

少年看向曹操，面露为难之色：“这个……我们确实管不了。”

曹操跳起脚来：“他是宦官呀，连个把式都没有，却强抢民女，难道你就不管这女子日后一辈子的苦了？他刚才还说她不干净了，要烧死她呢！”

蹇硕恼了，大喊一声，他身后所有家兵全都举起枪来，人群里伸出两把搭钩，一把搭住新娘，将她横拉竖拽，扯到了蹇硕阵营中。

曹操本想上前，被少年按住肩膀，拦了下来。

此时一名小太监突然慌慌张张地跑了过来，在蹇硕耳边说了几句。蹇硕脸色一变。

“好好好，”他回头望向少年，点头道，“你敢留下名来吗？”

少年一手依然在剑柄上，对着蹇硕道：“在下刘备，字玄德。”

“哼，好，我记住你了。”

曹操之前一直藏着脸，想的是父亲毕竟在朝堂上为官，万一露了行迹，后面麻烦太大，此时见刘备轻轻巧巧就留下名字，怎甘落后，扯下面罩，喊道：“喂，小爷的名字你也不妨记着，老子姓曹，叫曹操。”

蹇硕呵呵地笑了起来，“原来是曹太尉的儿子，怪不得，怪不得。好，我记住你们俩的名字了。刘备，曹操，日后想必还有相会之日。”蹇硕冷笑着，一挥手，带着手下掉转马头走了，路上还不住回头，看他们两个。

“去他的！”曹操见蹇硕走了，狠狠地把刀摔在地上。

“曹公子，到底发生了什么事？”刘备问道，“你认识这个女子？”

“不认识，”曹操“哼”了一声，“宦官娶亲，不过是假凤虚凰，哪里顾及女子的未来。我看不惯。”

“就因为这个？”

“就因为这个。”

“因为一个素不相识的女子，几乎把命丢在这里，这可不像你。”刘备似笑非笑，摇了摇头。

曹操不耐烦地扬起下巴，“哼，你又不知道我是什么样的人。喂，你怎么会在这里？”

“我是特意来找你的。”

“找我？”

“那天大名堂失火，我有几个问题，还想再找你问问清楚。玉玺之事，事关重大……”

“玉玺！玉玺！就知道玉玺！你们御龙阁的就会说大话，连一个女子都守护不了，还说什么守护天下！我第一个看不起的，就是你们御龙阁的人！”曹操冷笑，也不道谢，也不告辞，说完转身就走。

刘备收剑回鞘，望着曹操的背影，若有所思。

4

蹇硕回到蹇府，换掉身上的新郎服，急急忙赶到一间屋内，屏退了左右，关上门。

“蹇常侍今天大喜的日子，我突然拜访，实在是唐突了。”屋内大堂上正坐着一位常侍，两边还站着几名小黄门服侍。常侍的头发全白了，但梳得一丝不苟，油光滑亮的。他慢条斯理地梳了梳头发，拇指上一枚硕大的绿玉扳指耀眼异常。此人正是洛阳城中炙手可热的张让。

蹇硕连忙跪下行礼，“我这就纳一房小妾，不是什么大事儿。听说娘娘有吩咐，还是娘娘的事儿要紧。”

“哦？还拿娘娘的吩咐当事儿吗？”

“除了皇上就数皇后娘娘最大，那肯定是最要紧的事儿啊！”

“那王美人怎么还能在您府上诞下龙子呢？”

“这……”蹇硕心里一紧，“这让王美人暂住府里，也是皇上授意的啊……”

“您蹇府造得雅致幽趣，王美人看着舒心，皇上安排她在您府上养胎，自是再好不过。皇后娘娘得知此事，差我送了安胎的药膳，可是送王美人喝了？”

“我……”蹇硕头上冒出冷汗，“我亲眼看着她喝下去的，可是不知怎的……”

“蹇老弟，您做了什么，没做什么，娘娘可都是一清二楚的。”

“我……”

“何皇后乃是我等富贵所在，是宫中常侍的共识。莫非蹇老弟另有想法，或者不稀罕富贵了？”

“不敢不敢。”

蹇硕还想说什么，被张让抬手打断了。他又抬手拢了拢头发，一旁的小黄门掏出个纸包，放在蹇硕面前。

“王美人产后虚弱，还须多加调养。这是皇后娘娘特意给的方子，还望蹇常侍帮王美人好生煎煮起来，”张让顿了顿，又咬着牙说，“要一口一口，喂给她。”

“臣遵命。”蹇硕额头上的汗滴顺着脸庞滑落了下来。

那天夜里，蹇硕亲自提着药盒，来到后院。王美人抱着孩子正在月下赏荷，那小孩长得粉嫩可爱，眉目甚为机灵。从生下孩子，她们就一直没回过宫里，如今怀中小孩已经牙牙学语。

蹇硕道：“屋外凉，让保姆带皇子先回屋休息吧。我还有几句话要和贵人说。”

“蹇常侍，来得好，我什么时候能见到皇上？”

蹇硕打了个哈哈，“早晚的事情，贵人不必心急。听说贵人最近身体欠安，总得身体先养好了，才能更好地服侍皇上呀。”

“说的也是。”

蹇硕揭开药盒，端上一碗汤药。

“这是臣寻的方子，内有人参虫草等贵重补品，给王美人补补身子。”

“谢谢蹇常侍了，”王美人接过药碗，喝了两口，“要不是蹇常侍照顾，我早被杀猪的何皇后所害了。”

“哎哟，您可别这么说，这隔墙有耳……”蹇硕紧张地看了看周围。

“哼，有什么好怕的，全宫上下，有谁不知道这皇后出身……如今我有了陛下的龙种血脉，难道还怕了她吗？等我见到了皇上，等小协当上了太子，一定不会忘记蹇常侍您的恩德。”王美人捂住嘴巴，轻咳了两下，话没说完，突然低头，愣愣地看着自己手掌上的血。

“这药……”王美人瞪着蹇硕，身子直挺挺地向后倒去，药碗咕嘟一声掉入水中。

蹇硕看着摔在地上的王美人，叹道：“你这宫中的经验还是太少，天下权贵，不是靠肚皮就能挣得的。”

他跪下来，再次揭开药盒，又端出一碗药来，取了根勺子，一口口地喂给躺在地上不断挣扎的王美人。张让常侍的命令，必须不折不扣地执行。

月色依旧如碧纱罩下，池塘里鱼虾不断地蹦跳起来，翻白了肚皮，在水流的旋涡上打转不去。

蹇硕正低头欣赏美人垂死婉转的画面，突然听到一人从墙边跑走的声音。他把碗一甩，喊道：“什么人？给我抓回来！”

紧接着听到外面一阵乱哄哄的喊叫声，奔跑声，打斗声，良久方歇。

过了一会儿，有人到阶前请安，蹇硕问道：“人抓来了吗？”

“咱派人在前后院子里都设下绊马索，果然抓住了这个贼人。”

蹇硕哈哈大笑，起身走到院子，只见曹操被五花大绑捆到院中。

“怎么样？”蹇硕问。

“妈的，”曹操扭了扭头，“今天酒喝多了，居然小水沟里翻船。”

“呵呵，”蹇硕笑了，突然脸色一寒，道，“曹公子，深夜跑我府里做什么？”

曹操晃开了奴仆压着脖子的手，昂着头说：“实不相瞒，蹇常侍您新纳的小妾，我想救她走。”

“哈哈哈。”蹇硕大笑起来，“曹公子果然少年风流。我已经放你一次了，你还要来，不死心？”

“我曹某人从来不死心。”

“勇哉！”蹇硕拍着手，对曹操点点头，“曹公子真乃英雄，我今天心情好。给你指一条明路如何？你父亲如今官位不低，也算是我们黄门中出来的人才，我想当新组建的西园军的头儿，别的不说，缺钱，你爹肯帮忙的话，则天下荣华富贵，我们携手一起得。如何？”

曹操摇摇头，道：“请容在下拒绝。”

“呵呵呵，你今天要救的女人是救不了了，但我府上还有不少姬妾，你看上哪个，我就都给你啊。”

曹操一愣：“我想问，那个女人怎么了？”

蹇硕摇头：“死了。刚带回来就跳井了，也是个刚烈女子了。”

曹操头上青筋暴起，被两名奴仆压着居然翻身站起，想踢蹇硕一脚，又被使劲压了下去。

蹇硕吓得后退。

曹操仰天哈哈大笑说：“天下富贵我想要，但我曹操想要的东西，自己会夺回来，不需要别人的施舍。”

“要杀了吗？”

“不不不，”蹇硕拍着手，赞许地笑着，“这人给我留着，我有用。来人！叫书佐过来，我想给曹嵩曹太尉写封信。”

5

曹嵩在蹇府庭院中站了半天，烈日当空，照得人直流汗。等了老半天蹇硕才慢慢悠悠地从门里出来，嘴上说着“抱歉抱歉，让曹太尉久等了”云云。

曹嵩依然恭恭敬敬地拱手道：“蹇常侍，逆子个性调皮，顽劣无度，得罪了您。但望常侍念在犬子年幼无知，给他一次改过自新的机会。请蹇兄放他出来，我一定带回去严加管教。”

“曹太尉说什么呢？”蹇硕矢口否认，笑呵呵地说，“令郎可不能算年幼无知啊，文武双全，年少风流，一人一刀，搅得我蹇府上下鸡犬不宁。”

曹嵩一听，这蹇硕是要狮子大开口啊，但为了儿子也只能认了，双手抱拳，恭敬地深鞠一躬，就快弯到地里去了。

“蹇常侍，只要您把逆子曹操放了，我曹某人什么事情都可以答应你！”

蹇硕哈哈大笑，“我蹇硕是什么人，哪有事求于人呢？我没什么要办的。”

“是是是，蹇常侍天纵英明，又是皇上亲信，哪有什么事情呢，就算有点小事，也没有什么是钱解决不了的。是在下唐突了。”

蹇硕“哦”了一声，似笑非笑地看向曹嵩，“你这话提醒了我，实不相瞒，我缺钱啊。”

“你要多少，我给，”曹嵩伸出五指，“五千万怎么样？”

蹇硕连连摇头，低头到曹嵩耳边低语：“我不想要你的钱，想要你的点金术。听说曹家有高人相传，得了点金术，流传数代，这一次，你得传给我。”

曹嵩顿时吓得脸色煞白，张口结舌，良久才道：“没有，没有的事，蹇常侍这是从何说起，哪里有这样的事情。”

蹇硕盯着曹嵩眼睛，只是嘿嘿冷笑，“曹财神呀曹财神，我的新娘因你公子而死，今天这事可难善了。若没有点金术，你也别再想见到贵公子了。”

曹嵩气得咬牙跺脚：“这个逆子！也罢，罢罢罢。我就把这秘法传授给你吧。这点金术不可擅用，一个月最多用一次，切记切记。三年之后，蹇兄您自然就富可敌国了。”

蹇硕脸上笑开了花。自从曹嵩出一亿钱买下太尉之后，人人疯传曹家点金术之神奇。得了这点金术，西园军招募之事，再也不用看大司农眼色。此后自然是要风得风，要雨得雨。蹇硕这么想着，连忙把耳朵凑过去，听曹嵩细说咒语。

曹嵩嘴里念念有词，把咒语跟蹇硕说了。“蹇兄可以今夜沐浴焚香，念此咒语百遍，自有奇效。”蹇硕听完转身就要走，被曹嵩一把拉住。

“我儿子……”

“灵不灵总要试试看，奏效之后，令公子我定会原璧奉还。”蹇硕拱了拱手，匆匆而去。

曹嵩望着他的背影，长叹了一口气。

次日一早，天才刚刚亮，蹇府的大门就被敲得震天响。管家又惊又喜，把蹇硕从睡梦中叫醒，说突然间有近百艘粮船停靠蹇家码头，背后一艘接一艘，还在不断开来，一眼望不见头，一迭声地催促蹇常侍收纳，眼看仓库里要满溢出来了，如何是好？

蹇硕大喜：“这点金术竟然有此神效！曹太尉没有骗我。”

“那曹家公子呢？”

“把他放了。”

6

曹操从蹇府出来，莫名其妙地回了家，以为又要被父亲痛骂一顿，没想到曹嵩看见他，也不责怪，叫下人备了一桌子饭菜，看着曹操狼吞虎咽。曹操饿了一晚上，自然也不客气，吃了个风卷残云，才把嘴巴一抹："儿子听得只言片语，说是你把点金术传给蹇硕了。嘿嘿，爹，这是怎么回事？咱们家真有点金术不成？"

曹嵩斜倚在凉席上，摇着蒲扇，笑道："这世上哪有聚宝盆点金术这样的东西？万事万物，都是要靠自己努力才能获取。"

"那父亲您说的咒语又是怎么回事？"

"过了今日，蹇硕自然会知道自己上了当。"

"哦，哈哈，我倒是很想看他那时的表情。"

"你先别高兴，我问你，刘备找你是怎么回事？"

"来找我问司马门的事情，这你也知道？"

"我让你去当司马门功曹，本来呢，是有些想法，但你做得也太多了。多就容易错，比如那个车辖子，你又何苦扔回去呢？"

"什么，爹，原来你都……你是故意把我安排到司马门里的？"

"切记，此事莫可再对旁人说起。"曹嵩眯起了眼，"你勇则勇矣，可是匹夫之勇有用吗？碰了多少墙壁了？做事要小心谨慎，多想，少动，想清楚之后，又要如山川入海，势不可当，不可有些许犹豫。"

曹操没想到父亲竟然对自己做的事了如指掌，平时浑浑噩噩，内心中竟然藏有如此心思，不由得露出不可置信的表情。

"爹，我看你才是阿瞒，大阿瞒。你都瞒了我些什么？"

"也是时候和你说了。"

曹嵩坐起身来。突然之间，曹操觉得有什么不对劲，外面的天还是大亮，但他们家的后堂里，仿佛黑暗笼罩一切，一种压抑的寂静覆盖在空中，连堂外的鸟声都消失了。

"我们曹家，之前是夏侯家，起于草野，士族大夫有世家，我们草野江湖难道就没有吗？我告诉你，有一个窃贼世家，在草莽绿林中，那是一等一的地位，江湖中人见了，都要恭恭敬敬地退避三舍。谁也不知道他们的真实姓名，谁也没见过他们，小坑小骗的事他们从来不干，他们只是布下惊天骗局，卷走财富，一半散给百姓，一半用来隐藏形迹。一百年前，这个家族突然销声匿迹，其实他们没有消失，而是在用这百年的时间，布下了一个更大的局。”

曹操目瞪口呆，不相信自己的耳朵。

“你，有没有觉得自己鬼点子总是特别多，一个接一个地往外冒。不要辜负了自己的天赋啊，阿瞒。”曹嵩拍了拍曹操的肩膀，继续说，“别看你爹现在处处被人瞧不起，可你爹我还看不起他们呢。我们看得更远，看得更清楚，有更强大的依靠。”

“靠谁？难不成……要靠皇帝？”曹操问。

曹嵩指了指自己的额头：“谁也不靠，就靠这里。我们要建起自己的规则，被人看不起不重要，自己看不起自己，才是末日。被人瞧不起，你就把这个世界打碎给他看，建立一个人人尊重你的新世界。阿瞒，要做到这一点，你必须当一个最强大的窃贼。你，行吗？”

曹操震惊，十多年了，自己仿佛第一次认识父亲。

“我知道你想救那女子。可是人力有时不够，武力不够，智力也不够。那要怎么办呢？”

“好好想想吧，下次再遇到你想救的人，你能做些什么？”曹嵩再次拍了拍曹操的肩膀，背着手走了。

堂外鸟雀无声，良久才有只鸟儿试探着叫了一声、两声。

7

蹇硕还在府中手舞足蹈，突然闻报大司农黄万赶到。

他大为吃惊，这个黄万，素来与宦官不对付，眼高过顶，蹇硕颇为忌惮。但大司农贵为九卿，不得不见。

果然黄万见面就说：“我是来要粮的。”

“什么粮？”蹇硕隐隐觉得不对。

原来早上到码头的百艘粮船，都是漕运的粮船。昨天夜里有人跟他们说运河维修，不能通行，让他们暂时去蹇家码头停靠。

“这批漕运，是皇上亲自过问，为组建西园军所募。半道上怎么到了你们蹇家了？张让和大长秋都让我过来问问呢。”

“什么！这……这……”蹇硕一听就明白了，曹嵩在当太尉之前就是大司农，自是对漕运了如指掌，假传运河维修的消息，把自己给骗了。

西园军组建，乃是张让、赵忠的主意，蹇硕胆子再大，也不敢把这事搅黄了。只得连声应承，将这批粮船送往公仓。

蹇硕气得脸色发白。送走了大司农之后，立刻令人备轿，准备前往曹府问罪。突然听报，曹嵩曹太尉来访。

他大怒，胡乱地整了整衣冠，冲了出去，“什么，你这个曹骗子，还敢来见我？”

曹嵩一身朝服，站在庭中大声道：“漕运受阻，蹇硕常侍开放了自己的码头，为国分忧，可敬可佩。我带了薄礼，来感谢蹇常侍的。”

曹嵩招招手，让下人端上一瓶两尺来高的酒瓶。

蹇硕正在气头上，手一挥，将酒瓶砸落在地，顿时碎片满地，酒水乱流。

曹嵩叹道:“可惜可惜。”

蹇硕正待发怒，突然闻到一阵异香，不免低头看了一眼，这一看却再也抬不起头来。

只见地上流淌的酒水色泽碧绿，宛如青天，浓香扑鼻，忽而从桂花香转到沉香，忽而从沉香转向兰花香，居然一瞬七变。

蹇硕惊道:“这，这是七变碧玉酒啊！我只喝过一次！”

“不错，二十年的碧玉酒。此酒乃杜康后人酿造，一瓶可售二十金。”

“我居然把它砸了？”蹇硕恨不得低头舔上两口。

曹嵩哈哈大笑，“不碍事，曹某有幸识得酿酒之人，再来一瓶就是了。”

曹嵩拍拍手，下人果然又端出一瓶来。

蹇硕乃是好酒之人，自然识得此酒金贵，当年蒙皇上赐饮一杯，三个月都忘不了那味道。没想到这曹嵩手里却跟寻常酒水似的，一瓶接一瓶地送上来。

“这只是小意思啦，碧玉酒每年能产千坛，多半送入宫中，外面根本见不到卖的。我却还能再每年搞到一千坛，如若蹇兄能帮忙打开酒市，那这每年千坛美酒所值，曹某跟蹇兄五五平分！”

“你说的可当真？”

曹嵩笑曰:“点金术，是确实没有。但这发财术，我们可以一起来。”

蹇硕听了喜出望外，这买卖可以做。汉朝酒风盛行，但凡宴请，必有美酒伺候。而这碧玉酒乃是皇家贡品，世上难求，价钱极高。千坛酒可比万石粮要值钱多了，更何况年年如此，这算下来，可比百艘粮船要赚多了，于是再不计较被耍弄之事，跟曹嵩仔细商量起酒市的买卖来。

蹇硕愁道：“不过如今京城酒市被张让张常侍垄断，若非他老人家同意，我们很难插手。”

曹嵩道：“如今却有个好由头。只要说，组建西园军所需钱款可从这交易中来，那张让也必定同意了。”

蹇硕叹道：“妙计，妙计。”

二人边喝边谈，越谈越喝，直喝得蹇硕站都站不稳。

“蹇兄，募集西园军筹建款项一事，你愿意在这当中出了大部分钱，只要西园军能建起来，西园军校尉，非你莫属。”

蹇硕听了未免眉开眼笑。

曹嵩又道：“差点忘了，下官还有一份薄礼送上。”

下人又提出两个桶来，桶里水花四溅，却是几条通体金黄色的大鱼，体态雍容，就算蹇硕这样的粗人看起来，也颇为漂亮。

蹇硕不解：“唔，曹兄这是何意啊？”

“昨天在庭院中对话，我发现蹇兄鱼塘里的鱼死了不少嘛。这里有几条邪马台国买来的锦鲤，就送给蹇兄观赏吧。”

这个人精儿。蹇硕不禁摇头，他闻着四下散发的酒气，对着滑不留手的曹太尉，似乎也恨不起来了。

8

送走了蹇硕，天色将黑，袁绍就来曹府找曹操了。

“曹兄，走，咱今儿包了来莺儿的场，给你庆祝庆祝，去去那狗宦官的晦气。”袁绍搂着曹操的肩膀就要走。

曹操一把推开袁绍，道：“袁兄，曹某我从此要洗心革面，安心念书，不再去这风流之地了。”

“曹兄，不是吧？被蹇硕这阉人给吓着了？你能安心念书？我可不信。”袁绍大笑着，看向袁术。

袁术也摇了摇头：“为什么？”

“因为，我找到了更好玩的事情了啊。”

袁氏兄弟站在曹操面前，曹操眼中望见的却是苍茫大地，烟尘滚滚。

是时候了。

“二位请回吧。”曹操一拱手，吩咐下人送客，自己走回书房。

袁氏兄弟不解地走了。

9

昆仑山顶君子阁，刘备站在卢植身旁，向众人汇报自己调查的结果。

“在下调查了何木和蹇岗所驾的马车，以及造车的匠人。在下以为，两辆车都被人做了手脚，不然也不至于两辆车同时失事。而这二人相争车道，也显然是有人暗中安排。就连大名堂的火灾，也并非因马车撞翻灯柱而起。”

“你有何发现？”

“两辆车的车辖都有撞击的痕迹，独有一枚车辖，却完好无损。

所以，这枚车辖定是事后被扔回去的。既然是事后扔回去的，那说明凶手一直在现场。”

“那，这背后都是谁安排的呢？”

“是同一个人吗？”

“玉玺呢？玉玺是在大名堂被偷走的吗？还是本就不在大名堂中？”

几位统事接连抛出问题，都在等着刘备回答。

“这些……在下暂未查出答案。”刘备低着头答道。

众人议论开来，纷纷猜测究竟谁是幕后主使，有说蹇硕的，有说何进的，有说张让的，唯独没有人猜到曹嵩和曹操头上。

卢植站起身，伸手示意大家静静。

“大名堂玉玺丢失一事，虽然事态严重，大将军何进与张让、赵忠之争，也难以控制，但我今日得到一消息，此事非比寻常，若真如我所料，只怕比外戚与宦官争斗更要可怕。”

窗外乌云滚滚，仿佛要摧城拔寨。

“怎么可能？”众人面面相觑，眼中都有不信之色，问，“什么事？”

卢植示意刘备上前。

刘备从怀里掏出了一条黄色的头巾，摊在了桌面上。

第三章 / 风起凉州

1

时间回到二十七年前，汉桓帝永兴二年。

凉州，黄土筑的城墙，黄土的街道，骆驼、驮水的牛车、眼神警惕的商人，逃荒的人群在街角乞食，驿马驰过，带起一阵黄尘。

两个十余岁的男孩，衣衫褴褛，面黄肌瘦，相互搀扶着，挨家挨户敲门乞讨。年纪稍大的叫张秤儿，年纪稍小的叫张斗儿。他们并不是兄弟，只不过是在逃荒中认识的两个孤儿，家人可能是死于饥荒，可能是死于战乱，可能是死于瘟疫。他们都不记得了，也不是因为痛苦才选择忘记，只是这种事情根本无所谓。对他们来说，只有活下去，活过今天，活过明天，才是重要的。他们甚至都不会去想后天，那太奢侈了。

凉州治所又称姑臧，建武年间就已是西域繁忙的商业重镇，沿街开设商铺，可能要比长安和洛阳还要热闹。官设的驿馆无法满足往来行商的需求，商人们便或租或买，占下驿馆边上的土地，经营起来，称为客栈，亦可借宿，亦可饱腹。

张秤儿和张斗儿在一间客栈外徘徊，也不敢进去，只是在门口向进进出出的人群讨要一点点食物。客人们见他们肮脏的模样，都掩着鼻子快步走过，没有一个停下脚步。

一位胖胖的客人手里拎着烤鸭走出来，充满香味的油脂渗出来，滴在地上。张秤儿闻到气味，肚子里一阵狂喊，不等脑子里想好，腿脚不由自主地带着身体朝客人跑了过去。跑到客人身前，张开嘴想说什么，但饿太久了，喉咙干得说不出话，只能伸出手比画。

胖客人看浑身脏兮兮的张秤儿在这儿比比画画半天，眼睛瞄着自己的烤鸭，当然明白他想要什么。胖客人眉头一皱，嫌弃地撇了撇嘴，对着张秤儿就是一脚，正踹到腹部当中，踢得张秤儿翻了一个骨碌。

张斗儿见张秤儿被踢开，朝着胖客人就扑上来，一手紧紧地抱着胖子的大腿，另一手努力去抢那滴油的烤鸭，嘴里哇呀呀胡乱叫着。

“呔！哪里来的野孩子！弄脏了我的衣服！”胖客人一手把烤鸭举起来，不让这野孩子够到，一手想要推开这野孩子，又怕弄脏了，不肯下手。

张斗儿见够不着这烤鸭，小胳膊小腿儿一起缠在客人腿上，死死不放，然后张开嘴，朝着肥胖的大腿一口咬了下去。胖客人吃痛“哎哟哟”地叫了起来，顾不得脏，也顾不得手里的烤鸭，两手抓着张斗儿的头发就往外扯。

张斗儿还是死都不松手，但烤鸭已经落在一边，带着油脂和沙土滚在一起，一身污泥也盖不住四散的香气。张秤儿捂着肚子挣扎着爬起来，张斗儿不顾自己被劈头盖脸地打，喊叫道：“快，鸭子！”

这时，店家带着伙计冲了出来，手里抄着几把笤帚，噼里啪啦地就朝两个野孩子身上砸。张秤儿用手胡乱招架着伙计们的笤帚，一边死死盯着地上的烤鸭，一个伙计一脚正踹在烤鸭上，把烤鸭踢飞到路边垃圾堆里，张秤儿顶着落下的笤帚爬过去在垃圾里翻找，却再也找不着了。

张斗儿被从胖客人身上拉开，挨了几笤帚，龇着牙作势又要扑上去，被张秤儿拉着就跑。

不知道跑了多远，见店伙计不再追来，两兄弟喘着气慢慢地停了下来。寻了个巷子，抓了两把土塞进嘴里，权当充饥。

“为什么要跑？我……我可不怕他们！我一个人能打他们全部！”张斗儿生气地问张秤儿。

“这么说的人都是疯子。为什么要打人？你就知道打！烤鸭都打不见了！”

“啊？”张斗儿愣了一下，“那……把他们都打倒了我们再慢慢找……”

张秤儿摇了摇头，不说话。张斗儿也嘟着嘴，想要道歉却又不肯开口。

“呦呦鹿鸣，食野之苹。我有嘉宾，鼓瑟吹笙……”

隐隐地，不远处有读书声传来。张秤儿听了一会儿，循声找过去，原来是一处书塾。十几个孩童，都跟自己差不多年纪，坐在院内，举着书卷，摇头晃脑地念着。

张斗儿也跟了过来，看了看，不明所以，就问张秤儿：“他们这是在干啥？”

“念书。”张秤儿答到。

张斗儿歪着头，依旧不解：“念书有什么用，又不能填肚子。”

“可以的。”张秤儿看着张斗儿，脏兮兮的脸上露出认真的神情，

“我听人说，书中有圣贤之道，可解天下疾苦。”

“骗人的！”张斗儿摇摇脑袋，“要不然古今这么多读书人，怎么还没有解天下疾苦？”

“一定……一定是他们读得不对……”

张秤儿还在思考这个问题，张斗儿突然拍了拍他的肩膀，指着院内的一处，说：“看那儿！”

张秤儿看过去，原来是一处香案，背后挂着一位老头儿的画像，香炉里插着几炷香，案上摆着一碟碟的供品。其中有一整只烧鸡，看着十分诱人。

还没等张秤儿反应过来，张斗儿已经冲了进去，抓起烧鸡就跑。

“孔夫子的供品也敢抢！”几个学生发现了，朝张斗儿追过来。

张斗儿手上护着烧鸡，一边跑一边还回头对学生们做鬼脸，“什么孔夫子，光吃东西不干活。还不如给我吃了！”

“小贼，偷东西还敢侮辱圣人！”学生们见追不上，扔出手中的书简就砸。写满圣贤之言的竹简划过半空，正砸在张斗儿的后脑勺上，砸得他一个不稳，烧鸡落在地上。张斗儿回头要捡，被学生们追上，一把按住，作势要打。

张秤儿见状，抓起地上的沙土，朝着学生脸上一撒。张斗儿挣脱开来，还想要捡地上的烧鸡，被张秤儿拉着跑开了。

张秤儿和张斗儿逃离了书院，又在城里四处乞讨，眼见着天就要黑了，却都一无所获。

“都怪你，烤鸭没了，烧鸡也没了！”张斗儿还在抱怨。

“孔夫子是圣人！不该抢圣人的东西，会遭报应的！”

“什么圣人……你又不读书，圣人怎么会管你？”

“圣人关心天下，当然会管我们的！”

“好啊，那他就应该给我们吃烧鸡。”

“可是……”张秤儿一时语塞，说不出话。

“再说那烤鸭，要不是你打不过他们，我们一早就有吃的了。一开始你就该扑上去抢，那死胖子肯定反应不过来。你还指望他们会好心给我们吃的？”

张斗儿不停抱怨着，二人路过一个打铁铺子，看见一个大汉，膀大腰圆，胡须浓密，刷子一样毛爹爹的，眉毛也一样粗密，下压着的眼睛流露出野兽一样的光芒。他穿着简单的直襟式短衣，肩膀上搭了个破旧的褡裢，正在与铺子里的铁匠争吵。

“不行不行，你这点钱，也就打个耙草的草叉。”

“草叉怎么行？我要的是枪！上战场的长枪！”

“还上战场的长枪，你知道长枪怎么造的吗？不说枪头，就这枪杆所用的木头都是百里挑一，几十年长成的杆子，还要十几道工序加工。你这几个钱，打发谁呢？”

大汉听了，压着火气，说：“我这次来凉州，是来参加力牧阁选拔的，还请师傅帮帮忙。等我入选之后，我多给你三倍的价钱。”

“呵，就你这穷小子。你可知参加选拔的都是什么人？还想着跟他们争？”铁匠看着大汉这一身行头，轻笑着摇了摇头，“这样吧。你再加点钱，这里有几个旧枪头，我给你磨一磨，将就着用吧。枪杆我实在没办法，就拿草叉的杆子给你。明天一早来拿。”

大汉从破褡裢里掏了半天，才掏出两个钱补上，跟铁匠道了声谢，转身离去。

“你们呢？你们又想要什么？”铁匠问一旁看着的张秤儿和张斗儿。

张秤儿看了看四周，确定问的是自己两兄弟，畏畏缩缩走上来，说：“我们……我们饿了三天了……行行好，赏我们口饭吃吧！”

“我这是铁匠铺，又不卖吃的。”铁匠摇摇头，就要赶他们走。

“我们帮你打铁！”张斗儿说着，憋足了力气，挺起干瘪的胸膛，想让自己看上去壮一点。

铁匠看了看兄弟俩的小身板，笑了笑，“你们这样也能打铁？那刚才那家伙就能进御龙阁了。”

两兄弟还想说什么，街上突然一阵骚乱。

“刺史有令！为维护凉州治安秩序，无户籍者不得在城内过夜！”

几个官吏挥着鞭子，在空中打出啪啪的响声，气势汹汹地朝这边走来。

“走吧走吧，别吃鞭子了。”铁匠对他们挥了挥手，两兄弟只得再次逃跑。

天色已经暗透，黑漆漆的也不见月光。两兄弟从城里逃出来的时候跑得慢了，各自挨了几鞭。凉州城外的野地里，张秤儿和张斗儿哭哭啼啼地相互搀扶着，走了小半里地，终于看到一个破祠堂，歪歪斜斜地立在泥地里，随时都会倒塌的样子。

两人钻进祠堂里，勉强给自己寻了个可以遮风的地方，忍着饿，抱在一起慢慢睡着了。

2

“丙六组试毕！胜者，陇西董卓！”传令官报上消息。

“陇西？可我似乎在颍川见过他。”点将台上的荀绲朝前探着身子，望向校场。一场混战刚刚结束，扬起的沙尘还未散去，看不真切。

“董卓，字仲颖。父君雅，颍川纶氏尉。”左席的张奂放下手中的名册，对荀绲笑了笑，“你们颍川出人才啊。”

“董君雅！”荀绲以拳击掌，“我想起来了。这小子出生的时候，他爹给他办了一场大宴，说是有方士看他的面相看出猛虎之势，将来必成霸业，给颍川各大世家都送了名帖。”

“哦？原来是荀兄的熟人。那可要恭喜荀兄了。”张奂眉头一挑。

“张兄此言差矣。当年我可没去赴宴。纶氏尉不过是个缉贼的小官，我堂堂荀家，单就一封名帖可请不动我。”荀绲重新坐回席上，拿起案上的画像看了看，“大概是因为与他爹相貌相似吧，误以为见过。再者说来，不过是初试，运气好吧。”

“运气吗？张某可不这么认为。”张奂看向场中。沙尘渐渐落下去，隐隐有一虎背熊腰的大汉举着长枪稳步朝点将台走来。“力牧阁的初试可是百人混战，聪明的人都是先在场外游离，以逸待劳，等场中仅剩数人之后再上前迎战。上一场的胜者皇甫嵩便是如此。而这位董仲颖，自一开始便冲入混战之中，毫不畏惧。”

荀绲摇了摇头：“莽夫之勇。”

“他真的是莽夫吗？你看他战遍百人，却衣甲未损。就算是皇甫嵩的银铠也脏了呢。你说他单凭莽夫之勇何以做到？”

“张兄如此看好他？那下一场他与皇甫嵩的对决可就好看了。”

“皇甫嵩若是落败，荀兄请我喝酒？”

“一言为定。”

董卓拄着长枪望着点将台，隔着十数级台阶的距离，荀绲和张奂的赌约他自然是没听到。沙尘吹进了眼睛里，他也不去擦，只是睁大了自己的眼睛，挺直了身子，希望给台上的选拔官留下个好印象。

“安定皇甫嵩！”传令官在点将台上喊道。

“皇甫嵩在此！”皇甫嵩高声回道。一身银铠，一匹花斑白驹，一把长戟横在鞍前，闪着寒光，好不威风。

“陇西董卓！”传令官再喊。

“董卓在此！”董卓大喝，用尽全身力气。

点将台上的张奂点了点头，似是十分满意，抬手示意侍从给董卓牵来一匹马。

董卓的马是自己家里带来的驮马，虽然经过董卓的训练，但在初试之后已经疲惫不堪，无法继续作战。董卓从侍从手里接过马缰，拍了拍马脖子，翻身上马，试了几步。

董卓驱马至皇甫嵩的对面站定。二人欠身示意过后，各自端起武器，准备过招。

“丙组，皇甫嵩对董卓，战！”

一声令下，校场两侧扬起尘烟。皇甫嵩横举长戟，来势凶猛。董卓俯身趴在马背之上，双手提枪与马头齐高。一身轻甲的他冲得比皇甫嵩要快得多。眨眼间，二马交错，董卓一记重刺擦在银铠上划出一道火花。皇甫嵩的长戟则是挥了个空。

二人提马回头，小冲几步。皇甫嵩长戟上挑，被董卓用枪尾格住。此时二人的马匹即将错过，却见董卓猛拉缰绳，止住了向前的冲势，再借着格挡时的力道，从鞍上立起，手中的长枪向后一甩。战马双蹄凌空。长枪划过一个半圆，叮的一声砸在皇甫嵩的盔上。

“好！”点将台上的张奂不禁叫出声来，要不是皇甫嵩的银盔够结实，怕是要被董卓当场打下马来。

皇甫嵩心里也是一惊，赶忙回身。二人马作盘旋，缠斗在一处，兵刃交击之声在校场上接连响起。

数个回合过后，董卓愈战愈勇，一杆长枪犹如蛟龙，在皇甫嵩身前不断翻腾。皇甫嵩虽然再未被董卓击中，但也大感不妙，如此猛烈的攻势，丝毫没有给对手留下可以反击的机会。

“嘿啊！”董卓大喊一声，枪杆猛地向对手劈去。皇甫嵩抬戟一挡，震动随着戟杆传来，令他虎口发麻，长戟差点从双手中挣脱出去。董卓瞅准机会，借着反弹的力道再次从马鞍上立起，右手反握，自上而下一记扎刺。

董卓豁出去了，若是这一击不中，自己可就是全身破绽。而这一招也极其凶狠，若是扎中，哪怕是银铠也会被戳穿。

“铛！”长枪重重地扎在银铠上，竟没有刺进去。

皇甫嵩身子一晃，但很快就稳住了，回戟横切。

董卓刚刚落回马上，身子并未坐稳，举枪去格，枪杆断裂，连人带枪被扫落马下。

董卓并未放弃，在地上就势一滚，捡起断枪打算拼死一搏。皇甫嵩驱马朝倒地的董卓奔来，长戟高举，月牙刃上闪烁的寒光晃得人眼睛发疼。董卓愣住了，不是因为皇甫嵩耀眼的身姿，而是因为他发现自己的枪头不知何时不见了踪影，枪头上光秃秃的，自己举着的只不过是断成两截的木棍。

“停！”传令官喊道，“皇甫嵩胜！”

皇甫嵩勒住了马，将长戟挂在马上，翻身而下，对董卓抱拳：“仲颖兄武艺高强，此番比试，是在下输了。点将台上看不真切，待我去向选拔官说明清楚。”

“啧。”董卓没有理会皇甫嵩的说辞，转身朝场外走去。临走前一把甩掉手中的断枪，又用力地吐掉了嘴里吃进的沙子。

“可惜啊。”张奂在台上直摇头。他看得很清楚，董卓的枪头在扎刺之前的那一记重劈中被震飞了出去，但他也不打算解释。皇甫家是将门世家，皇甫嵩的入选不仅仅是皇甫嵩一人的荣耀。当今朝廷宦官当政，御龙阁需要皇甫家的帮助，才能在朝中稳住地位。

“张兄，我的酒你是吃不到喽。”荀绲在一边笑道。

“荀兄，酒我是不吃了，但董卓这个人我要了。”

姑臧夜市，灯红酒绿，董卓独自一人在酒肆里喝酒。酒厅中央有几位西域舞伎，跳着胡旋舞，衣袂飘飞。时不时有一位美人儿来到酒客们中间，邀请他们到厅中央一起跳舞。董卓挥手赶走了好几次。

他父亲对他期望甚高，自小被当作大将培养，但无奈出身卑微，投遍名帖也无人举荐。本打算通过此次御龙阁的选拔一鸣惊人，而且也几乎成功了，却怎料到功败垂成，反而被人打落马下。此时他憎恨起那个为他打枪的铁匠。一定是他偷工减料，枪头上少钉了几个钉子。不然怎么会打着打着就不见了呢？枪杆也是，要是能用上牛筋木或者剑脊木，又怎么会轻易地断了呢？而他更恨的是皇甫嵩，白马银甲，长戟寒光，一副不可一世的样子。连他那彬彬有礼的做派也令人生厌。还说什么去向选拔官说明清楚。呸。最后还不是自己人选了。

想到这里，董卓闷闷地喝掉了杯中的酒，招手唤人添酒。厅中的舞伎可能会错意了，踩着舞步跳过来，绕着董卓旋转。董卓烦躁，一把将她推开。舞伎脚下不稳，打翻了几条案几，跌在一位酒客身上。酒菜翻洒出来，几位酒客气得大骂。

董卓本就生气，拍案而起，八尺身躯立在酒厅中，那些酒客也不敢做什么，只是骂骂咧咧地让下人赶紧收拾干净。

“这不是仲颖兄吗？比武输了就拿舞伎撒气？”

董卓循声看去，只见三位酒客坐在被打翻的案几后。这三人不是别人，正是此次力牧阁选拔的三位优胜者——韩家韩遂，马家马腾，皇甫家皇甫嵩，都是衣着光鲜的世家子弟。刚才说话的就是马腾，另一边的韩遂端坐肃正，怒目而视。而被他推开的舞伎正跌坐在皇甫嵩的怀中，就势抱着皇甫嵩，一双绛唇还不断地往皇甫嵩的脸上凑。

“我输了？哈哈哈！”董卓仰头大笑，“皇甫嵩你没告诉他们吗？！是我输了吗？！”

“仲颖兄，我……我正打算去跟荀公说明，路上被韩兄和马兄拉来喝……喝酒了。”皇甫嵩推开怀里的舞伎，努力要站起身来，但显然也是喝了不少，站起一半又跌了回去。

“我呸！”董卓啐了一口，“你们这些世家子弟，就是仗着自己家的势力，到头来没一个像样的东西！”

“放肆！”一旁的韩遂站了起来，“你一个小小的纶氏尉之子，轮得到你来说话！”

“怎么？还想打吗？来啊！看看谁赢谁输！”董卓一脚踢开中间挡道的酒案，作势朝韩遂扑去。韩遂也摆开了架势准备迎战。另一边的马腾却突然一脚伸出将董卓绊倒，顺势将一酒坛砸在董卓头上。

酒坛破碎的声音在董卓的脑子里炸响，接着是脑袋砸在地上的声音。董卓晕过去之前听到最后的声音，是周围酒客们爆发出的嘲笑，以及马腾讥讽的一句：“不堪一击。”

3

张秤儿和张斗儿在破祠堂里被鼾声吵醒，发现祠堂里面原来还有一个老头儿躺在角落的草堆里，头发胡子脏兮兮地黏在一起，跟身下的茅草浑然一体，怪不得昨天晚上没能发现。

张斗儿上去踢了一脚，老头儿止住了鼾声，翻个身继续睡着。张斗儿还想踢，被张秤儿拦住，摇了摇头。张斗儿撇了撇嘴，跟着张秤儿出了祠堂，到附近村庄去讨饭吃。

祠堂附近的村子是围着一口井建成的，位于匈奴通往凉州的要道旁。一个南匈奴人在村子里开了间小馆子，卖些酒食，还提供住宿，方便来往的行商歇歇脚。馆子里还有个歌伎，也不过十来岁，是老板的奴隶，因为长得漂亮，被老板买来，在馆子里卖唱。如果钱给得够，也卖身。

那个歌伎有西域血统，发色微黄，但一张脸白如春雪，一副腰细如纤草，眼色柔媚入骨，一双睫毛更是长得惊心动魄，她忽闪着眼睛笑起来时，哪怕是村里最老实的人，也都偷偷摸摸地看她。

两兄弟来到馆子门口时，歌伎正在门口梳洗着辫子，水珠顺着一头秀发淌下来，被阳光照得闪闪发光。张秤儿走上前去，还未来得及开口，却已经看呆了，一时说不出话来。

歌伎也发现了两兄弟，抬头左右看了看，说：“在这儿等一下。”

说完披着打湿的头发跑到后厨，拿了两块烧饼出来，递给他们，“拿着。”

张秤儿还在发愣，张斗儿一把抢过烧饼，张嘴就啃。

“等等，先别吃，别叫人看见了。”歌伎看了看四周，微笑着对哥儿俩说。

张斗儿听了点了点头，把烧饼藏进怀里，抹了抹嘴上的渣渣，跑开了。回头一看，张秤儿还站在原地，跟着了魔似的，一动不动。

“秤儿哥！”张斗儿小声地喊着，“走了走了！”见张秤儿依然没反应，捡了个小石子儿一扔。

张秤儿后脑勺一疼，这才回过神来，朝歌伎点头道谢。

歌伎微笑着摸了摸张秤儿的头，白皙的手掌触到满是污泥的头发。歌伎不嫌脏，但张秤儿还是下意识地一躲，向后退了一步。

歌伎扑哧一笑，“我叫拔列兰，你叫什么名字？”

“我……我姓张，叫秤儿，他叫斗儿。”

“好玩的名字，是小名吧。你们俩，出村子往北走，有条河。吃饱了去洗个澡吧。一直这么脏会生病的。”拔列兰依旧微笑着。

张秤儿低头看了看脏兮兮的自己，羞愧地扭头跑开了。

两兄弟回到破祠堂里，老头儿已经醒了，半躺在草堆上。张斗儿离老头儿远远地坐下，从怀里掏出烧饼，扔给张秤儿一块。张秤儿接过烧饼，掰了一半，走过去递给老头儿。老头儿也不客气，拿过烧饼就往嘴里送。

张秤儿走回张斗儿身边坐下。张斗儿拿手护着自己的这块烧饼，说：“是你自己要给他的，这块是我的！”

张秤儿笑了笑，“哥不会抢你的，你慢点吃，别噎着了。”

张斗儿听了，放下了防备的手，但吃的速度却不见减，三两口就把烧饼吃光了，连手上和嘴边沾着的碎屑也不放过。

张秤儿看着弟弟的吃相，笑着说："一会儿我们去洗个澡吧？"

"啊？"

这个村子本身也很贫苦，张秤儿和张斗儿难得才能讨得到一点吃的，有时候实在饿急了，也不免要偷点东西。好在拔列兰不仅人长得美，心地也善良，每次见到张秤儿、张斗儿两兄弟，总是会分点吃的给他们。

有时候见周围没什么人，他们就会跟拔列兰多聊几句，慢慢地熟络起来，姐姐姐姐地叫着。张秤儿讲自己逃荒的故事，拔列兰讲以前在西域的生活，张斗儿就负责听和起哄。有时候老板发现了，就对拔列兰又打又骂。两兄弟看不过，远远地捡石头去砸，老板追过来就分头跑。第二天又会回来。老板拿他们没办法，几次下来也就不管了。

多亏了这位美人儿，祠堂里这一老两少就这么住了下来。

张秤儿可怜破祠堂里那个老头儿，每次讨到吃的，都要给他留一点。

老头儿年纪很大了，须发皆白，年纪看上去怕不得有八十多，衣衫破烂，也不知道是从哪里流浪过来的。他平常也不出去讨饭，就在破祠堂里睡觉、晒太阳、捉虱子。

"你干吗要给他东西吃？"张斗儿很不高兴。

"他一个老人家，行动不便，怎么去搞吃的？再说我们现在不是也每天都有吃的嘛，比在城里的时候好多了。"张秤儿一边说着，一边把讨来的烧饼掰了一半，递给老头儿。

老头儿也不客气，接过烧饼就往嘴里送。

"现在是还行，可我们不应该把吃不完的食物藏起来吗？万一哪天没东西吃了怎么办？”

“到那时再说吧。”

“呵，到时候。到时候就把这老头儿吃了吧，反正也是我们喂活的。”走到老头儿身边，张嘴龇牙，做着鬼脸。

“别乱说！”张秤儿推了张斗儿一把。

张斗儿没站稳摔了一跤，他生气地跳起来喊：“什么，你为了这个糟老头儿打我？”

“好了好了，你们两兄弟也不容易，不要为了我伤了和气。”老头儿挣扎着爬起来，“我一个老头儿，活到这岁数也够了，你们自己吃饱了就行，别想着我了。”

兄弟俩都气鼓鼓的，相互瞪着，也不说话。

“来来来，我给你们变个戏法。”老头儿说着拿起祠堂里的茅草，三下两下，扎出一只小驴，往地上一放，吹了口气，小驴就晃晃悠悠、迈着小腿儿在地上跑了起来。两兄弟看了十分惊讶。老头儿又再扎了些蜻蜓、小蛇什么的，两兄弟毕竟还是孩子，围着这些草扎的小动物满祠堂跑，自从逃荒以后第一次这么开心。

然而好景不长，村子里突然接连有人死去。村里请了郎中来看，说是瘟疫。村民们一下就慌了。

“好端端的怎么会闹瘟疫呢？”

“那两个小乞丐！一定是他们！村子里只有他们是外人，一定是他们带来的！”

“烧了他们！把瘟疫的源头烧了就好了！烧了他们！”

村民们吵闹了一夜，第二天各自拎着木棍草叉之类的家伙什，也不干活了，就在村子里四处巡逻。拔列兰也很焦急，她当然不觉得两兄弟就是瘟疫的源头，她是害怕他们俩今天真的又来了，她想先其他人一步找到这哥儿俩。

拔列兰偷偷扒开门缝，看到酒馆里的人都拎着家伙什出去了，连客人也被打发走了，于是自己也随手抄起了一根笤帚，装模作样地朝村子边上走去。拔列兰早听他们兄弟两个说过，这酒馆的后头山上有一条小路，可以通到河边，他们就是从这里进村子的。

说是小路，其实不过是一处不那么陡峭的岩壁，藤蔓蜿蜒，容易攀附。拔列兰行至山脚，把笤帚扔到一边，提着裙摆往山上爬，白皙的手指、胳膊、小腿都给划出了一道道口子。好不容易爬到了半山腰，翻过一块巨石，眼前豁然开朗。连绵的群山像一层层水波一路推到天边，形状各异的云朵飘扬着、缠绕着，在群山之间蔓延。阳光透过云朵洒下来，映得山野斑驳。拔列兰自小就被老板买作奴隶，带到村里，从来没有看过外面的景象，一时之间看得愣了。山上的凛风灌进了她破碎的衣裳，她也毫不在意，直到被一声呼唤喊醒。

“姐姐你怎么在这儿？”

两兄弟果然跟往常一样，要从此处进村，看到拔列兰衣衫破碎，手脚上还流着血，惊讶不已。

“臭老板又欺负你了？”张秤儿关心地问。

“等我下去再拿石头砸他！”张斗儿也生气地挥着拳头，就要往山下去。

拔列兰连忙拦住他：“你们快走，不要进村了，他们要抓你们！”

拔列兰跟两兄弟说了瘟疫的事儿，张斗儿听了气鼓鼓地说：“我们怎么会带去瘟疫，我们要有瘟疫我们早就死了。一定是他们自己做了什么坏事，遭了天谴！”

拔列兰摸着张斗儿的头，说：“你们都是好孩子，只是遇上的时候不好，不是你们的错。你们快走吧，不要再回来了。”

“可是姐姐你怎么办？”张秤儿说，“不如姐姐你就跟我们一起走吧！只要有我们兄弟俩一口吃的，就不会让姐姐挨饿的！”

“对啊！姐姐我们一起走！不要管那个臭老板了！他们染了瘟疫，全都会死光光的！”张斗儿也附和着。

拔列兰听了眼睛一亮，确实，自己怎么没想到呢？当奴隶当久了，全然忘了还有这么一条出路。村子外面的世界，她也想去看看。“好！我跟你们走！”拔列兰开心地笑着，拉着两兄弟的手，头也不回就准备从另一头下山。

突然，几个人影跳了出来，拿着木棍将两兄弟都打晕了。拔列兰吓得大叫，却看到酒馆老板攀着岩石跳了上来。“哼，这死婆娘。就知道你跟两个臭乞丐关系好，跟着你准没错！”老板抓住她，也不顾她手上已经受了伤，反而像铁钳一般抓得死死的，“你以为自己还能逃出去？”

两兄弟被老板带来的人捆了起来，连同拔列兰一起被带下了山。村民们在村口架起了柴堆，又把两个小乞丐给扔了上去。

“为什么！为什么是我们！”张秤儿在柴堆上挣扎着，“天天路过的行商这么多，为什么就是我们！”

“行商都住一两天就走，就你们，在这里待了大半个月了！不是你们是谁！”

“就是！你们这两个野孩子，一看就不是好东西，亏我们还给你吃的。”

“忘恩负义！”

“烧了！”

拔列兰被老板抓着在人群里看着，突然挣脱了老板，跑到柴堆前，说："一定不是的！村子里就我跟他们接触最多，我都没事，一定不是他们把瘟疫带来的！"

"啪！"拔列兰的老板一个耳光扇在她脸上，"你还帮他们说话！就是你天天给他们东西吃，他们才在这儿赖着不走。再帮他们说话我把你跟他们一块儿烧了！"

老板把拔列兰拖到一边，取了火把，就要往柴堆上扔。

突然，从远处传来阵阵巨响。村民们抬头望去，只见一个超过两丈高的巨人，通体黝黑，咚咚咚地朝这里跑过来，村民们见状四散逃开，只有老板举着火把对着巨人比画。黑巨人抬起一脚，把老板连同火把踢得老远，差点没把老板的酒馆给烧了。黑巨人也不再管他，抓起柴堆上的张秤儿和张斗儿，负在背上，咚咚咚又跑走了。

其他村民们早就吓得半死，也不敢追上去。

黑巨人背着两兄弟跑出村子，带到祠堂，把两人一放，自己霎时间就散作了一堆茅草。

老头儿从祠堂里走出来，一身白衣，腰背挺得笔直，根本没有之前的半点落魄，一副仙风道骨的样子。

张秤儿和张斗儿见了，连忙倒头就拜。

"谢老先生救命之恩！"张秤儿说。

"谢老先生！"张斗儿说。

"哈哈哈！"老头儿见了大笑，"我乃于吉，自琅琊云游至此，见你们兄弟俩心地善良，有心栽培。不知两位可愿入我门下为徒？"

张秤儿惊讶得说不出话来，反倒是张斗儿磕头拜谢："谢谢师父！"

“哈哈哈，好好好。”于吉点点头，再看着张秤儿，问，“你呢？”

张秤儿也连忙叩谢：“徒儿张秤儿多谢师父！”

“哈哈哈，很好，很好。你以后就不要叫张秤儿了，叫张衡吧。”于吉又看向张斗儿，说：“你呢，就叫张角。”

4

张衡和张角被于吉带着，来到附近山上的一个洞府，开始安心学道。张衡好学些治病救人的法术，张角好学些火雷之术，威力越大越开心。时不时地，他们之间也有些争论。

“天下的苦难，人世的疾苦，皆是人祸！皆因那皇帝老儿笨拙无能，放任朝臣争权夺势，放纵享乐，视平民百姓如草芥！难道不应该杀光这些混账，除尽这世间的恶人，重新开辟一个新的天下吗？！”张角高声宣扬，年轻的脸上满是张狂。

“非也。”同样年轻的张衡背着手，倒像是个老先生，“如今各处非旱即涝，疫病横行，民不聊生。就算恶人除尽，却没有抵御疾病和灾荒的能力，百姓又如何安宁？”

“所有天灾皆是人祸！若是管治得当，民众安居乐业，天顺时仓满廪足，遇灾时便可开仓赈济，何患不能御灾？”

“遇上瘟疫何如？”

“只要各地官员勤治，不会瞒疫不报，只需派名医除去疫源即可，根本不会扩散。哪怕未能及时发现，把染瘟的村镇围起来烧掉就行了。”

张衡听了直摇头，却又不知道如何反驳，于是换个话头，道：“你我逃荒良久，你也知道作恶的并非都是那些官员，城里商户，村中农夫，有几个愿意低头看我们？若不救人疾苦，教人向善，天下恶人你又怎么杀得完？”

张角一听，也不知如何反驳。

于吉在一旁笑着，看这俩半大小子争论半天，这时二人却都转过头来看着他，似要师父下个定论。于吉摇摇头，拍着两兄弟的脑袋，慢条斯理地说：“都好，都好。”

“欲取天下而成霸业，好。但切记不可心急焦躁，是以为人利用，半道为终。”于吉对张角说。

“欲教天下而得善果，好。但切记若无实权不可传下命，不得守一方。”于吉对张衡说。

两兄弟听得于吉所言，似有所得又不知究竟。不过他们也知道师父就是喜欢说这种云里雾里的话，也就各自谢过师父的教诲，继续研习道法，不再争执。他们要等到十数年后回想起来，才明白于吉早在此时就已经预言了他们二人的后路。

不出小半年，兄弟二人已经掌握了好些法术。

于吉心里自有打算，这两个徒弟是他计划中的一部分，但只有他们还远远不够。

这一天，于吉把张衡找来，让他下山去，把之前村子里的西域歌伎给带回来。

张衡一直都记得姐姐对他们两兄弟的好，早就想接她上山了。让他独自面对那些差点烧死自己的村民，他还有点害怕，但为了拔列兰姐姐，他愿意冒险。

自从张衡、张角两兄弟离开村子以后，瘟疫就停止了，让村民更加认定了这两个小乞丐就是罪魁祸首。就连帮他们说话的拔列兰，也被视为帮凶。老板又不舍得杀了她，就给她拴上脚链，锁在屋里，只让她做些皮肉生意。

这一天，拔列兰怠慢了客人，老板气冲冲地朝她走过来，举起鞭子就要打。

突然一个巨人出现，朝着老板就是一拳。老板慌张地一滚，狼狈地躲开了。

原来这巨人是张衡用剪纸小人所化，虽没有之前于吉变出的那么魁梧，但也凶神恶煞一般，十分吓人。

“拔列兰姐姐，快跑！顺着河往山上跑！”张衡对拔列兰说，“我来拖住他们。”

拔列兰看看凶恶的巨人，又看了看张衡，认出了他就是之前的小乞丐：“是你？”

“我有大名了，我叫张衡。”

“啊，张衡，你是来救我的吗？”拔列兰说，她长长的睫毛闪了闪，“我再也不想在这里待下去了。”

一瞬间，张衡本来因为紧张而干瘪下去的胸腔里鼓满了勇气。他大声说：“是的，你再也不用害怕那些坏人了。”

张衡上前，掏出一张符，贴在锁链上，双手一指，将锁链烧断。

“快跑，我一会儿就来找你。”

拔列兰对张衡点点头，朝山上跑去。

纸巨人没有张衡的指挥，不会动弹，被老板几鞭子抽碎了。村民们也听到了动静，抄着各种家伙跑过来。张衡从袖口一掏，又变出几个纸人，拦在面前。他嘴里念念有词，指挥着纸人拳打脚踢。

“妖术！他会妖术！”村民们被打得节节后退。

“别怕！看我唤来狼主相助！”老板拿刀一割自己的手腕，嘴里叨念着什么，不一会儿，变作一个似狼非狼、似人非人的模样。

张衡见状，大觉不妙。

狼人尖牙利爪一通挥舞，很快就把几个纸人都撕成了碎片，随即四肢刨地，朝张衡扑来。

张衡闪身躲开，拿出火符，贴在狼人背上，顿时燃烧起来。狼人吃痛，滚在一边。村民们都冲过来，把张衡团团围住。

张衡见被包围，又掏出一符，往地上一掷，纸符霎时化作黑烟，四散开去，使了个障眼法，就要逃走。一旁的狼人滚灭了背上的火，又扑了过来，也不管看不看得清，对着黑烟就是一通乱抓。等到黑烟散去，却不见了张衡的身影。只有几片破烂的衣布散落在地上，衣布上沾满了血迹。

狼人四下寻顾，找不着张衡，气得大吼。他四处嗅了嗅，转了两圈，又突然回头，朝着山上跑去。村民们拿着草耙锄头乱哄哄地跟在后面。

张衡躲在一棵树下，狼爪在他背上留下几道疤痕，血流不止。见到狼人朝山上跑去，知道是去追拔列兰了，赶忙起身，但背上疼痛难忍，没走几步就又摔倒在地。张衡心里着急，取出火符往自己背上一烧，止了血，又吃了一颗丹药来止疼。

他掏出一张符纸，三折两折，将其化作一匹纸马，跨坐上去，朝山上追去。

凉州的山上，树木不多，但乱石丛生。张衡心急如焚，驾着纸马踏着石块跑着。然而纸马毕竟是纸马，哪里够真马灵活，跑着跑着，一脚踩在石头缝里，咔嚓，整条前腿断作两节。接着整匹马也碎裂开来，化作纸片。张衡被抛下来，摔在石堆里。

他远远地看见山崖上有个轻盈的身影在跑，看见后面是狼人狰狞的黑影步步逼近，如同魔兽的獠牙，而村民们手持农具，枝枝杈杈的，组成了魔兽的身躯和尾部。

拔列兰突然间站定了脚步，张衡体味到了她誓不回头的决心。张衡明知道太远听不见，还是大喊道:“不要啊！”

小小的身影落了下去，如同一片无依无凭的树叶，直落入山崖下的深潭，溅起了一朵惊心动魄的水花。张衡垂下了头，他低声说:“我是来救你的，我是来救你的啊。”

于吉和张角站在洞府门口等着，这一等，直到太阳西沉，星辰升起。

“为什么不派我去？”张角不服气地问于吉，“这么久了还没回来，是不是失败了？”

“莫急，莫急。”于吉捋着长须，笑眯眯地看着山下，好像什么都知道一样，“你看，这不是回来了吗？”

张角转头望去，看到张衡背着拔列兰，满脸泪痕，一步一步踏着台阶走了上来。

“死了？”张角跑上前，接过歌伎，一探鼻息，“真的死了。”

张衡跪在于吉身前，眼里泛着泪光，磕头道:“徒儿学艺不精，师父，请你救救她，救救她。”

“莫慌，莫慌。这都是造化呀。”于吉依旧捋着长须，示意张角把拔列兰放在地上，又从袖子里取出一个匣子，放在拔列兰头边，接着将半斗黑芝麻倒在她的脸上，将她口鼻罩住。

“会唱歌，会跳舞，这都很好，可惜还有点刚强，不够狐媚呀。”于吉说着，取出一根毛茸茸的狐狸尾巴，从尾尖上拔了三根毛，放入黑芝麻中。

“要能扰乱天下，琴棋书画，诗词歌赋，亦不可或缺。”于吉又将几本书烧成灰烬加入了黑芝麻中。

张衡、张角不明所以，只能愣愣地看着老师行动。张衡不知道怎么回事，似乎听到了一声叹息，但他举目四顾，找不到发出声音的人。

“差不多了。”终于于吉满意了。

“混沌上神，法力无边，非天非地，非阳非阴。”

于吉念动咒语，匣子中生出一缕雾气，慢悠悠地把拔列兰罩住。

“人本非义，命有无常，重回混沌，归于本初。起！”于吉话毕，雾气中光芒四射，亮得张衡、张角两兄弟睁不开眼。等到光芒散去，拔列兰施施然站在其中，一头本是草黄色的头发变得乌黑发亮，脸色犹如白玉般透明，她不但活过来了，而且比之前更加美艳媚人，眉目一转，宛如春波荡漾，勾人心魄。

“姐姐！”张衡高兴地喊着，冲到拔列兰跟前，想要拥抱她，却又不好意思。拔列兰在星光下转过身来，张衡伸出的手僵在半空。

拔列兰的两眼炯炯有神，黑白分明，但那不像是眼睛，或者说，不像是人的眼睛，而是像一对被流沙掩埋了许久的珠宝。

张衡站住了脚，忍不住想后退。

拔列兰朝他俯下来的身子，遮住了星光，伸出一只手摸了摸他的头顶。

张衡咧了咧嘴，艰难地说：“姐姐你没事真是太好了。”

“姐姐……是谁？”拔列兰问。

“姐姐……姐姐不记得我了吗？”张衡问。

“我是谁？”拔列兰又问。

张衡愣住了。

一瞬间，张衡的眼泪就流了下来，然而拔列兰脸上却是毫无表情。张衡的感受是，拔列兰走了，面前站着的人再也不是他的拔列兰姐姐，张衡泪光闪动，比还是身为小流浪儿、被人唾骂时还要孤独。

“哈哈哈，问得好。”于吉突然大笑。

“张衡，我要给她取个新名字了，”他想了一想，“就叫貂蝉吧。”

“貂蝉……”她小声地念了一遍自己的名字，转头看着张衡，“你叫张衡？”

张衡点点头，眼泪扑簌簌地流了下来。

她摸着他脸上的眼泪，半天才好奇地问：“这是什么？”

“咳咳。”张角一脸坏笑地看了好一会儿，“这是哭，软弱的人才哭。”

“我叫张角。”张角又道。

貂蝉点点头，又看向于吉，问：“你叫师父？”

“哈哈哈！”于吉大笑着，回道，“我叫于吉，但是你要叫我师父。”

“你有两个名字？”貂蝉歪着头，十分不解。

“扑哧！”张角不禁笑了出来。于吉摇了摇头，笑着说：“你要学的东西太多，为师之后慢慢教你。”说完，转身走回洞府。貂蝉点点头，跟了进去。

第二天，于吉把两兄弟唤到跟前，貂蝉站在一边，蒙着面纱，勾人的美貌被遮住了，那一股狐媚之气似乎也被面纱给遮挡了。张衡和张角都不再把她当作拔列兰，而是当作他们新的同门师妹——貂蝉。

于吉等两兄弟跪拜施礼完毕，从袖里掏出两张纸符，朝前一掷。

纸符笔直地朝两兄弟飞去，又忽地停在他们面前，徐徐展开。两张纸符上各写了一句话，张角的那张写着“苍天已死，黄天当立”，张衡的那张写着“岁在甲子，天下大乱”。

张角不解其意，探头想要去看张衡的那张，纸符却突然烧了起来，一瞬间化为灰烬。

“这两句是颠覆人心的咒语。你们俩各自记着，切不可为他人知晓。就是你们两兄弟之间也不能相互告诉。”于吉说。

张衡磕头遵命，张角嘟了嘟嘴，也磕头领命。

于吉点点头，又让貂蝉走到两兄弟身边跪下，道：“从今以后，貂蝉就跟你们一起学习道法，待到你们学成之后，为师自有安排。”

“弟子遵命。”三人一起道。

于吉点点头，起身欲走，张角突然问：“师父，徒弟可否一问？”

“什么事？”

张角：“那个村子里，再没一个好人了，徒弟现在有了本事，该如何处置？”

于吉不回答，而是问张衡：“衡儿你说呢？”

张衡想了一下，又看了看貂蝉，道：“徒儿以为无须处置。此村中还有羌胡之人会使狼主之术，如有不慎，怕多生事端。如今村中歌伎已死，他们也不知我洞府所在，无所追究，定不会影响师父大计。”

于吉笑笑：“哈哈哈，确实，多一事不如少一事，不理会就好。”

“弟子遵命。”张角如此回道，但却默默咬牙，心有不甘。

三个月后，山脚下整个村庄都被一场大火烧成白地，一个活人也没有逃出来。这火究竟是谁放的，没有人知道。

第四章／混沌草莽

1

董卓和他的弟弟董旻是在颍川出生的，因此他们的父亲董君雅给他们起表字仲颖、叔颖。但很快，他们就随着父亲的离职而离开了颍川，回到狄道。董君雅在颍川任纶氏尉时，多少存了点俸禄，回乡在城外辟了几亩田地，买了一头耕牛，一家人种田为生。

董君雅在回到狄道后不久就去世了，是董卓的母亲把他们兄弟带大的。董卓还有一个哥哥，名叫董申，在狄道衙门里当差，十天半月才回家一次，嫂嫂带着一个七岁的儿子，也和董卓住在一起。

董卓此次去凉州回来，本想着荣归故里，怎料因为铁匠和皇甫嵩，落得个选拔失败。他的妻子林娘为他开了门，看到他一脸的郁闷与狼狈，赶忙迎了进去，弄了些酒菜，想为他解解乏。

“夫君劳累，先吃些酒菜。我们董家尚有几分田地，夫君又在郡里任职。虽眼下天时不好，但总是够得吃喝，不至于跟外面的那些饥民一同逃荒。”林娘出身农户，却是长得漂亮，温柔贤惠。此番话也是出于好意，安慰落选的夫君，一边说着，一边给董卓斟酒。

可是董卓听了并不受用，抬手就是一个耳光，将妻子扇倒在地。

“臭婆娘还敢讥讽我？把我跟饥民视作一般？”董卓气愤地吃了几口菜，想要喝酒却不见了酒盏。再一看妻子正跪在一旁，畏畏缩缩地收拾被打翻的酒器，突然又是一阵火气上来，一把掀翻了案几，拿拳脚就往妻子身上招呼。

董旻和嫂嫂听到动静，连忙来劝，却架不住董卓魁梧，硬是拉不动。

董卓的母亲闻声赶来，举起拐杖敲在董卓身上，一边大骂：“不孝儿！在外受的气，不跟外边的人讨回来，对自己妻子下手算什么？”

董卓这才住了手，站起身喘着粗气。

“不孝儿！”董卓的母亲还在骂，“林娘做错了什么你又要打她？你在外边的时候，多亏了林娘在家里操持，这城里怕是难找第二个这样的妻子。你父亲费了多大力气才给你谋了这门亲事。你对得起你死去的父亲吗？”

“娘，我……”

“住嘴！”董卓刚张口，又被母亲一拐杖抽在腿上，“有气外边撒去，莫要对家里人动手！”

董卓看着老母亲气得发抖的样子，不敢再顶嘴，但也不知道要如何面对这逼仄的屋子，他捡起地上的酒壶，灌了一口酒，气冲冲地走了。

董卓从家里出来，进了城，找了个酒馆喝着闷酒。一坛酒下肚，整个人轻飘飘的，也不知道自己是谁了，不知道出于什么原因，就跟邻席的一个酒客吵了起来。董卓不是什么好惹的人，没说两句就直接上手，酒坛子哐当一声直接把对方砸翻。

那人看上去是个世家子弟，可能这也是董卓跟他争吵的原因，但董卓才不管，把在家里没发泄完的怒气全撒在这人的身上，打得他嗷嗷叫。末了这世家子弟狼狈地逃了，叫嚣着要带人来收拾他。董卓也不怕，让店家又上了一坛酒，在酒馆里把自己灌了个酩酊大醉。

狄道是陇西郡治所，虽比不上凉州姑臧的繁华，但自古也是世家望族掌控的地盘。陇西李氏更是陇西郡最早的郡守，出过不少的将军大臣，飞将军李广的名声更是在陇西家喻户晓。

每个家族总有几个窝囊废，李家也不例外，比如这个李洸，表字澄澹，是出了名的纨绔子弟，不学无术，游手好闲，成天在外惹是生非。这次好端端在酒馆里喝酒就让董卓给打了。但世家毕竟是世家，无论这人有多窝囊，毕竟是世家子弟，家里随便一招呼就是几十个家仆，一个个举着木棒，呼啦啦冲进酒馆里，照着董卓就打。

董卓起初还仗着酒劲跟他们对抗，但架不住人多，被打得蜷成一团，勉强护住头脸。李洸还不解气，又让家仆把董卓拖出酒馆，架着扔到城外的荒地里，狠狠地踹了几脚，这才离开。

董卓在泥里躺了许久，满身的疼痛逐渐把酒劲消散，终于清醒过来。

董卓想起上一次喝酒后被人这么打，是在凉州，也是被一群世家子弟。董卓又想起自己早早过世的父亲和善良但无用的哥哥，几乎是仅靠自己养活了一大家子。虽然家里能够勉强糊口，但永远被人处处看不起。想着想着，这个身材魁梧的大汉竟在泥地里放声大哭了起来。

如今四处饥荒，狄道城外也是一片荒凉，大片的田畴无人打理，连生出的杂草也被饥民们给吃光了。

天高地远，一片凄凉。

正哭着呢，董卓发现身后好像有人悄悄地靠近他，突然就止住了哭声，大喝一声："是谁？"接着一个翻身，脚步一踔，把那人的衣领抓在手里。董卓定睛一看，那人戴着头巾蒙着面，看装束像是个羌人。

"董兄，是我啊！"羌人把面巾一扯，露出一个笑脸，"不记得我啦？三年前我们劫过粮车，后来还抢过军饷，不记得了吗？多亏了董兄在郡里的消息，我们也分了董兄不少钱财不是？"

董卓这才想起来，原来之前靠着在郡里当差，跟这伙羌人强盗里外勾结，弄过不少钱财来养家，不然这世道，该如何养活这一家子人？

"董兄你之前说要参选什么什么阁，可是冷落了我们哥儿几个，害得我们这两年都捞不到什么好处。"羌人强盗看董卓还没松手，急急忙又说，"我们几个哥们儿可想念你了，我们这次准备再干一票大的，我这次就是想进城再探探情况。"

董卓听了把手一松，叹了口气。

羌人整了整自己的衣衫，又继续说："刚才那伙人是李家的吧？我们已经盯着他们很久了，人手都准备好了，过几天我们就打算动手，趁着天黑去走上一遭。"

董卓听说他们打算动李家，顿了一下，思考了起来。

羌人强盗见董卓好像有意愿，赶忙笑嘻嘻地问："怎么样？来不来？跟以前一样，帮我们兄弟照应一下，事后少不了你的。"

董卓点点头，答应了："好，这李家如今欺负我，咱一起把他给干了！”

几天后，到了董卓跟羌人约定的日子，他把十几个羌人强盗先领到自己家里，准备了好几坛好酒，把家里唯一的耕牛也杀了，备下酒菜。

羌人强盗们很是开心，都夸董卓仗义。

“兄弟们，干了碗里的酒！敬董大哥！”

“敬董大哥！”

“大哥杀了家里的牛为我们壮行，大哥家里可只有这么一头耕牛，杀了牛，今春的地都没法耕了。我们这次一定要捞一笔大的！回来还大哥一百头牛！”

“还大哥一百头牛！”

“干！”

羌人强盗们高高兴兴地喝酒吃肉，董卓的母亲和妻子却在里屋忐忑不安。他们怎么也想不到，自己的儿子和夫君会跟强盗们勾搭在一起，还要去城里打劫。万一被官府抓到，这罪责可不只是一头牛的事。

董卓也知道母亲和妻子的不安，找了个借口从酒席上下来，进到里屋，关起门。

门一关上，董母就拿着拐杖对着儿子噼里啪啦一顿打，一边打一边哭骂：“我怎么有你这么个不孝的儿子！在家里就知道对自己的妻子出气，在外头还跟这帮强盗混在一起！你爹要是知道他董家出了你这么个逆子，他死也不会瞑目！我今天就是要被你给气死，我也不会瞑目！”

董卓站着任由母亲打骂，等母亲打得累了，才把母亲扶到一边。

林娘也过来扶着，帮董母拍着后背顺气。

“阿母不要生气，夫君一定有他的理由。我们在这里等着便是，若是惹恼了外面的强盗，那，那可如何是好啊……”林娘一开始还是在小声安慰，可几句话之后就转成了哭泣。婆媳二人相互扶着抹眼泪，哭也不敢哭得太大声。

董卓叹了口气，对母亲和妻子各自拜了一个长揖，对两位说：“母亲和夫人不必担心，我董卓绝不会让家里人受牵连。我早已准备妥当，只需再等片刻，母亲和夫人便可不再受这等苦处。”

然而董母只是哭，林娘对着董卓先是摇了摇头，后又点了点头。

董卓稍停片刻，又说：“我要离开一会儿再回来，酒席上的客人若是问起，说我去茅房解手便可。母亲和夫人千万不要与他们起冲突，切记，切记！”

董卓说完，悄悄从侧门出去，直奔城里的衙门而去。

不一会儿，羌人强盗们突然发觉，这酒宴的主人不见了踪影。强盗首领心起疑虑，大呼上当，连忙吩咐手下出去寻。然而他们喝的酒里，早就被董卓给下了蒙汗药，在席上时还未察觉，一站起身，就觉得浑身发软，眼前模糊。十几个羌人接二连三就这么倒下了。

这时候，董卓带着李洸来了，李洸穿着一身亮甲，拔剑一脚踹开了门，带着大队的官兵，本想着逞个威风，没想到那些强盗早已不省人事，没有自己发挥的地方。

“绑了绑了！把这些强盗统统给我绑了！”李洸扯着嗓子喊着。

官兵们一拥而上，把这伙强盗给绑了个结实。李洸提着剑，在屋里来回走着，时不时朝被捆好的强盗踹上一两脚。董卓的母亲和妻子忙从里屋出来，对着李洸道谢。李洸这才感到面上有光，笨拙地把剑收回鞘里，大声宣布着：“这伙羌人贼子，四处劫掠，困扰狄道已久。官府和我李家多次出兵缉拿，可这些贼人却又十分狡猾。幸有义民董卓报官，我李洸出兵大捷，将这伙贼人一网打尽！”

李洸叉着腰，抬着头，骄傲不已，像是接受百官朝贺一般，突然一顿，看到了董卓的妻子林娘，不禁双眼发愣，突然就没了话。

董卓见状，两步走上前来，朝李洸祝贺：“李公子英明神武！”

“哦，啊呵哈哈。”李洸回过神来，意识到自己失态，大手一挥，“走！带这些贼子回衙门受审！”

2

董卓立下了大功，跟狄道李家也化敌为友。陇西郡郡守看董卓身材魁梧、膂力过人，便把他带到狄道城去，让他跟着哥哥董申一起当差。

董申年纪比董卓大上几岁，个性却与董卓不同，为人老实、善良，虽然在衙门里当差好几年了，却没能捞到什么油水，董家还是穷得叮当响。董卓却与哥哥不同，不仅力气比哥哥大，武艺比哥哥好，更兼头脑灵活，办事利索，催粮催租，抓役抓丁，上头交下的差事，总能很快完成，是以很得郡守的欢心，董卓自己呢，自然也少不了从中捞些油水，所以自从董卓也进了衙门当差，董家的日子就慢慢好过起来。

一年下来，董家不仅重新买了头耕牛回来，东歪西倒的茅房也修葺齐整，还添了两亩地，倒有些欣欣向荣的样子。但好景不长，入了春后，凉州大旱，连着半年滴雨未落，麦苗全都枯死，田地龟裂，河流断绝，能逃的人都逃荒去了，留下的人，先是吃野兔吃老鼠，后来就挖草根扒树皮吃，再后来，就只能吃观音土，到了最后，甚至易子而食，到处都在发生人吃人的惨剧。

饥民聚在一起，抢大户甚至抢官仓的屡禁不绝，董家兄弟也忙得脚不沾地，一个多月没着家，不过董家因为有两兄弟在衙门当差，总算日子稍好，倒还没有饿死人。一日，董申听说狄道附近出了一伙食人贼，盘踞在附近的山林中，不时冲出来洗劫村庄，不仅抢粮，更要抢了人回去吃。董申担心，跟郡守告了个假，带着弟弟，背着花大价钱买来的两袋粮食，腰间各挎一把刀，一大早就出了狄道城门，要赶回董家村去探看。

城门口聚着许多饥民，其中多是老弱妇孺，被官兵拿刀枪逼着，不准他们入城去讨食。董申看到这些饥民，心怀不忍，想分他们半袋粮，却被董卓好说歹说给拉走了。粮价奇贵，就这半袋粮，足够给三弟董旻买个媳妇儿回家了，董卓哪舍得分给这些不相干的饥民？

隔着董家村还老远呢，就看到村庄上浓烟滚滚，像是被烧着了一般。董氏兄弟大惊，火急火燎跑进村一看，果然是回来晚了，董家村已被食人贼洗劫，不仅藏起来的粮食被抢走了，被食人贼强拉回老巢去等着杀了吃的人也不少。三弟董旻护着两个嫂嫂和侄儿进了地窖躲藏，倒是逃过一劫，但董母却因为手脚不太灵便，逃得慢了，被食人贼抢走了。董申、董卓急得直跳脚，也顾不上训斥董旻，问清了食人贼离去的方向就赶上去，就怕赶得慢了，救不回董母的性命。

食人贼带着抢来的人和粮，走得不快，兄弟俩追了两个时辰不到就追上了，但食人贼人多势众，兄弟俩若上去强抢母亲，无异与虎谋皮，只能先偷偷跟在后面，寻找机会。

食人贼的巢穴，却是狄道附近山上的一个大洞窟。那山岭上的树早就被饥民剥得光秃秃的了，食人贼把树砍下来，立成树栅，又做了个大门，建了角楼，俨然就是个山寨。白日里留几十个贼人在山寨中守卫，其他人轮番到山下村庄里抢人抢粮，到了晚上，就把寨门一关，火把燃起，弩箭守住大门，寻常人没法攻得进去，山路又险峻，官兵更不愿为了这伙食人贼拼命，所以一时间也没人拿他们有办法。

董氏兄弟躲在山上，等到天黑，提着刀慢慢摸上山去。他们白日里早就察探清楚了食人贼换岗哨的时间，他们挑了这个机会，董申从一处寨栅缺口翻进寨子里去，叮嘱董卓守在这里望风，不要走动，待自己救了母亲出来，再一同离开。

没想到董申这一去就老半天不出来，董卓想进去看看情况，又怕哥哥带着母亲回来了找不到自己，急得他抓耳挠腮。眼看天就要亮了，才听到寨栅后面有响动，董卓爬上去朝里一看，吓了一跳，原来董申把村里被抢去的父老乡亲全都救出来了，把董卓给气坏了，直骂哥哥乃是妇人之仁，带着这几十个人，老的老小的小，怎么可能逃得回去？

董卓骑在寨栅上就低声骂起来：“带着这许多人，如何逃得回去，全都给我滚，我只救我母亲一人！”

下面那些人，原本以为能逃得一命，突然听到董卓又不愿救他们了，都哭起来，跪在地上求告，董卓只是不许。

董申也知道带着这些人逃不远，但他面慈心善，又看到都是父老乡亲，实在却不开情面，所以才把他们一并带出来。他知道董卓骂得有道理，一时间踟蹰无语。

董母却骂董卓道：“你这不孝儿，他们都是村里父老，看着你长大的，你怎么能狠下心来只管我一个人，放着他们在这里等着被食人贼给吃掉！”

董卓急起来，道：“母亲，不是我狠心，委实是带不走！”

董母赌气道：“若你不带他们走，那我也不走，你们两个人自己逃生去吧！”

董卓无法，一边骂骂咧咧，一边催着里面的人赶紧翻出寨栅逃生，几十个人，其中又多是手脚不灵便的，单是翻出寨栅就花了好大工夫。等大家都出来，董氏兄弟又一前一后，护着他们下山，下了山还没走出几里地，天就渐渐亮了，老远地看到山上寨门大开，似乎是食人贼发现抓来的人都逃走了，正要出门来追。

董卓又急又气，暗想如果只带了母亲一个人出来，食人贼抓来的人那么多，根本就不会知道少了个人，兄弟俩可以安安心心带母亲回家照旧过日。都怪哥哥妇人之仁，如今骑虎难下，只能逃多远算多远了。

董卓挥舞着刀，催着大家逃命，只盼着能够逃得离狄道城近一些，就算遇不上官兵，食人贼看到离城近了，说不定不敢再追，就此退走。

然而逃跑的人里老弱实在太多，小的拖着老的，老的拖着小的，根本跑不快，再加上都是饿了许久的，还没跑多远，就腿软脚软，头晕眼花，为了逃命勉强跑了几里地，许多人已经跑不动倒在地上。这回连董申和董母也顾不上他们了，董卓背上母亲，董申在后面护持，三个人低着头喘着粗气拼命往前跑，只盼着能逃得一命。

然而食人贼却不愿放过他们，兄弟俩背着母亲，逃到日将近午，远远已经能望见狄道城墙，终究还是被食人贼给追上了。

这伙食人贼，看着也实在寒碜，个个面黄肌瘦，衣衫破烂。他们的武器也是千奇百怪，其中不乏拿着镰刀、木棒之类的，为首的大汉，满口黄牙，一双赤红眼，头已全秃，穿一身不知从哪儿抢来的烂锦袍，看着着实可笑。

董卓估摸了一下，追上来的人，少说也有近百个，把董卓兄弟俩、董母还有其他十几个跟在他们后面不远的村民围在一处，那些村民是连跑都跑不动了，还能打的只有董氏兄弟两个，无论如何打不赢这么多人。

董卓脑子转得极快，一看打肯定打不赢，跑又没法跑，把刀一扔，扑通就跪下来，对着那食人贼的首领磕头不止，求告道："大王饶命！大王饶命！"

那食人贼的首领一看董卓竟跪下来了，倒有些诧异，道："你这么大个子，身上肉不少，杀了吃，足够兄弟们饱餐一顿了，饶了你太可惜！"

董卓道："大王英明，大王慈悲，我们兄弟俩只想救出老母，并无意冒犯，还望大王海涵，放过我们！"

食人贼首领听了大笑，"胡说八道，你们把我们寨子里的人粮全都带出来了，怕不是想把我们活活饿死，还敢说无意冒犯？"

一众食人贼听了，都激动起来，喊道："大王快快把他杀了！"

董卓急忙道："把村人带出来，实在是小的大哥的主意啊，跟小的没关系，小的只想救出老母，哪顾得上旁的人，还望大王大人大量，放过小的老母，小的做牛做马，结草衔环，报答大人！"

原来董卓虽然为人酷毒残忍，但对母亲却极是孝顺，如今情急之下，只想着不择手段也要救出母亲，跪地求饶这样颜面丢尽的丑事，根本就不算个事儿！

食人贼首领似乎被董卓的孝心打动，沉吟道："看不出来，你还是一个孝子，这样吧，我也不能平白无故放了你的母亲，我且放你离开这里，天黑前，你若能带着一个人粮到我们寨子里来，我就把你母亲放了，一个换一个，公平交易！”

董卓一听，磕头不止。

食人贼首领也不理他，带着一众食人贼，赶着抓来的村民，扬长而去。

董卓等众人走远了，才慢慢爬起来，看了看狄道城，又看了看食人贼们离去的方向，眼里露出凶光。

他扑了扑身上的尘土，把刀捡起来重新挎上，朝着狄道城的城门走去。

看看靠近那些守在城门口乞食的饥民了，董卓装出一副和善面孔，走过去喊道：“招个人去割地里的麦子，割完了赏个馒头，有没有人去！”

那些饥民一听，蜂拥上来，抢着要去，董卓挑了一个看起来比别人肉多些的，让他跟着自己走。

别的饥民一看没挑中自己，怏怏地坐回去，有些饥民还跟董卓求告：“若下次还有割麦的活，可一定要记得我呀！”

董卓也不吭声，只是点头。

董卓带着那个饥民，一股劲往食人贼的山寨走，那饥民开始还兴冲冲的，走着走着觉得不太对头，问道：“这割麦的地儿咋那么远，还要多久才能到？”

董卓只管敷衍他，骗他尽快前行，看看要到山下了，饥民抬头看见山寨大门，吓得不轻，转身就跑，却哪里跑得过董卓，董卓几步追上去把他放倒，也不管他乱叫，只管往山上拖。

守大门的食人贼看到董卓还真带了个人回来换他的母亲，都有些诧异，咋咋呼呼地跑进去禀报，一会儿山门大开，食人贼首领带着董卓老母出来，道：“看不出你还真是个孝子，我这人，最喜欢孝子，我把你老娘带出来了，她这就可以走！”

董卓千恩万谢，牵着董母的手，就要向山下走，食人贼首领却冷笑一声，道:“谁让你走的，说好的一条命换一条命，你老娘走了，你却不能走，你若要走，你老娘就不能走。”

董卓脸色一变，想要发作，却又硬生生压下来，知道此时若打起来，连董母也要命丧于此。他默默地把藏在腰间的半块干粮悄悄塞给董母，低声道:“娘，我不能陪你回去了，你自己慢慢回去吧，你瞧着那座山的方向走，总能回到家里的。”

董卓的母亲已经吓得有些糊涂了，却不知道为何董卓不能陪自己回去，还以为食人贼要留董卓做客呢，叮嘱董卓不要吃酒，要早些回家，还要记得把哥哥董申带上。

董卓流着泪，只怕夜长梦多，紧赶慢赶地把董母送走，食人贼跟着他们两个走到山下，待董母走了，便押着董卓回山寨去。

刚进山寨大门，就看到旗杆上挂着一个人，却不是董申是谁，原来董卓一走，食人贼就把董申杀了，挂在旗杆上放血，到天黑了就好把他的肉割了吃，董卓却不敢哭，暗暗叹气，董申一生慈孝，却落得如此下场，天理何在？

牢房内挤满了人，地上全是屎尿，众人都在麻木地等死，只要今天没轮到吃自己，便谢天谢地，又多活了一天。大家看到董卓进来，也不吭声，让出一个角落，让董卓蹲在那里。董卓看到这些人，气就不打一处来，本来自己兄弟俩是可以把母亲救出去的，就为了这伙不明事理的村民，不仅把自己的哥哥给害了，还把自己也给害了，他挥起拳头，也不管张三李四，见人就打，把四五个人打倒在地。众人也不敢惹他，只拼命往角落里挤。董卓打了几个人，自己觉得没意思，就蹲在地上，嗷嗷大哭起来。哭罢了，他暗暗发誓，若这回能出去，无论如何，定要出人头地，决不能再如今日一般，任人宰割。

也不知哭了多久，天渐渐黑下来，董卓忙活了一天，又哭了那么久，便是铁打的汉子也撑不住。他靠住石墙，迷迷糊糊之间，却看到一个食人贼，打着火把过来，用钥匙开了锁，推开大门进到牢房内，举着火把四处看，显然是在找人，众人看到他进来，都拼了命地往角落里躲，生怕他挑中自己。

董卓看那食人贼，又黑又瘦，五短身材，一双阴恻恻的眼睛，谁跟这双眼对上，都要冷得浑身一颤，如落入冰窟中一般。

那食人贼看到董卓，微微一笑，拿刀指着董卓道:“你，出来！”

董卓却没想到这伙食人贼刚杀了自己的哥哥，大晚上的，就接着要杀自己，他冷冷站起来，想着找个机会夺下这食人贼的刀，就算不能跑出去，也要杀几个人够本。

那食人贼似乎知道董卓的心思，命董卓走在自己前面，出了牢门，那食人贼却道:“此刻别的人都还在山洞里吃饭，你还记得昨日晚间你们翻进来的那处缺口，你从那里出去，再不要回来！”

董卓想到食人贼此刻正在吃的，只怕就是董申的肉，鼻头一酸，差点儿要哭出来，他定了定神，问道:“为何要放我出去，你又是什么人？”

那食人贼道:“我是什么人，你以后自然会知道，此处不是你的死地，你的好日子还在后头，好自为之。”

董卓将信将疑，但此刻山寨的后院里，确实也没有旁的人，只几支火把在燃着，照得人影子乱晃。董卓看了那食人贼一眼，想着既然对方要自己走，只管走便是，反正最多不过一死。

他辨了辨方向，隐在黑影里，往昨日晚间那处坏了的寨栅走去，那食人贼却没有跟上来，自顾自把牢门锁了，回山洞里去了，山洞里火烛荧煌，传出食人贼们喝酒猜拳的呼喝声。

董卓找到那处坏了的寨栅，手上一搭，腰间使劲，脚下一蹬上了木栅，再轻轻一跳跳出山寨，月光明晃晃照着山下的黄土地。董卓还不太敢相信自己已经逃得一命，他四下里看看，真是没有人了，便撒开腿跑下山去，直跑出两里地才喘着气弯着腰停下来，回头望山上，仍是静悄悄的毫无动静，才敢确认自己还真是活了下来。

董卓不敢歇息，走了一夜，天蒙蒙亮时走回了董家村，董母却也才回来没多久，看到董卓也回来了，大喜过望，把董卓抱在怀里，痛哭不已，又问董申在哪里。董卓不敢告诉董母实话，只说董申也逃出来了，被郡守安排到姑臧去当兵，一时半会回不来。董卓嫂子却知道董申八成是凶多吉少，却不敢在董母面前哭出来，董卓找了个机会跟嫂子说了董申的情形，嫂子一个人回到屋子里，抱着儿子，哭得死去活来。

次日一早，董卓也不歇息，天一亮就爬起来进狄道城去。他回到衙门，先拜见了郡守，哭着告诉郡守，哥哥董申已经被食人贼给吃了，又向郡守请兵，要去攻打食人贼老巢，替哥哥报仇。

郡守沉吟道："食人贼老巢建在山上，山路险峻，山栅高耸，凭着郡内数百郡兵，只怕打不下来，倒白白损失了人手！"

董卓道："郡守请放心，小的已有计策，只要如此如此，包管您不费一兵一卒便将食人贼剿灭。"

郡守听了董卓计策，沉吟半晌，道："且依计行事，但我可告诉你，若你不能成功，不要指望我强攻贼人老巢救你！"

董卓道："郡守只管放心，今番定要那贼人死无葬身之地！"

董卓从衙门出来，连刀也不带，孤身一人，走到狄道城门前。那些饥民还在那里，一看到董卓来了，还道又有割麦子的活，都涌上来把董卓围住。

董卓道："今天活却多，需十个人，照旧有馒头吃，想干的就跟我来！"

众人都抢上来，董卓点了十个人，让他们跟着自己走。走到离食人贼老巢还有数里路远地方，董卓找个阴凉处，让那些饥民都等在那里，叮嘱他们切切不可离开。那些饥民都点头不已，眼巴巴地望着董卓吞口水，倒好似董卓就是一个大馒头一般。

董卓自己慢悠悠走上山寨去，那守寨的食人贼，看到先前那逃出寨去的人又自己走回来了，大是惊讶，冲出来把董卓拿住，捆了个结实，带进去见他们的首领。

食人贼的首领看着董卓，颇觉蹊跷，问董卓道："昨夜也不知道你怎么就逃出去了，逃出去也罢了，怎么又回来送死？"

董卓装出一副可怜样子，磕头道："不敢欺瞒大王，小的昨夜里并非逃跑，只是看到山寨里日子兴旺，天天有肉吃有酒喝，也想入个伙，但又没有礼物送给大王，怕大王不让小的入伙，是以昨夜里就找了个机会，偷偷溜出去，花半天时间，找了十个人粮过来，献给大王。"

食人贼的首领听了之后，点头道："瞧不出你这小子胆子还不小，你且把人粮给我看看？"

董卓道："他们却等在山下，大王安排五十个人，跟小的下山去，好把那些人粮都带上来，光凭小的一个人，却是没法把十个人都弄上山。"

食人贼首领倒犹疑起来，道："你莫不是想把我的人都骗下去，设个埋伏，去官老爷那里领赏吧？"

董卓急忙磕头道："小的哪有那么大胆子，委实是有十个人粮在山下。若大王不放心，小的把人粮等候的地点告诉大王，小的自己却不下山去，留在山上做个人质，若山下有什么差错，大王只管杀了小的，做脯做腊，还是现杀鲜吃，全随大王，小的绝无怨言！”

食人贼首领想了想，回头对二当家的道：“你带三十个人下去，都拿上刀仗，却放警醒些，莫要着了道儿，风声一紧，立马回头！”

二当家领了命，出去点齐三十个人，明晃晃的刀都拿在手上，呼啸着出去了。等了没有一个时辰，果然带了十个早已吓得面如土色的饥民回来。食人贼首领大喜，命人把董卓的捆绑给解了，让他坐了山寨的第四把交椅。

晚上设了人肉宴席，给董卓庆功，董卓虚与委蛇，把一众头领都哄得烂醉，到半夜里，装作巡察岗哨，走到寨子大门旁，几下把守门的几个食人贼给砍了，推开大门，对着山下打了个呼哨，黑地里嚓嚓嚓地冲上来许多官兵，少说也有几百人，冲进寨子里见人就砍。食人贼都喝得醉醺醺的，躺在山洞里被活活地砍成肉酱，有几个没醉的，又哪里是官兵对手，也一并被收拾了。

董卓想把那个救了自己的食人贼找出来，寻遍整个寨子，却是找不到，他抓了几个侥幸还活命的食人贼细细打听，这几个食人贼却都说寨子里并没有这么一个人，董卓百思不得其解，也只能先把此事放在一边。

这一仗剿灭了两百多山匪，官兵却没损失一兵一卒，董卓立下奇功一件，狄道郡的郡守对董卓越发倚重了。

转过年去，陇西郡郡守把董卓和李洸一起举荐给司徒袁隗，袁隗将他们辟为司徒掾，转日就要去洛阳任职。李洸于是大摆宴席，邀请董卓一起，喝酒庆祝，就好像两人是从小一起长大的兄弟一样。

董卓升了官，还跟世家交好，家里人都很开心，但董卓却不甚高兴。

原来李洸那天第一次踏进董家的门，见了满地躺倒的羌人，却毫不在意，目光全落在林娘的身上。还几次欲借安慰之由，想要接近她。等到庆功宴上，更是对林娘眉来眼去，要不是董卓还坐在旁边，几乎就要直接揽上来了。

可是董卓表面上却完全不露声色。到了夜里，林娘扑在他怀里哭诉李洸轻薄，董卓却告诉她，如今的世道，就是他们这些世族说了算，好不容易借着他们的光，升了个官，去了洛阳又无亲朋，还只能依靠李家，让林娘无论如何忍一忍，可千万不能把李洸给得罪了。

又过了几日，董卓把母亲、弟弟、寡嫂和侄子在狄道安顿好，自己带着妻子，跟着李洸，一起到洛阳去了。

3

李洸到了洛阳，买下一所大宅子，高墙大院，带着花园，几十个奴婢伺候着。他知道董卓没有购置房产的钱财，便邀请董卓一家来自己宅子里居住。

自然，也是因为李洸看上了林娘。

林娘不愿住在李洸的宅子里，但董卓告诉她，他们没得选，一来自己初来乍到，不能得罪世家，二来也是真的没有置办房产的余钱。林娘只得勉强忍受，应了李洸的好意，一家人搬了进去。

林娘贤惠，在狄道老家就是一手操持家里的事务，到了洛阳，也是自己张罗着搬家的事宜，在李洸的宅子里忙忙碌碌。

李洮瞅准机会，待到董家安顿得差不多了，董卓又刚好不在府内，便邀请林娘至花园里的亭中饮酒，说是看董夫人操劳辛苦，准备了些酒水点心。林娘推脱不掉，也不敢得罪人家，只得应许。

奴仆把林娘带到，李洮就挥挥手，屏退了左右。

“嫂子连日操劳，董兄不知心疼，为弟却是心疼得很啊。”李洮坐在亭中，举着酒杯，“小弟备了些薄酒，给嫂子散散心。”

“林娘多谢李公子关心。我本出身农户，操持家务自是本分，不见得有多少操劳。”林娘对上稽首，也不举杯，也不落座。

“嫂子此言差矣。董兄现已是洛阳官府之人，拜在袁司徒门下做司徒掾，早已不是农户之家。嫂子也要懂得爱惜自己，操劳之事，吩咐下人去干即可。”

“李公子辟一处屋舍给董家暂住，已是莫大的好意，林娘在此代夫君谢过了。再不敢讨要奴仆。琐碎小事，莫要烦了李公子。”

李洮见林娘这态度，知道用软的是不行了，便站起身，一手揽过林娘的腰，嘴里却还说着漂亮话：“嫂子不肯落座，莫非是怕亭中风凉？那便请至我屋中小坐，我命人温壶酒，去去寒。”

林娘也是一惊，没想到光天化日之下，李洮竟是如此大胆，连忙往外一退，嘴上说道：“多谢李公子好意，但我夫君与你同堂为官，还请李公子自重。”

“什么自重不自重。”李洮一手没揽着，索性伸了双臂去抱，做出这种姿态来，嘴上的漂亮话也不要了，“嫂子你今天不从了我，那是你不自重了！”

林娘毕竟女流，逃脱不开，被李洮抱在怀中。

却说董卓在司徒府上办公，日过半晌也不见李洮，心中明白必有蹊跷，他估摸着时间，辞了袁司徒，骑马回府。问了奴仆，说夫人往后园去了。董卓大步冲过厅堂，有上来劝阻的奴仆都被他大手推了开去。

董卓寻入后园，见林娘正被李洸抱着，胡乱挣扎。董卓大喝一声。

李洸被这一声震住，吓得赶紧松了手，又见董卓气势汹汹就往亭上来，几欲逃走。转念一想，却又站住了——自己这地位何必怕他董卓呢？还能在自家府里被打不成？

“董兄回来啦。”李洸想通之后，脸上原有的一丝愧疚和恐惧也就消失不见，嬉笑着道，“亭上石阶湿滑，董夫人连日操劳，脚下不稳。为弟担心夫人，出手相扶，董兄莫要怪罪。”

董卓先不答话，把自己的夫人拉到身后，一双圆目直瞪着李洸，冷笑道：“李公子说笑呢！”

又转身对林娘道：“你先回去，我有话要跟李公子说。”

林娘眼泪汪汪，对着李洸草草一福，转身就走。

李洸见董卓的态度不冷不热，心里倒有些打鼓，他知道董卓身手厉害，想着好汉不吃眼前亏，于是道：“这酒还热着呢！小弟敬仲颖兄一杯，如果小弟有什么做错的地方，还请仲颖兄见谅！”

李洸说完，倒了一杯酒双手敬上。

董卓不怒反笑，接过酒一饮而尽，道：“澄澹，你安的什么心思，为兄的哪有不知道的？俗话说得好：‘妻子如衣服，兄弟如手足。’只要澄澹动动唇舌，帮为兄的一个小忙，什么事都好说！”

李洸一听大喜，急忙道：“仲颖兄只管说，有什么难办的事，小弟一定赴汤蹈火，两肋插刀，帮仲颖兄办成！”

原来前段时间，羌人寇乱三辅，朝廷派了护匈奴中郎将张奂去平乱。董卓是武人，司徒掾这个官职虽好，却是个文职，董卓当得很是憋气，想找个办法，让袁隗把自己调到张奂帐下任个武职。只是董卓自己人微言轻，不敢提这个要求，所以想要让李洸出面，去跟袁隗说。

李洸听了自然大喜，董卓从军，不可能还带着林娘，董卓一走，林娘还不就成了自己囊中之物。何况听董卓的意思，只要自己帮他办成这件事，林娘也就归李洸所有了。

李洸一口就答应下来。

世家子弟的面子，袁隗还是要给的，何况张奂又正好手下缺人，没几天，司徒府就下了公文，将董卓调到张奂手下任军司马。

公文下来的第二天，正好是假日，又是春日艳阳天，董卓喜色满面，送了李洸一大包金子，又邀李洸一同出门踏青。李洸打听到董卓还请了一辆油壁小车，由一个老苍头驾着，带了林娘和丫鬟一起出来，心道这个董卓果然守诺，这是要把娘子双手奉上啊。

李洸便和董卓一同乘马，往洛阳郊外而去。林娘和一个丫鬟，乘一辆油壁小车，几个人一起出门，到洛水边游玩。

李洸也没多心，只当董卓是要趁此机会将妻子赠予自己，小心肝一路上都扑通扑通乱跳。刚出城外没半里路，李洸便假装骑不惯马，坐到后边的小车里去了。不久，李洸又把丫鬟给支出来，让她跟老苍头一同驾车，趁机在车里对林娘动手动脚。林娘起初还有几声呼喊，之后便只剩闷声，似是被蒙了嘴。

董卓骑在马上，不动声色。

董卓一路快马扬鞭，领着车子来到洛水边，看看四下无人，下了马，抽出刀，唰唰几下，先把老苍头和丫鬟都砍了。接着他掀开溅上鲜血的车帘，一把将衣衫不整的李洸给拉下车来。李洸看着董卓须发皆张，手中刀刃还在滴血，吓得脸上涕泗横流，胯下湿了一片。

“仲颖兄饶命啊！是小弟我不长眼，敢对嫂夫人下手。董大哥饶小弟一命，要什么我都给你……”

“呸！”董卓啐了一口唾沫在李洸脸上，也不多话，一刀插进他的前胸，捅了个透心凉。接着转身提着刀，走进车内，瞪着同样衣衫不整的林娘。

林娘本就是满面泪痕，见到董卓这番模样，知道他对自己也起了杀心，大哭起来，边哭边骂：“窝囊废！为了一个军司马，把自己妻子的清白都给玷污了，现在还想杀我灭口！你这个狼心狗肺……”董卓红了眼，也不听妻子说什么，手起刀落，车里只剩最后一声惨叫。

董卓杀完了人，把尸体和刀都扔到车上，然后把车推进河里。

洛水泛起一片鲜红。

十几天之后，李洸等人的尸体才被人发现，已顺着洛水漂出了几十里，又泡得肿胀，谁还能认出他们究竟是何人？

董卓杀了人之后，换了身干净衣衫，若无其事，独自牵马施施然回到家中，对人只说李洸跟林娘要明日才回，自己有事先走一步。

次日一早，董卓单人独骑，往长安去找张奂投军去了。

李洸失踪两日之后，奴仆们才惊慌起来，报了官，却哪里查得出来。

4

凉州城外深山的洞府外，张衡坐在台阶上，看着今日的星象，一颗异星自西方升起，步入星野。张衡取出算筹，摆在地上，看了良久，却还是算不出征兆。于是默默记下了异星的位置，准备明日报给师父。

“你在算什么？”貂蝉也从洞府里走出来，问坐在台阶上的张衡。

“不知道。”张衡摇了摇头，“我想算天下，却怎么也算不清。”

“算天下有什么用？”貂蝉又问，“不如算你我。”

貂蝉说者无意，张衡听了却是脸上一红，看着貂蝉脸上的面纱，又叹了一口气，道：“师父心怀天下，你我只不过是他手中的棋子。再说，师父没有教你观星吗？”

“天下若是算清了，又何须留命于世。万物混沌不才是理所应当吗？”貂蝉看了看星空，又看了看山下，飘飘然走下来，坐在张衡边上。

张衡看貂蝉坐得近了，生出局促，一时回不出话，摇了摇头，道：“也不知师父都教了你些什么。”

貂蝉笑而不答，只是静静地看着张衡。虽然有面纱遮挡，但这笑容似乎能够透过纱线，挠得张衡心痒痒。害得他连忙低下头去，不敢再看。

正尴尬间，张角也从洞府里跑了出来，边跑边喊着：“衡哥，师父说我们明天可以出师了！”

“什么？这么快就出师了？”张衡很是惊讶。

“哪里快了啊，我们上山都十多年了。”张角嚷嚷着，也跑过来在张衡身边坐下。

“十多年了啊，你还像是个孩子呢。”张衡笑着说。

“衡哥你又嘲笑我。你不是也没变？十多年前你就像个老头儿。”张角也笑了起来。

“像老头儿吗？我觉得他一直是个少年郎啊。”貂蝉歪着头，她不是开玩笑，她是真的这么觉得的。

貂蝉这么一说，不仅张衡，连张角的脸都红了。

“真的没变的是姐姐啊。还是当年的模样。”张角小声地说完，大家都陷入了沉默。

不一会儿，还是张角打破了沉默。

“衡哥你说，明天师父会把衣钵传给谁？”

“别是我就好。”张衡说，“我连今天的星象都看不懂，无法承担大任。”

张角跳起来，拍了拍张衡的肩膀，说：“那还是传给我好了，有了师父的法器，一定能够除尽恶人，还天下安宁。”张角说得慷慨激昂。

“天下吗？不知道师父算不算得清。”张衡说。

“管他算不算得清。先把天下拿在手里再慢慢算！”张角望着山下，“我先回去休息了。明天我接受了衣钵，就要一展宏图了！”张角对天挥了挥拳头，转身回洞府去了。

貂蝉想起张衡棋子的比喻，沉默了一会儿，也起身回去了。

临走之前，她回答了张衡之前的提问：“师父没有教我看星象，教我看的是人心。”

次日黄昏，天现异象，满天血光。

于吉把张衡叫出来，带着貂蝉，一起爬上山顶。

于吉让张衡和貂蝉对着夕阳跪好，自己取出当年复活貂蝉的匣子，立在当前。随着咒语的念动，匣子里的黑气向外扩散开来，形成团团黑雾。于吉的身形也逐渐消散，融在黑雾之中。

黑雾越来越浓，慢慢升腾，把满天的红光遮去一半。

“现！”随着咒语的最后一声大喝，山顶狂风大作，于吉的身形完全湮灭，而黑雾却聚拢在一起，逐渐凝成一个实体，高达百丈，通体黝黑，如豺似豹，肋下生出两双翅膀，遮天蔽日，四对眼睛喷出血红的火焰。

张衡惊讶地瞪大了眼睛，一手撑着地面，险些瘫倒在地。貂蝉却很镇静，依然端坐典雅，任刮起的狂风吹过自己的衣裳。

“吾乃上古混沌之神的虚空化身，代混沌上神行走于世。化身藏于骨匣古器之中，持有古器之人，即有虚空化身之力。吾教导汝等之法术，皆源于此。

“吾之本体万世之前被龙神封印。虚空化身之力，不足本体之万万一也。汝等牢记：破除龙神封印，释放上古混沌诸神，令世界回归最初本源。

“张衡，今日吾将此化身托付于汝，命汝寻找破除封印之道，令万物归于本源，归于混沌。”

硕大的黑兽声如洪钟，一句一句砸在张衡的心上。

“弟子遵命！”张衡叩首。

黑兽点点头，仰天长啸，继而眼中火光四射开来，重又化作黑雾消散。于吉从黑雾中走出，手中捧着骨匣，递给张衡。

张衡双手接过。

“衡儿，如今我传使命于你，带着古器和貂蝉，去找那个能够破除龙神封印之人。此人出身草野，但又必会卷入霸主争斗之中。你凭着古器，必能一眼认出他来。之后该做何事，貂蝉又该行何处，你自会知晓。召唤化身的咒语你记下了吧？”

“弟子牢记在心。”张衡答道。

于吉点点头，扶起张衡和貂蝉，说：“你们这就下山吧。为师的使命已经达成了，恕不远送。”说完转过身去，面对夕阳，盘腿坐下。

张衡和貂蝉作了个长揖，道了声师父保重，便下山去了。

5

张角见师父没有叫自己一起上山，知道衣钵不是传给自己了，这他本来已经猜到。但他没猜到的是，竟然连传衣钵这件事都不让他参与。于是偷偷使了隐身符，跟在后面上了山，把全过程都看了个清清楚楚。

他惊讶于混沌之神虚空化身的强大，但又觉得师父的想法很蠢。明明拥有如此强大的法器，却不凭此取得天下，而是还要去找什么出身草野的人破除封印放出混沌之神，实在荒谬。他心里也是在嫉妒，嫉妒师父将所有一切都交给了张衡——使命、法器以及貂蝉。

张角默默记下了于吉召唤化身的咒语，先张衡、貂蝉一步下了山，回到洞府，装作自己从未离开过的样子。

“衡哥衡哥，师父呢？”张角见张衡回到洞府，连忙迎出来问。

“师父……师父在山上，他说他的使命已经完成了。”张衡以为张角一无所知，一时竟不知道如何跟他说。

“那师父传了你什么啊？有什么宝贝吗？”张角察觉出张衡的犹豫，装作不知道的样子。

“传了……这个……”张衡从怀里取出骨匣，捧在手中。

张角背在身后的手上早已准备好一张雷符，见到骨匣，两指一伸，贴在张衡头顶，另一手抓起骨匣就跳开去。

张衡吃了一惊，却没空去管骨匣，先赶忙念了个御雷诀。紧接着就是一道天雷闪落，劈得张衡浑身麻震。等到缓过神来，张角已经念完了召唤化身的咒语，一头黑兽已经成形。虽然比于吉召唤的要小上许多，但也是张衡对付不了的对手。

“你要做什么！”张衡大喊着问道。

黑兽咧开了嘴，四双眼睛眯成了八条血缝，而后又忽地睁开，迸出些许火星。

“我要还天下公道！”

黑兽说完飞身一跃，直冲山顶。

张衡也使了两张神行符，跟着追了上去。

于吉盘腿坐在山顶，张角化作的黑兽落在身后。于吉也不回头，淡淡地说了句：“你来了吗？”

张角也不答话，一口将于吉连同半个山顶吞下。而后转过身来，看着追到一半的张衡，又猛扑下来，却是越过了张衡，落在貂蝉的身边。

“衡哥，念在我们多年兄弟的分儿上，我饶你一命。你只消把十多年前师父传你的那句咒语告诉我，我就放过姐姐。”黑兽低着头，斜吊着眼，一口黑牙悬在貂蝉的头上。

张衡身形一顿，把手里捏着的符咒都放下了，本想着殊死一搏，但对着貂蝉，下不了手，只得听了张角的话。

“岁在甲子，天下大吉。”张衡对着黑兽喊道，“你若能在甲子年夺取洛阳，便能夺得天下！”

“哈哈哈！”黑兽大笑，四翅一振，朝远处飞走了。

张衡见张角走了，连忙赶到貂蝉身边，将貂蝉扶住，道：“姐姐你没事吧？”

“你怎么能把师父传的咒语告诉他呢？”貂蝉似是完全没有被张角吓到，倒是惊讶张衡的抉择，“若是张角真的得了天下，那师父的使命不就无法达成了吗？”

“我觉得师父早就预见了这一切。”张衡想了一会儿，说，“那句真正的咒语其实是‘岁在甲子，天下大乱’。”

“那我们的使命就依然存在。”貂蝉点点头说。

“可是，”张衡回答了貂蝉的疑问，但他自己又困惑起来，“没了古器，我们要如何找到那个扰乱天下之人？”

貂蝉回头看了看山石崩乱的山顶，似乎又回忆起了什么，说：“师父曾对我说过，要改变天下，最重要的是识得人心。你说得对。师父教我相心之术，也是已经预料到了今天吧。”

张衡点点头，带着貂蝉朝山顶拜了一拜，下了山。

张衡和貂蝉离开后，从洞府深处走出来一个白衣少年。少年看着张衡和貂蝉离去的方向。少年的身周隐隐有黑雾缠绕，浮在一袭白衣之上尤为明显。少年想了一想，回身对着洞府念念有词，手上比画几下，洞府中慢慢地燃起了火光。

少年对着燃烧着的洞府躬身长揖，“老师，文和走了。恕我不能帮你。”

少年回身下山，身上缠绕的黑雾渐渐吸收，全部都藏进了少年的眼睛里。最后，他似是下定了决心，追随着张角的足迹而去。

这个少年，姓贾名诩，字文和。

6

董卓到任军司马之后，由于对羌人熟悉，知道如何对付他们，深得张奂喜欢。

董卓知道羌人各部也并非铁板一块，相互仇视征讨者也不在少数。许多大部落对待小部落也毫不客气，往往屠光一整个部落的男性。小部落中的幸存者对大部落恨之入骨，却又无所依靠。董卓派人联络这些小部族，把能战的勇士都召集起来，编为自己帐下的义从。这些义从熟习羌人战法，又心怀怨恨，作战时格外勇悍残忍，下手毫不容情，不留活口，渐渐杀出名声。四周羌人部落听说是董卓手下义从，往往都退避三舍。

同时，董卓又使用老办法，与一些羌人部落暗中勾结，相互通信。每每羌人劫掠，董卓总是晚到一步，羌人假意溃逃，其实早已从被劫掠的村庄中搜刮到了足够的好处。而董卓就把被杀害的百姓的尸首，算作是羌人的人头，交上去报功领赏。羌人回过头来，还将搜刮到的好处分给董卓。

但凡董卓出征，必是大捷而归，未尝败绩，不出几年，因征并州有功，董卓被朝廷提拔为郎中，于是在张奂帐下的众将军中，董卓声望越来越高。不意这日在军中，却遇到了一位老熟人。原来此时，皇甫嵩出任北地太守，也率一军，与张奂呼应，进剿先龙羌一部。

董卓见了皇甫嵩，仇人相见，分外眼红。看这豪门公子，自从夺了御龙阁魁首，一路顺风顺水，没有什么战功，地位却在自己之上，心中更是不忿。几次联合作战中，都故意给皇甫嵩使绊，甚至给皇甫嵩对面的先龙羌军队通风报信，意图借刀杀人。皇甫嵩起初对董卓以诚相待，以朝廷大业为重，几番忍让，末了却逐渐发现董卓的战报中颇有蹊跷。

皇甫嵩踌躇良久，终于去提醒张奂，说董卓此人在凉州风评不高，奸诈酷毒，不可信任，不堪重用。

见北地太守跑来贬损自己的手下，张奂有点不高兴，脸色一沉，直言道："皇甫君当年力牧阁初试，险些败于董君之手。如今董君连立战功，皇甫君莫不是心生嫉妒？"

皇甫嵩面上一红，"当日御龙阁之战，我实在是输于董卓，嵩早已对阁内尽数阐明，未有隐瞒。然而此人战功之中确实多有蹊跷，军中传言此人暗通羌人，留在明君身边，只怕日后生变，嵩今日前来相告，绝对没有私心。"

张奂点了点头，抚着胡须说："皇甫君，你这个人的品行，我是听说过的。你仁爱谨慎，宽宏大度，听说每次部队停顿、宿营，你都要等到营幔修立妥当，才回自己的军帐。将士们全部吃完饭后，你才吃饭。部下吏士有接受贿赂的，你并不显责，而是再赐给他钱物。你的话我本该相信，但董卓在我手下立功无数，老夫不能因你一面之词，断送一位大汉猛将的前程。"

皇甫嵩摇了摇头："我知道张将军不忍心处置，如果是需要证据，皇甫嵩这就给将军找来，总要铁证如山，才知道我不是个信口开河之人。”

7

冀州巨鹿郡，瘟疫和饥荒肆虐，民不聊生，上万流民将巨鹿城围得水泄不通。巨鹿郡守下令关紧城门，可这上万流民将周围的村庄扫空以后，开始冲击城门。

郡守害怕，从城内余粮中取出一成，拿小车推着送了出去。饥民们看有粮食出来，一窝蜂扑了上去，互相踩踏争夺，连推车的士兵都踩死了几个。更有饥民乘着城门打开，不要命地朝城内冲。守城士兵拿着长枪从门洞里朝外戳，一个个手无寸铁的饥民挂在长枪上，串成了一串串的血葫芦，沉得持枪的士兵都举不起来。

眼看场面失控，突然有一位大汉从被踩死的送粮兵尸首上捡起一把长枪，跳上粮车拿枪抡了一个圆，把其他饥民都扫到一边。这位大汉与其他饥民不同，满面虬髯，一脸横肉，还带着十几个弟兄，手持各种乱七八糟的兵器，把车子一围，倒是把粮车自乱民中隔离开来，成了一座孤岛。城内的守兵一看外面出了情况，冲城门的人少了，赶忙让枪兵蹲下，后排弩兵站起，一阵飞矢射出，清扫门洞里的饥民。而后也不管运粮兵的尸首还在城外，就把大门给关上。还有饥民不顾一切往里冲，硬生生被门夹作了两段。

城门洞里的人见入城无望，也被逼退了出来，回头看到粮车也被霸占。粮车上的虬髯大汉更是把运粮兵的尸首给搬上了粮车，扯下一块人肉就放入口中。这伙人跟其他的饥民不同，一个个身强力壮，怕都是一路吃人过来的。其他饥民都被吓住，不敢上前。

只有一人，虽然形容消瘦，一双眼睛却是炯炯有神，毫不惧怕这群恶霸，走到粮车面前，用洪亮的声音喊道："把粮食交出来，我饶你们不死！"

虬髯大汉听罢愣了一下，随即哈哈大笑，拿长枪指着这瘦子："你说饶谁不死？你也不看看，现在谁才是老大。要不是我看你身上没几两肉，早让我弟兄先把你给杀了！"

"好啊！"瘦子也不惧怕，朝着枪尖就走过去，"你杀了我没关系，你杀得了一个，杀得了十个，能杀几百个吗？"瘦子伸手指着四周的饥民们，"你看看这四周，少说也有几千上万的人。你能都杀了吗？！"

周边饥民一听，绝望的眼里又都放出光来，把粮车围得紧了又紧。

"死开！"虬髯大汉站在粮车上大喊，拿长枪去捅冲上来的人，"老子我杀不了一万，至少也能杀上一千！不怕死的就来啊！"涌上来的人群没有退却，就算前面的人可能是死了或者怕了，但后面无数的饥民推着人群围进去。虬髯大汉那些粮车外的弟兄们早已被人潮给吞没，而很快，虬髯大汉和他所霸占的粮车也会是一样的下场。

突然间，城外远处雷声滚滚，乌黑的云朵一瞬间朝这里聚拢了过来。一个巨大的黑色石像踩着雷声狂奔，张角端坐在石像头顶之上，指尖雷光闪动。石像身后还有成百上千的人持着铁器兵刃，明显比这些饥民的装备要好得多。原本聚在粮车周围的人群受了惊吓，又如潮水一般退去。

石像冲到粮车之前立住，张角自上而下地看着粮车上的虬髯大汉。此时的大汉已是浑身带伤，却依然持着长枪对着张角："哪里来的妖人！就算你会妖法我也不怕！”

张角不答话，手指一张，身下巨像伸手捏住粮车一抖，虬髯大汉就被甩在地上。巨像把粮车向后一拖，张角的手下上前把粮车围住。之前的瘦子也从人群里走出来，对着张角质问，用的还是老一套：“我不知道你是从何而来的高人，但任你法术再高，难道能对付我们全部？”

瘦子话音刚落，突然间似有乌云遮日，世间的光线瞬时暗淡下来。缕缕黑雾从张角身上弥漫开来，城门前的众人顿觉呼吸困难，口干舌燥，肚子里像是着了火。这是从张角身上散发出的混沌邪气，此时只消张角一个念头，别说这数千流民，就是巨鹿城也要死伤过半。

看着眼前惊恐失措的流民，张角狠狠掐了一下自己的虎口，咬紧牙强行压制了杀念。险些被混沌控制的他喘着气，跳下石像，说道：“弟兄们不要争执，我太平道所求即为天下太平，我张角所得钱粮，就是天下的钱粮。有我一口饭吃，就有大家一口饭吃。”张角两手一拍，身下巨像崩塌，化作一地枯草。张角又说：“如今世道，朝廷腐败，官不恤民。我们民众自当团结，不可再起争执。还请两位兄弟入我太平道，一起惩处这些罪人，一起分钱，一起分粮！”

张角自怀中取出匕首，在腕上一划，一旁的道徒取出木钵接着，递给虬髯大汉和瘦子。“我张角看两位各有本事，有意结交，喝下这碗血，我们就是亲兄弟！”

瘦子听罢点点头，先一步端起木钵喝了一口，虬髯大汉见状也把手中长枪一放，仰头喝干。张角大喊了一声“好”，道：“入我太平道者都是兄弟。你我歃血为盟，更是亲兄弟，我以大贤良师之名赐二位兄弟名为——”

张角指着虬髯大汉：“张梁。”

又指着瘦子说："张宝。"

8

皇甫嵩找张奂密谈之事，早有亲信报到董卓耳朵里去。

董卓冷笑道："哼，想搞我董卓，也不看看这是谁的地盘。不过，皇甫嵩那个家伙太狡猾，也不可不防。"

他告诫与自己暗中联络的先龙羌人奸细葱茈："这几天你就不要来了，回部族避避风头。皇甫嵩不过是个客将，早晚要走。他走之日，就是我们合作发财之际。"

葱茈点头称是，回营帐里收拾了行李，趁夜色遁入黑暗中。

董卓喝完马奶酒，刚要入睡，突然有一个义从冲进帐里，焦急地说："将军，皇甫嵩的人抓了一个羌人，正往张奂将军帐里送呢！"

董卓大惊，光着身子跳起身来，"什么？"这羌人知道太多机密，要是给抓了，把自己和先龙羌勾结的事情招供出来，大事休矣。说不得，必须趁人还没送到张奂那里，先拦下来杀了灭口再说。

董卓匆匆忙披甲上马，带上本部人马就去拦截。

他们赶到去大营必经之路上，果然远远看到十多名皇甫嵩的手下骑兵，夹杂着一名羌人，往营地而去。

董卓带着上百名义从，提刀带剑，气势汹汹拦在路上，"来者何人？未经通报，不得通过！"董卓在马上大喊。

对面骑兵回道："我们是皇甫嵩皇甫太守的手下，刚捉住一个羌人奸细，现正要交送大营，让张将军亲自审问。"

“区区一个奸细，莫要打扰了张将军。交给我审讯便是。”董卓说着一挥手，手下义从们拔了刀就围上去。

押送的队伍见状也拔出了刀，与义从们对峙。为首的将领举刀大喊：“皇甫太守交代，要我们押送这奸细至张将军营中，切不可转交他人。”

“皇甫太守，哼。”董卓鼻子里哼出一声，也不跟对方答话，吩咐手下硬抢，“这是我的地盘，别说皇甫嵩，张奂这老头子也说不上话！大家上，给我把人抢过来。”

义从们听了，用羌语大声呼喊着，明晃晃的弯刀就挥了出去，眼看两拨人马就要交战，突然一队马蹄声响，却是皇甫嵩带着三四名亲随，自后赶来。

皇甫嵩黑着脸道：“董卓，你和先龙羌勾结，现在奸细被我抓到，还有什么话说。莫非是要杀人灭口吗？”

董卓看皇甫嵩带的亲随不多，呵呵笑道：“不错，我是勾结羌人，人被你抓住了，那又怎么样？你皇甫嵩本来和我有仇，你以为张奂会信你的吗？今晚我连你一起杀了，就说是遇到先龙羌偷袭，张奂那老家伙能奈我何？”

董卓在马上大声呼喝，指挥手下将皇甫嵩等人团团围住。

皇甫嵩脸色不变，他们队伍中被押着的羌人将压在眉毛上的皮帽子一抛，怒喝道：“董卓，你且看我是谁？”

董卓一见大惊，那羌人不是奸细葱茈，却是张奂本人。

皇甫嵩仰首吹响一只号角，只听得暗夜里各处马蹄如雷，潮水般大军包围而上，却是皇甫嵩全军尽出，将此地围成铁桶一般。

董卓知道中了皇甫嵩的圈套，滚鞍下马，“张将军，皇甫嵩与我有隙，设计陷害于我！”

张奂摇摇头，惋惜地说："董卓，我知你武艺高强，胸怀大志，有心栽培你，怎知你竟敢勾结羌人，虚报战功。我今日便要在此地，将你军法处置。"

董卓明白事情没有回转的余地，又看了看四周，军队众多，逃无可逃，他跪在张奂跟前，一边磕头，一边痛哭流涕。

"董卓愚鄙，迷了心窍，犯下大错。我家中尚有花甲老母，我若是今日死了，老母必定也活不成了。还望张将军放我一条生路，回家照顾母亲！"

张奂拔出佩剑，怒发冲冠，架在董卓的脖子上，大喝一声，长剑高举，又重重落下。咣的一声，长剑斜斜劈在董卓的盔上，切掉了盔上长缨，把头盔也打落在地。董卓一愣，突然又是一阵轻松，浑身憋的冷汗一瞬间全都放了出来，直磕头磕出血来，汗水和血水混着，糊了一地。

张奂叹了一口气，说："罢了罢了。从今日起，免去你一切官职，回乡奉母吧。"

董卓最后重重磕了一下，"将军厚恩，来日必报！"起身离去，他手下那些羌人义从，面面相觑，也不敢跟过去。

"张将军！"皇甫嵩看着董卓离去，对张奂说，"董卓此人有虎狼之相，今日不杀，以后必定会后悔的！"

张奂却只是摇头："董卓跟我日久，没有功劳也有苦劳。听说他孝顺自己的母亲，还算有人性，放他一马，希望他能幡然悔悟。来人，将他那些义从轰出军营，永不录用。"

9

张角和张梁、张宝兄弟三人，以太平道的名义四处广收信徒，不出两年，全冀州境内已有接近三十万教众。此时是中平元年，正是于吉符上所写的甲子年。按照张衡所说，该是张角起义之时了，但于吉所说的扰乱天下之人他还没有找到。他手下几十万人，全都出身草野，但他的混沌之心从来没有反应。

张梁见状询问："大哥有何担忧？不若说出来小弟我替大哥解决了！"

张角摇摇头："无妨，你与张宝先去准备，等到下个甲子日我们就发兵起义。"

张宝点头，却又问："我们发兵打哪里？"

张角想了很久，却得不出答案，"天机不可泄露，你们先去准备。届时我自会通知你们。"

二人领命离去，张角独自一人在屋中踱步。

"衡哥啊，如果是你，此时该怎么办？"

张角的太平道营地中，一杆大旗在风中猎猎作响，上书几个大字"苍天已死，黄天当立"。一个背着木柄剑的白衣人走了过来，却是贾诩，他站在旗下，小声念出了下半句："岁在甲子，天下大吉。"话音刚落，自贾诩脚下一道黑色的波纹向四周扩散开去，营地中的教徒们心里都是一个激灵。

贾诩看着周围惊讶的教众，从容地稳步朝张角的帐篷走去。还未走到帐前，张角猛地掀开帘子，站在贾诩身前，手里捏着一张符，似是大敌当前：“来者何人？”

“吾乃混沌神使。”贾诩看着张角夸张的动作，只是笑笑。

张角一听这几个字，使了个眼色屏退左右，“进来说。”

贾诩笑着点点头，走入帐内，还不等张角发问，就道：“师弟别来无恙？”

师弟二字听得张角又是一惊：“你是……”

“我是贾诩，字文和。师父于吉自曲阳泉水中获得混沌古器时，我就在师父身边。当时还不及弱冠，如今早已过了而立之年，哈哈哈……听说师父羽化仙去，到处找他的传人，终于找到了你……”

贾诩自顾自地介绍自己，张角听了却是将信将疑，道：“我随师父修行十数年，未曾听说还有一位师兄，我该如何相信你？”

贾诩笑笑，睁大眼睛盯着张角，墨色的瞳仁凝结成黑雾向四周扩散，让张角立刻联想到了混沌神的虚空化身。张角见状赶忙手里捏了一个诀，另一只手掏出一张符。然而贾诩突然又把黑雾给收了回去，笑着伸出手说：“师弟且慢，我们不是敌人。我知道师父本将混沌之心交给了张衡，这我也是不同意的。掌控着混沌之力，却只想着教化下民，这不是浪费吗！”

张角收起了戒备，却还是没好气地问：“那你来是干吗的？”

“我来告诉你谁才是那个扰乱天下之人。”贾诩笑着说。

这一句话说到了张角的心上，连忙问：“是谁？”

“就是你自己。”贾诩答道，脸上的笑容更盛。

“哼，我以为你会说出什么。竟如此胡……”张角本以为贾诩是在胡说，却突然心头感到一紧，混沌之心咚咚地发出声响。

“哈哈哈哈！是我！就是我啊！哈哈哈哈！”

贾诩看着狂笑中的张角，背在身后的手默默地放回了身侧，也跟着一起大笑。但他的笑声里，却似乎藏着另一个秘密。

中平元年三月五日，正是甲子年甲子日，冀州太平道三十万教徒同时起义。他们头缠黄巾，高举着“苍天已死，黄天当立”的大旗，自称“黄巾军”。在谋士贾诩的建议下，张角、张梁、张宝不出一月就分三路攻下了曲阳、广宗、巨鹿，其他郡县的太平道教徒也纷纷攻杀当地郡守。一时间，冀州已是遍地黄旗。

短短几月内，张角依靠张梁和张宝，尤其是依靠贾诩的智谋，聚集起十万军队，横行天下，大汉朝的国都洛阳，似乎唾手可得，张角夺取天下的愿望，眼看就要实现。

10

董卓被赶出军营，不得已向老家狄道而去，一人一马行了大半个月。他身无长物，餐风饮露，一路对皇甫嵩和张奂恨之入骨。等到远远看见了狄道的城墙，四周还是一样破败的荒野，也不知自家老母和妻小是否安好。可他此时却也不愿再往前走了，上一次回狄道就是落魄，本以为经过自己的打拼，能够过上好日子了，可谁知又是落魄回乡。

凉州通往狄道的官道，黄沙漫天，董卓在风沙中拄着一根断枪杆，艰难地沿着官道寻找驿站，他又累又渴又饿，只盼着进了驿站，能有一口酒喝，能吃上一顿饱饭。好不容易来到驿站门前，抹了抹脸上的黄沙，无力地敲着门。过了好久，驿卒才来应门，驿官闻声出来一看，认得是董卓。

“哟，董将军！快请进！”驿官一边防止风沙吹进门内，一边把董卓迎进院子里去。

董卓进了门，一下没站稳，跌在地上。驿官顶着风把门关了，又赶忙把董卓扶起来。

“董将军，这么大风天，一个人在道上走着，遇上什么事了吗？”

董卓张了张嘴，想要回答，却被沙子卡住了嗓子，咳了半天。

“我本是回狄道看望母亲，谁想路上遇了劫匪，又遭了沙暴，马匹钱两都丢了。”

“哎呀，董将军真是辛苦了。”驿官说着，却也不把董卓往屋内请，“董将军的官印没丢吧？一会儿盖个章，我弄点酒菜，歇息一晚。明天风停了，给大人备两匹马，送将军上凉州。”

“官印……”董卓又咳了两声，“官印也丢了……”

听到这，驿官站直了身子，也不扶着董卓了，昂着头看着他，说：“呵，看来传闻没错，董将军在军中犯了事，丢了官职，董将军已经不是董将军了吧！”

董卓咬着牙，憋着一口气却也无法反驳。

“来人，带他下去，不要去驿舍，带到柴房去。”董卓被两个驿卒架着往柴房走。董卓狠狠地回头瞪了驿官一眼。

驿官被这眼神吓了一跳，说：“你现已不是官身，没资格进我驿站内。本官看这天气恶劣，没给你赶出门去，已经是给你面子了！”

董卓被驿卒架进柴房，眼神依然凶狠，但硬是压下怒气，说：“那还请驿官给我点酒喝吧。”

“哼。”驿官鼻子里出了口气，走进厨房，捏出两张粟饼，说，“酒是没有的，这两张饼够你撑到明天了。”

啪嗒一声，两张饼被扔在董卓脚下，青黑色的绒毛斑斑点点，早就发了霉了。董卓捡起饼看了看，呵呵一笑，突然甩手一扔，砸在驿官脸上，跳起来就朝驿官扑去。可董卓毕竟饿了一路，没了力气，还没扑到驿官跟前，就被一旁的驿卒踹倒，紧跟着七八个驿卒一拥而上，将董卓摁在地上，打得他头破血流。

这时，门外传来一阵急促的马蹄声，而后是哐哐哐的砸门声。驿官和众驿卒一人又踹了董卓一脚，才去开门。驿门一开，一队骑兵裹着风沙，从门口闯了进来，后面跟着一辆小车。为首的将官骑在马上唤来驿官，居高临下地问："董将军可曾途经此处？"

"董将军？问的可是董……董卓？"驿官听到此问，浑身一个哆嗦，眼神偷偷瞄着柴房。从半开着的房门里，看到董卓正慢慢地从地上坐起来，衣衫破烂，血污满身。为首的将官顺着驿官的眼神看去，大吃一惊，立刻翻身下马，三两步冲过去，扑通一声跪倒在董卓跟前，道："将军何故如此？"

原来这人是董卓旧部李傕，没想到董卓沦落到如此狼狈。

董卓坐好，喘了口气，"李稚然，来此何事？"

李傕磕了个头，"大家四下找你，未曾想到这里遇见你。如今黄巾贼反了，天下大乱，州郡失据，长吏多逃亡。旬日之间，天下响应，京师震动。朝廷知道董公会打仗，特意降旨，升为并州刺史，即刻带其部讨伐黄巾乱贼！"

李傕言毕起身，将一纸黄缎圣旨交到董卓手里。

董卓斜眼看着驿官，只是冷笑。而一旁的驿官已经吓得双腿发抖，支支吾吾半天说不出话来。

"谢吾皇！"董卓叩谢领旨，在李傕的搀扶下，站起来。

董卓笑笑，挥了挥手，道："无事，无事。都起来吧。不知现在有没有好房好酒好肉？”

“有有有！下官这就去安排！”驿官赶忙起身，吩咐手下去准备。

董卓一行人好吃好睡，到了第二天清晨，沙暴已经停了，备好马匹，就要离开。驿官带着一众驿卒，点头哈腰地将队伍送出门外，心里长出一口气，只道事情算是了了。

没想到董卓上马之前，回头对李傕说：“此地驿官结交黄巾贼，犯上不敬，罪不可恕。李稚然，这个首功可不能丢呀。”

“遵命！”李傕和手下本来就是董卓旧部，这杀良冒功的事儿那是心有灵犀，不等驿官等人呼叫逃命，已经抽刀在手，唰唰几刀，将驿官和驿卒尽数砍倒在地，砍下首级挂在马颈下，又点燃火把，扔进柴房。不一会儿大火便将整间驿站，连同驿官和驿卒的尸体，都烧着了。

“这是上天助我。”

董卓骑在马上，看着熊熊燃烧的驿站，哈哈大笑，掉转马头，朝着并州前进。

第五章／桃林三雄

1

黄巾起义的消息传到洛阳，原本在饥荒和瘟疫中仿佛也安然自若的洛阳城百姓终于有点担心起来。街巷里谣言四起，甚至有人将大名堂失火一事和黄巾军联系起来，连玉玺失窃的消息也走漏了出去，四百年大汉岌岌可危。毕竟相较于天灾，人祸总是更可怕一些。

马元义包着头巾蒙着面，一副色目人打扮，混在人群当中，悄悄地走进曹府旁的一条巷子，确认左右无人之后，打开地上一道暗门，下了密道。兜转几回，马元义踏入了曹府的地下密室。密室中烛火昏暗，曹嵩伏在案前，看着桌上成堆的竹简，在墙上投下一个闪烁不定的庞大阴影。

不时一声响，从墙上安装的竹筒里又飞出来新的竹简捆，曹嵩手上飞快，一封封竹简被分类挑拣出来，分门别类放在条案的另一头。

谁能想到，看似好好先生、见人就赔笑脸的曹嵩曹太尉，暗中就在此处，通过密如蛛网的情报来获知天下之事，他那庞大的商业帝国，就是在这里运筹帷幄的。

“主公！”马元义卸下头巾和面纱，拱手一揖。

“说。”曹嵩头不抬，手不停。

“回禀主公，刘备已经查到我的住处。”

“这么快？”曹嵩手里停了停，随即又恢复了原先的节奏和速度。

“小人已经抱了必死决心，但只怕牵连到主公这里。”

曹嵩沉思道：“大名堂和蹇岗的马车，虽然确实是我们做的手脚，但玉玺的失踪，倒确实出乎我的意料。马元义，你在其中，没有发现什么异样吗？”

“马某行动前，依照主公所教导，小心观察，并没有察觉到什么异样，只怕宫中还潜藏有其他高人，非小人所知了。”

曹嵩慢慢地把手中的竹简放下，说：“刘备不过御龙阁一个见员，动作倒是挺快。他查到了你几个身份？”

马元义想了一想，道：“司马门厩官、大名堂洗护、西市升秤手、白马寺和尚、顺义坊剃头匠，都查到了。”

曹嵩想了一想，又说：“你现在就走，赶紧离开洛阳。”

马元义听罢却站着不动，依然保持着作揖的姿势。

“怎么还不走？趁皇上还没下令严查，出城还容易。”

马元义跪下，道：“主公对马某有救命之恩。大名堂一案关系重大，御龙阁追查甚紧，马某估计是逃不掉了，不如就来个了结吧！”

“你准备怎么做？”

马元义仰起头来，诡异一笑，“我还有个身份，可以让那个刘备查到。”

“哪一个？”

“黄巾军的神上使。”

曹嵩注视他良久，缓缓点头，道：“汝妻子吾养之。”

那天傍晚，一个戴着斗笠的和尚，东张西望地进了西市的黄氏茶水铺，先后与数十名茶客接头谈话，都有点鬼鬼祟祟的。西市一贯是个鱼龙混杂的地方，各色人等往来不绝，这和尚在此出现也不算显目，但对街的酒楼上坐着一名食客，目不转睛地盯着茶水铺这边，将一切都收在眼底，正是刘备。

和尚谈完事情，戴上斗笠，在茶水铺门口东张西望了一会儿，蹲下来系鞋带，眼看快要宵禁，才起身匆匆走入暗巷中去。

刘备将酒钱丢在桌子上，起身悄悄跟了上去。

刘备跟踪这个叫马元义的人，已经有半个月了，此人滑不留手，简直是千面怪物。刘备怀疑他与司马门车舆案有脱不了的关系，跟踪日久，却发现马元义交游广阔，不但与近日各地兴起的太平道有千丝万缕的联系，还与宫内许多常侍往来密切。他的身后，一定有更大的秘密。

马元义在前方慢悠悠地行走，和路边一个扛着大袋子的老婆婆说了几句话，帮她背起那个袋子，走了几步，突然将袋子往地上一倒，然后拔腿就跑。

刘备见露了行迹，纵身跃过路口堆着的杂物，紧追不放，跑过半条巷子，猛地发现满地滑溜溜的绿豆，刘备踩在上面，立足不稳，几乎摔倒，正是刚才马元义倒在地上的袋中物。

刘备大喝一声，跃在空中，左手剑已然擎在手中，在巷壁上一撑，一个筋斗跃上屋顶，他踩着瓦片在屋顶上飞奔，眼看着下面一个白色小点正要拐入另一条小巷，刘备一个飞扑，连人带剑撞在马元义肩膀上，撞穿店铺的木板铺面，两人一起滚到一个存放米面的仓库里去。

马元义在地上打了个滚，待要站起，刘备右手剑已然出鞘，如同一条黑龙在屋子中盘旋咆哮，马元义只觉得全身冰冷彻骨，大吼一声，双足足踝处同时一痛，脚后跟已被削断。刘备右手如同抓住一只难以控制的活物，硬生生将它插入鞘中，右手掌已被剑柄上的刺刺得鲜血淋漓。

“哈哈，我誓死不降。”马元义伸手就要朝自己脖子上抹去，刘备眼疾手快，左手剑飞出，一剑弹在马元义手上，马元义手里的短刀飞了出去。

马元义待要挣扎，刘备已经贴身而立，手如铁环，牢牢抓住马元义的手，“玉玺在哪里？”

马元义做出一副大事已了的神情，“玉玺早已去了该去的地方，苍天已死，黄天当立！哈哈哈，我大贤良师定当君临天下！”

刑场之上，马元义即将被五马分尸。全城的百姓都聚在一起观看。

刘备心有不忍，默默地离开刑场，来到卢植府上，找到自己的老师，带着自己的困惑来寻求教导。

“马元义虽是罪人，但按律本不该处以如此极刑。学生知道此举是为了震慑黄巾贼以安抚民心，但人是我抓的，如此我觉得有愧于心……”刘备低着头。

卢植拍了拍刘备的肩膀，说：“杀人安人，杀之可也。玄德，你瞻前顾后，行事未免犹豫，要善用你的杀人剑啊。”

刘备皱眉，行礼，说：“弟子谨记。”

卢植点点头，顿了一下，又说："从今日起，你可以出师了。"

刘备错愕道："备还有许多困惑，还望老师多多指教。学生还不愿出师。"

"若是一直留在为师身边，有些事情，你永远也不可能学会，老师不能陪你走一辈子。"卢植看着刘备，露出慈祥的笑容，"我也希望你能多留几天，只是如今天下即将大乱，御龙阁的影响力越来越小，朝廷这些军阀拥兵自重，各怀私心，靠不住了。你回家乡去，组织义兵，伺机而动，我留在朝堂，与朝臣们周旋。为了大汉江山，我们师徒必须携手努力。"

刘备落泪，叩头。

"重振御龙阁的大业……恐怕也要交给你了。"卢植伸手相扶，在刘备耳边轻声说。

"我……自然会尽力辅助阁长，不敢留半分私心。"刘备略有不解地抬头说。

卢植笑着点点头，又摇摇头。

刑场上，马鞭声响起，五匹花斑马同时向五个方向跑开，绳索绷紧，中间的马元义被扯成碎块，鲜血淋漓。

2

甲子年，马元义被处死了，但是"苍天已死，黄天当立。岁在甲子，天下大吉"的口号传遍了天下。张角自称"天公将军"，张宝称“地公将军”，张梁称“人公将军”。将领共有三十六方渠帅，黄巾军如同燎原之火，在九州之上疯狂地燃烧了起来。他们声势浩大，攻城夺邑，焚烧官府，扫荡豪强地主坞堡，旬日之间，天下响应，京师震动。

刘备一路南行，朝自己的家乡涿郡行去，路上不断看见难民牵儿带女，流离失所，但他以一人之力，无法救助，难过得心如刀绞。他一路上都在思索老师卢植的话。卢植话中之意，似乎有知大事不可为之忧，他需要尽快拉起一支队伍，从外部给予自己的老师一些援助。

天色向晚，刘备远远地看见一座庄子，炊烟袅袅，有人牵着耕牛在田埂上行走，正是一处躲过战火的世外桃源。刘备正准备前往投宿，却见对面山头上尘烟浮动，一队人马掩在山后，人人头上扎着黄巾，当先的将领骑着一匹白马，高举起一面黄色的旗帜，摆了三摆，瞬时从丘陵后奔出上百名黄巾军，或骑马或步行，持着削尖的竹棍，直冲村里而去。刘备知是黄巾乱贼至此，大惊之下，连忙拍马追赶，却眼见来不及了。

黄巾贼冲到半途，村里人似乎也发现了，敲起锣来。田埂上农夫农妇一阵大乱，乱纷纷地朝村里跑去。一名农夫舍不得丢了耕牛，拼命地拉着牛要往村里跑，那头耕牛却不知道是犯了犟脾气，还是怎么了，停在田埂上低着头一步也不挪动。

那些黄巾军大声呼喊“苍天已死，黄天当立”，四面朝村庄围了上去，越逼越近，农夫就算弃了耕牛再跑也来不及了。刘备拼命打马，却无法赶在黄巾军之前赶到。

那名农夫眼看退路被截断，这才醒悟，放了耕牛想跑，却哪里来得及。黄巾军一名先锋一马当先，高高举起长矛，朝着农夫追去，眼看将要追及。

突然一阵锣鼓响。庄子里却有埋伏，埋伏在田埂下的数百村民举着柴刀锄头等各种农具，随着锣鼓声冲了出来，登时将黄巾军的阵势搅乱。

黄巾军先锋吃了一惊，座下黄马已经奔到那名逃跑的农夫身后。农夫转身双手拉住刺来的长矛，大喝一声，竟然将黄巾先锋从马背上挑起，在空中画了一道大大的弧线，连人带甲砸在地上。

刘备远远看见，这名农夫脸色黑黝黝的，年龄倒是不大，身子壮硕，一脸短须，根根爹起。他一反刚才跌跌撞撞逃命的模样，双手持矛，一跃而上那匹黄马，身手矫健异常，口中大喝，指挥村民作战。这些村民身上虽然没有盔甲，但看起来训练有素，进退有方，也不着急与黄巾军近身厮杀，只是组成长蛇阵，用密密麻麻的带矛头的长竿将黄巾军围在一起，赶到烂泥田里。那些黄巾军一旦陷身泥塘，行走艰难，即被农夫们用早准备好的长竿逐一刺倒。

黑脸汉子吼声如雷：“对面那厮，可敢与我单挑？”

那黄巾军领头的将领被黑脸农夫的声势吓到，拨转白马马头就跑，剩下的贼兵也跟着转身逃窜。刘备也拔出剑来，跟着村民一起追上去，只追出数里地，眼看黄巾军将领逃入一片桃花林中。

黑脸汉子待要追入，刘备喊道：“壮士，遇林莫入，莫要中了埋伏！”

黑脸汉子哈哈大笑，“这些废物，就算有埋伏我张飞也不怕！”言罢持矛拍马，冲入林中。

刘备唯恐有失，也跟着追了进去。

正是春日之时，只见那片桃林中姹紫嫣红，花开灿烂，风儿穿林而过，无数粉色花瓣如雨点般飘落。

黑脸张飞和刘备穿林拂花，找不到那名黄巾将领的踪迹，却在一片林中空地上，猛然看见一名大汉。那人长发披肩，背对他们，坐在一块巨石上盘腿打坐，一匹空鞍的白马悠闲地在石边吃草，定睛看时，正是那名黄巾军将领的坐骑。

只是见到此人的背影，刘备就觉得心中一凛，觉得他身上散发出一股猛兽的味道。

张飞如雷般喊道："你把那黄巾贼藏到哪里去了，快快把人交出来，饶你不死！"

那人冷冷地道："烦死了！哪来的乌鸦在此聒噪？老子在这里炼气，最恨被人打扰，刚才来了个黄脸大汉，已经被我杀了，你如果不快滚，我也一样杀！"

张飞气得哇呀呀乱喊，他最讨厌被人讽刺脸黑，此人叫他乌鸦，正是犯了他的大忌，即便没有后面挑衅的话，也非得割了此人的脑袋回去不可。

张飞大喊一声，从马背上跳下，持矛朝那人冲去。

那人从石头上回过头来，一头长发许久没有打理过，夹杂着许多草根碎石，衣服破碎，也不知在野外待了多长时间，脸上布满血丝，颔下留着乌黑的短须，脖子上的血管高高鼓起，眼眶也是通红，简直如同一只怪兽。刘备只觉得此人眼熟，却一时想不起来在哪里见过。

那人看着张飞冲来，冷笑一声，袒露右臂，桃林之中，瞬间冷风彻骨，无数细小的风从四面拢聚，朝着那人的手臂集去。空气浮动，隐约可以看见一条黑龙。刘备大惊，叫道："是神龙之力！"

那人伸手凌空一抓，朝张飞抓去。

刘备跳下马，横刺里朝着张飞扑去，将张飞抱住，两人滚到一边。只听得呼啦啦声响，如同平地狂飙，一道冲击波朝着空地冲去，十多棵桃树一起向后折断。

这是御龙阁的神龙之力啊。刘备大惊，抬头细看，终于想起在龙之幻境力牧阁决战时见过，此人曾经参与选拔，末了在优胜者中却不见其人。

刘备惊问："我只道神龙之力被吕布夺走，怎么在你身上现身？"

张飞被刘备拦下，却不服气，直着嗓子喊道："神龙有什么了不起，我老张家的祖传手艺未必打不过你！"

他甩开刘备，直挺挺地朝那人冲去，那怪人冷笑一声，又是一拳朝张飞打来，拳锋未至，一股旋风已经卷起，顿时落英缤纷，将张飞卷在一团粉红色的旋涡之中。

神龙之力乃是神龙传继给人间英雄，守护世间的力量，一个乡野之夫如何抵挡得住，刘备正要大呼不可。

却听见一声咆哮，旋风中现出一只黑豹，爪牙锋利，嘭的一声云气化去，却是张飞从旋风中冲了出来，虎吼一声，长矛自上而下，猛击而下。

刘备也吃了一惊，他早听说南人血脉中流传有蚩尤的血，正是以豹为图腾。这个叫作张飞的人虽然看上去是本地村民，只怕祖上也有南人血统，他本人也是天赋异禀，才能在数百代后展露出蚩尤的神力。

那怪人本来坐在石头上，左手一拍，翻身闪过，张飞力如千钧的一矛击在石头上，巨石应声裂成两半，长矛也震为碎片。

张飞扔了手中断矛，"呸"了一声，"什么鸟龙之力，不过如此！"

怪人站起，面露讶异之色，双目放出赤红光芒，状若癫狂，他弯腰从岩石边拾起一把大刀，放声豪笑，"来来来，三招之内不取你性命，某今天就自刎在你面前！"

张飞也是仰头哈哈大笑，“一言为定，我三招之下不杀死你，自己把头砍下送给你！”说着从腰间拔出一柄亮闪闪的腰刀，伸手一划，画了一个大圈，风声虎虎，隐然有轰隆隆之声，挥刀当头猛劈。

那怪人也不避让，身子斜倚，刀锋微微颤动，以刀对刀，迎了上去。间不容发之际，两人身形交错而过，张飞把头一侧，短胡须被切断数茎，怪人略一低头，耳边长发无声无息地飘落一缕。

一旁的刘备看得心惊肉跳，知道两人出手就是凌厉至极的招数，若是差之毫厘，此时两人都会血溅当场。

两人试了一招，也知道对方武艺高绝，心中暗自钦佩，不敢看轻对方，但大丈夫一言既出，既然赌下生死之约，如果不在三招内打败对方，就要自杀，这话可不是随口乱说的。

两人面色凝重，对视片刻，突然同时而动。张飞身子粗壮，身法却是矫捷异常，他欺身直攻，刀光闪闪，八方吞吐，先将对手四面去路全都封住，连出三刀，刀刀连环进击，紧密无比。只见对面那人一刀横劈，去势极快，这一刀攻中带守，刚中有柔，直取张飞肋下，张飞回刀一立，挡住大刀来路。显然两人都小心谨慎了许多，双刀相交，双方各自吐气发力，“嘿”了一声，两人各自后退一步，似乎力量也不分伯仲。

眼看只剩最后一招，张飞烦躁起来，纵身跃起，刀法一变，变成硬斫硬斩，长刀自空挥下，光芒耀目，刀刃未到，风压已至。刘备暗暗吃惊，这是舍身的打法，不留后招，空门大开。那张飞是已经下了决心，若不能杀死对手，自己这条命也就不要了。

那怪人也是喊了一声：“来得好！”脚跟用力，加速快冲，合身扑上，一刀直指张飞胸口，也是不要命的打法。这一刀相交，定然要见到生死了，两人都是竭尽全力，眼中再无他人他事，纵然天地毁灭，也等这一刀之后再说。

刀气纵横之中，两人各自觉得眼前黑影一晃，突然从天而降一把钝剑，这把剑钝而无锋，却厚重异常，铛的一声压在双方的刀上，三把兵刃搅作一团，登时凝在空中。这一下从极动到极静，对战两人瞪目看时，却是刘备双手持剑，自半空扑下，千钧一发之刻砸在双方刀上。

张飞和那怪人这一刀挥出，使力均是极大，又只是寻常兵器，被刘备这么连人带剑压住，刀刃难以承受重压，啪的一声齐齐断折，刘备手中的仁剑也被震得脱手飞起，落到七八丈外。

张飞和那怪人一起大怒，瞪着刘备喝道：“你干什么！”

刘备也朝着怪人喝道：“我记起来了，你是关羽关云长！河东解良人，杀了本乡豪族，逃难江湖，推着一辆枣车去参加龙渊选拔，怎么在龙之幻境中迷失了本性，还不快快醒来！”

“你是御龙九阁的人？有何了不起，打败我的人，我才服他。”关羽吼道，脸上脖子上的血管又是根根暴起，黑色的雾气如同旌旗般在他背上拢聚。

“喂，大耳朵，快闪开！这家伙又要用那个什么龙之力了！”张飞喊道，“让我来收拾他！”

刘备面对关羽站立，仍然是挡在两人中间，他一手搭上肩头杀剑。

关羽阴沉着脸，怒视刘备，“为什么不拔剑？你是看不起我吗？快拔剑！”

刘备摇摇头，坚定而温和地说：“让我来帮你！”

关羽一拳全力击出，硕大的龙头从他拳锋上冲出，利齿如林，直到龙齿堪堪咬中刘备瞬间，刘备才突然拔剑，黑剑出鞘时似乎发出凄厉的吼声，刘备将剑全力向肩后甩去，黑龙从刘备的耳边擦过，全力朝着那把剑追去。原来刘备那把杀剑是由蚩尤血淬火而成的神兵，杀气太重，蚩尤又是龙神的死对头，瞬间将黑龙吸引了过去。

那柄杀剑噗的一声，没入一旁啃草的白马腹中，黑龙腾地一下正撞白马前胸，撞得它五脏六腑碎裂，软倒在地。

趁着黑龙飞出，关羽新力未生，刘备一把扣住关羽右腕，脸贴脸对着关羽，双目澄明，温和而有力地道:“不要被龙控制，做你自己。”

关羽也本是武道中的奇才，在龙之幻境中与吕布争夺魁首，被爆炸的龙神之力侵入右臂。他一心钻研武道的极限，不知克制，被右臂的力量迷了心性。此时刘备压制住关羽右臂的力量，又一言点醒了他，他一时脑中澄澈如水，登时清醒过来。

刘备放手，皱起眉头呸道:“大丈夫何不留有用之身报效国家?你们私自赌命，只为两句气话，将性命丢在此地，也算是我大汉好男儿吗？”

关羽、张飞都面有愧色，低下头去。

张飞嗫嚅着说:“可是，大丈夫一言既出驷马难追，我们已经定下三招之约……”

刘备大声道:“你们这第三招被我打断了，只要不使完第三招，就不算违背赌约！”

张飞一愣，和关羽相视而哈哈大笑，“还是你这个大耳朵鬼主意多。”

“你们如果有心，就和我一起去招募兵勇，破贼安民，拱卫社稷，也不枉了这副好身手！”

张飞拍了拍胸脯，“哥哥，我听你的。我姓张名飞，字翼德，本村人氏，这里有一百乡勇，都能跟我走。”他瞪向关羽，“喂，你也一起来，不然，我还是不放过你！”

关羽拱手道：“愿随两位哥哥鞍前马后。”

大风恰在此时刮起，桃花瓣飘飘扬扬，如雨撒落。

张飞大喜：“今日好生痛快，不如我们就在这里桃园结义，从此同心协力，上报国家，下安黎庶。”

刘备、关羽心意相通，三人相见恨晚，张飞搜了搜抢来的马，找到一皮袋酒，三人就在最大的那棵桃树下，插草为香，以白马为祭，拜了天地，结为兄弟。

三人饮酒毕，互相叙了年齿，却是刘备为长兄，关羽为次，张飞为末。三人互相礼毕，关羽望向张飞，两个脸上，都有跃跃欲试之色。要知道习武之人，最想知道谁是更强者，难得遇到如此高手，不打个尽兴，心里总是痒痒。

刘备知道他们两个心意，“哼”了一声，道：“别忘了三招就差半招了，只要有我在，你们两个就不许再斗！”

张飞嘿嘿笑道：“不打就不打。天下这么乱，可杀之人甚多，我老张还怕找不到人杀吗？”

3

刘关张三人结义之后，朝着涿郡而去，沿途召集乡勇，一路走到涿郡，汇集了不少军队，在县城外草草搭了个营地，操练起来。

然而人是多了，军备却无法跟上，大多数人都是拿着锄头、镰刀、草叉，军马尤其短缺，数百人的队伍，却只有不到十匹马。涿郡是幽州一郡，而幽州本地黄巾军头领乃是程远志，统率贼兵众多，夏四月，攻下幽州，杀死太守刘卫及刺史郭勋，附者云集，兵员接近五万，远近州郡震动。

刘备接到卢植书信，要他五日内赶到幽州城下，与新任幽州太守刘焉会合，相机夺回幽州。刘备手头这点步兵，别说去征讨程远志，就是五日内走到幽州，都颇为困难。刘备一直在为这事发愁。

这一日天刚蒙蒙亮，刘备在营中听得门外人喊马嘶，以为是黄巾军来袭，提了双剑就冲出去，没想却迎面撞上奔驰而来的马群，足足有数百匹，呼啦啦冲进营地。张飞带着七八名伴当，飞驰往来，呼三喝四，东戳西指，勉强把马群稳住，把不大的营地塞了个满满当当，一回头看到刘备，高兴地大喊："大哥！看俺带回来什么？"

"翼德，你这是哪儿来的马？"刘备惊疑不定。

"路过县城边，看见这群马在南山坡上吃草，我想这算是要睡觉遇上枕头了，就全赶回来了。"

刘备脸色一沉："胡说，好端端的怎么有无主之马，你这是抢来的吧？"

一名伴当凑过来在刘备耳边说："这是城南张家的马。"

刘备的脸色更难看了，这张世平是涿郡本地豪强，生意做得很大，手下养了上千家兵，排场极大，县官遇到都要躬身行拜礼，别说在涿郡了，在半个河北多少年来都没人敢惹。

"三弟，你闯祸啦！"刘备皱起眉头说。

"什么祸？"

刘备摇摇头，正准备训张飞几句，却听得营门处有人大喊："这里谁是管事的？有没有人管事啊？"

几名官差气势汹汹地走了进来，“本县接到首告，告你们强抢民财，是否有此事？”

一个马倌打扮的人从官差身后跳出，指着满营的马喊道：“就是这些马，张爷的马，如今人赃俱获，有什么好说的！”

张飞瞪起眼睛，吼道：“我们在这里操练义兵，为的是剿灭贼兵程远志，爷爷要你几匹马，算得了什么？你们家张爷，又是何人？”

“我们家张爷张世平，在这涿郡谁人不知谁人不晓，县令见了也得鞠躬。你们自称义兵，还不是偷东西的流寇？”

关羽站起身来怒道：“我大哥刘备，乃中山靖王之后，汉室宗亲。今见国家有难，征召乡勇抗敌平贼，乃是大义。你们家张爷若是豪杰，便请借这群马匹一用，杀完黄巾贼自然就还给你们了。”

那马倌听了却是大笑：“哈哈哈！什么汉室宗亲，刘备我还不晓得，不过是个卖草鞋的！”

马倌这时候也发现了站在关羽后边的刘备，伸手指着他便骂：“黄毛小儿，成天吹嘘自己是汉室宗亲，到头来竟是个偷马贼！”

关羽一听，神色一变，手中大刀一抡，那马倌的脑袋，连同伸出的手臂，一起离了身。

平地里一声惊雷炸响，竟是下起雨来。这雨来得突然，哗啦啦砸在地上，溅起血花。

“污蔑汉室宗亲，当斩！”关羽收回滴血的大刀，立在雨中，眯着丹凤眼，对着剩下的官差说道。官差想不到这些偷马贼竟然真的敢杀人，不禁腿脚直颤，哆嗦了几下，“你竟然敢当街斩杀苦主，反了，反了！”赶忙转身跑走。

只过了片刻，突然听闻营寨外号角声大作。

关羽登高一望，惊讶地道：“是官兵！还有张家的家兵，这个张世平，定然是早就做好准备了，早知道我们不会乖乖送回马匹，与本县县尉串通一气。外面有一千人马，已布好阵势，就要一鼓作气杀进来了。”

张飞道：“不行我就去认个错，把马还给他们？”

刘备叹道：“张世平也是个狠人，否则怎么能爬到本县第一豪强的位置上来。想必对我们在这里练兵早有意见，这是找借口要吃掉我们呀。现在去还马，我看是没有用了。”

关羽看了看地上的尸体，回过身来，对着刘备就在雨水里跪下，道：“大哥，二弟犯错了！”张飞也听见动静跑过来，跪倒在地：“大哥，是俺错了！要罚罚俺！”

刘备连忙扶起他们说：“你我兄弟，有什么错不错的。既然事情来了，就一起承担吧！”

张飞道：“既然如此，就杀出去，把他们杀个干净！”

刘备叹道：“我们本来是义兵，不可和官兵对战，且避他们一避。让兄弟们拔营，撤到北面孤山上去。”

大雨突降，道路泥泞，刘关张三人赶着马匹，带着数百人的队伍，还大都是只操练过几次的乡勇，走得不快。不一会儿就听得身后鼓声大作，透过雨幕看去，张世平带着家兵，在雨中四面追过来。刘备的乡勇们受了惊吓，一时间没看住马群，被头马领着，直往山坳里跑。刘关张带人去追，一路追进山坳。好不容易稳住了马，却发现几百人被困住了：因为暴雨，山洪下泻，山坳里积了水，把一群人所在之处围成了一个四面环水的小岛，竟成了绝门堰，仅有一条窄道通往山谷之外。张世平带着官兵，将谷口牢牢守住，也不进攻，似乎打算把他们困死在这绝门堰里。

“妈的！大哥，让俺出阵，杀出一条路来！”张飞举着长矛，哇呀呀叫着，就要冲出去。

“我们三个能冲出去，手下这些乡勇却怎么办？再说，我实在是不愿意与官兵对战，实为亲者痛仇者快也，若有折损，都是便宜了黄巾贼人。”

张飞恼道：“这也不行，那也不行，那你说怎么办？”

关羽在一旁大喝：“三弟！听大哥的！”

张飞还要发急，却见突然密集的乌云中漏出一处空洞来，雨后的阳光从堰湖面上斜斜打过来，一叶扁舟从阳光处驶来。一位老者立在船头，拄着一根龙头拐杖，蓑衣青笠，一个孩童坐在船尾，无桨无橹，小舟却推开浑浊的黄水，朝着这边滑来，将将好停在岸边。

孩童看上去不过四五岁，梳着双髢髻，颇为可爱，只是神态中有些大人气，他从船上抢先跳下来，对着刘关张三人笑嘻嘻地望着。老者也缓缓起身，慢慢走下船来。

刘备上前施礼，自报家门。

“在下姓刘名备字玄德，惊吓了两位，敢问长者何方神圣？”

老者微微一笑，倒是那孩童仰着头抢着说道：“我知道你是刘备，是侍中卢植门下的学生，刚刚从君子阁的见员转为阁人。我还知道你后面的两个大汉。黑大个是张飞，留着胡须的红脸是关羽。两个人都号称有万夫不当之勇。你们三人心存大志，一心想要匡扶社稷，如今却为了几匹马，眼看要死在这里。真是可笑啊，可笑！”

张飞听了大怒，气得一张黑脸都红了，待要喝骂，老者已经拱手道：“乡下小孩子，没见过世面，口气太大，冲撞了各位别见怪。”

这小孩背着手，摇着头，不服道：“我说的都是真话，哪里口气大了。”

他装出一副大人模样，刘备也觉得忍俊不禁，但还是恭敬地问：“小先生有什么指教？”

小孩说：“请我来帮你们呀。”

张飞憋不住了，张口爆粗：“小孩子懂个什么屁……”又被刘备一瞪，后半句咽了下去。

关羽也是摇头：“我们这里打仗，刀剑不长眼，你们不要说笑，还是快快避开为好。”

小孩叉腰站定，对着刘备说：“你们现在也没有别的办法，何不一试？我不要一兵一卒，只要带我去见到张世平，一定让他撤兵。”

刘备半信半疑，望向老者。

老者微微一笑，“我这位小弟子啊，从小鬼主意极多，倒也往往灵验，不妨让他试试。”

刘备看出他眼底的自信，想了想便点点头：“玄德无能，确实没有什么办法，这样吧，我骑马带你去见张世平！”

张飞喊道：“不行，大哥，太危险了，怎么能你去？让我去就好了！”

关羽也嚷道：“这怎么行？让我带着刀和你一起去！”

“甚好甚好，其他人莫要管，这黑脸和红脸也留下，你一个人跟我出去便是。我不但让他撤兵，还让他把马都送给你。”

刘备朝他们摆了摆手，牵过自己坐骑来，又朝小孩一拱手。

“有劳小先生了，请上马。”

4

雨过初晴，大水退去了一些，通向山坳之外只剩下一条窄道，杂草下是被雨水浸泡得松软的土地，之前已经被队伍和马群踩过，坑坑洼洼。两侧都是大水，刘备骑着一匹白马，让小孩坐在鞍前，自己手擎一面白旗，朝着张世平的阵地走去。

张世平已经在窄道上树了重重拒马，尖刺密密麻麻，朝向谷内。谷内的刘备要想强行冲击突围，那是难如登天。

张世平得知只有刘备匹马前来，料定也无狡计，让手下拉开拒马，放他过来，看到刘备鞍上还坐了名小孩，奇道："这是谁家的孩子？"

刘备刚想答话，却被小孩自己抢了先，道："张世平，我是来救你的。"

张世平吃了一惊，想着这孩子如此伶俐，绝非一般的顽童，面上却装出不屑，说："我手下兵强马壮，对付几个偷马贼绰绰有余，你们已入死地，败亡只在须臾之间，我张世平何须你这毛头小子来救？"

小孩笑道："我若不来，你这上千兵将，怕是便要死在这里了。"

"哦？此话怎讲？"

小孩一手叉腰，一手指着四周："此地三面环山，汇集的雨水本该顺着山谷下流，却因水道堵塞，积水成湖。此乃绝门堰是也。"

"小小年纪，懂得还挺多。既然是绝门堰，我大可守着堰口，以逸待劳，岂不是胜算更高？"

小孩摇摇头："刘备兵少，被困堰内，但位于地势高处。反观你的家丁，位于水道下游，地势低洼。一旦再添雨水，堰坝决堤，这谷中洪水冲下，你这上千兵有何能耐，对抗这山神之力？”

张世平眉头一皱：“天已放晴，何来雨水，黄口小儿莫要诓我。”

“两个时辰过后，还有一场暴雨，只比先前这场更盛。”

张世平：“你这小孩乱夸口，难道还能测天气？”

小孩哈哈大笑，仰头看看阴晴不定的天空，突然大喊一声：“雷来！”

半空中轰隆隆一阵雷响，居然落下了几个雨点，吓得四周的兵丁都紧张起来，连声说：“妖术！妖术！”他们都听说黄巾军里个个都是妖人，打仗时有天兵天将助阵，所以才会连下州郡，杀死太守，短时期内势力如此之大。此时都疑心小孩也是黄巾军中的妖人。

小孩识破他们心思，呵呵地笑了起来，“不是妖术，我只是识天而已。不识天不识地，何以识人心？何以识胜负？这些都不过是常识而已。”

张世平将信将疑，冷笑道：“我听说过你刘备的能耐，不过偷了我的马，总是实情吧？”

小孩哈哈笑道：“这话又不对了。”

张世平一愣：“怎么又不对了？”

“本地又不需要这么多战马，你这数百匹辽东马本来是要运到渤海去卖的，因为起了黄巾军，道路断绝，只好留在这里空耗草料。程远志吞了幽州，下一步就来攻打涿郡。你这一千人能挡得住五万黄巾军？到时候，别说这几百匹马，身家性命都要没了。祸害就到眼前，你还贪图这几百匹马？”

小孩又道：“张叔叔是商人，自是明白只有天下太平才有生意可做。不如就将这些马赠予刘备。待其灭了程远志，商路自然畅通，你贩货所得，何止百倍，岂不两全其美？”

张世平连连摇头：“看不出你年龄幼小，却伶牙俐齿。可我这一千人挡不住黄巾军，难道你刘备这三百人就能灭了程远志？笑话笑话！”

小孩说：“你怎么不信？刘备手下还有两位结义兄弟，都有万夫不当之勇，别说一个小小渠帅程远志，张角来了又能怎么样？”

刘备淡淡地道：“我们三兄弟同生共死，虽然属下不过三百人，也能奋勇杀敌，就算败了，也求一个为国捐躯而已。”

刘备虽然年轻，但久历江湖，眼看张世平虽然被小孩言辞说动，但若不能让他相信自己的实力，前面那些说辞就全白费了。

此时，张世平的精锐手下十余人，手持长矛，围了一个圈子，在刘备和小孩身周七八步左右。刘备在一旁看得仔细，刹那间左肩长剑出鞘，众人只觉得白光一晃，四周噼里啪啦掉下来十几根枪头，再一看每一个人的长矛都在离枪头三寸长的地方截断，如同尺子量的一般，张世平头盔上斗大的一颗红缨也掉落在地。

刘备把左手的剑收回剑鞘，施礼道：“得罪张爷了。我刘备为报家国，进京求师于御龙阁。如今又闻黄巾作乱，于是星夜归乡，组建义兵，匡扶社稷。奈何缺少军资，舍弟鲁莽，劫了张爷的马匹，马倌出言不逊，也是吾弟杀了，在下愿意在此赔罪。马匹我可尽数归还，但还望张爷莫要怪罪我两位弟弟，一切罪责，由我承担。”

张世平脸色煞白，知道刘备手下留情，虽然他单人独骑深入敌营，但他来去自如，斩将而还也不是难事。

刘备又说：“如果张爷不肯见谅，我刘备就带此童回去，正正经经，整兵大战一场就是。”

张世平看刘备说得义正词严，思索了一会儿，看着对面两人，一个正义凛然，一个古灵精怪，叹了口气，说：“这数百匹马，对我张世平也不值得什么！好，我就卖你刘备个人情，统统送给你了。回头我再给你黄金五百两，镔铁一千斤，你刘备可得答应我，一个月内剿灭程远志，确保我涿郡商路畅通。”

刘备大喜，对张世平施以大礼：“多谢张爷资助！”

张世平吩咐手下撤走，派了几个人抬着礼物送去给刘备。

刘备带着小孩回到船边，那位老者已经上了船。

“两个时辰后果真还有一场暴雨？”刘备问。

小孩笑而不答，跳上船。

船舱里传来一阵机栝响动的声音，也不知是如何做到的，无桨无橹的小船开始缓缓离岸，船上一老一少对着刘备施礼告别。

刘备依依不舍，拉着两位兄弟还礼。

待他们再次相见，已是二十三年后。

5

小船顺着河流漂着，天色早已拨云见日，船上的老者坐下来抚琴，小童捧着腮倾听。这老者便是御龙阁玄幽阁长老司马徽，正带着弟子云游天下，路过涿郡。这弟子复姓诸葛，单名一个亮字，年纪幼小，尚未起表字。

“老师，我此次行事如何？”诸葛亮毕竟孩童天性，一离开刘备等人，就来向老师讨要夸奖。

司马徽捋了捋白须，点点头：“不错，不错。本想你救他三人性命，没承想你还帮了他们一把。刘备得此资助，如虎添翼，程远志不会是他对手了。小亮，你觉得他们三个将来会如何？”

“刘备胸怀天下，关羽、张飞亦是万人敌，最重要的是，他们三个兄弟情深，肝胆相照，心里头总是互相想着对方，在这乱世当中，真是让人羡慕。”诸葛亮晃着脑袋说。

司马徽点了点头，又摇了摇头，道：“刘备仁心太过，命途多舛，关羽义薄云天，却是刚而自矜，而张飞虽是雄壮虎烈，但好酒使性，暴而无恩，这三人之后数十年皆是颠沛流离之命。你啊，日后若要寻找明主，离这三位最好远些，否则不免你自己劳心劳力刳肝沥胆，辛苦一世了。”

诸葛亮沉默良久，回头望了望刘备远去的方向，道：“可相比其他英雄，我更喜欢刘备。”

第六章 / 卧龙冢虎初会

1

洛阳城内南市的钟楼，也是御龙阁中君子阁在洛阳的分阁，立在闹市的人群中，立在大汉天子的脚下。周围的人们脚步匆匆，相较以往的热闹喧嚣，沉默了许多，当天子也坐立不安的时候，天子脚下的人们又怎会毫无察觉？

“这就是御龙阁吗？”诸葛亮站在钟楼门前，抬头望着楼顶上蹲坐的蒲牢，“还不如皇宫气派呢。”

“黄口小儿！”司马徽拿拐杖轻轻地敲了一下诸葛亮的脑袋，“乱说什么话。御龙阁又不要与皇帝争权。”

“师父教训得是。”诸葛亮揉了揉脑袋，嘴上这么说着，却没有丝毫认错的样子，跳起来一手抓住一边门环，左右手交替叩了几下，落回地上，拍了拍手，也不等门边的木雕武士出声，先报了姓名，“琅琊诸葛亮来也！”

“鸿儒阁选拔已结束，诸葛先生请回吧。”木雕武士回答道。

“哎呀，师父，这木疙瘩叫我先生呢。”诸葛亮转身看着司马徽，笑着说。

“呵呵呵，你这个毛孩子！”司马徽摸了摸诸葛亮的脑袋，拿拐杖在门上一点。一阵薄薄的涟漪自拐杖顺着大门向四周散开，门内一阵机关转动的声响，大门缓缓打开。司马徽收起拐杖背在身后，信步踱进门内。诸葛亮嘟了嘟嘴，也跟了进去。

穿过长长的通道，步入大殿，豁然开朗：悬在头顶的巨钟，环在四周的回廊，再外头是昆仑山顶呼啸的风雪。

“这不还是比皇宫气派嘛。”诸葛亮小声嘟囔着，跟在司马徽身后，走向大殿中央。那里排了数十条书案，另有数十人在书案后批阅着案上的答卷。鸿儒阁统事黄承彦背着手在书案间走动，看到司马徽和诸葛亮进来，稍一欠身，道：“水镜先生，你可来迟了啊。”

“呵呵呵，如今路上不太平啊，耽搁了。”司马徽笑着说，反而问，“黄老弟这里又如何？可有发现什么英雄？”

黄承彦回头看了看摆在条案上的一份份卷子，摇了摇头，道：“正在头疼呢，聪明机警者多，但真正大智慧者少。”

司马徽抚着白须，招手让诸葛亮上前，说：“来，看看这个苗子。这小孩随我云游天下多时，老夫眼里他就是举世难得的奇才。黄老弟看看如何？”

诸葛亮见老师招呼自己，三蹦两跳过来站到黄承彦跟前，仰着脑袋，红扑扑的脸上挂着笑容。与孩童的天真气不同，诸葛亮的眼神炯亮，黄承彦能够从这个孩子的眼中看到看透一切的自信。

“琅琊诸葛亮！老师说我是卧龙！”诸葛亮说。

“毛孩子，还没起字呢，就先有号了吗？”黄承彦笑着说，摸了摸孩子脑袋，似是很疼爱。不过他还是对司马徽摇了摇头，“水镜老兄，你这是要走后门吗？御龙九阁可不是儿戏，入鸿儒阁者必须吞吐八荒，胸藏四海，上可治国，下可御军，这孩子毕竟年岁太小……”

司马徽打断他说：“没错，我就是来走后门的，加试一场，不会负了老弟的。”

黄承彦还是摇头，一旁过来一名阁人，递来一封书信，又在他身边耳语了几句，悄然离去。

黄承彦看了看书信的内容，笑道：“我这边还真的有件事要办。”

他看了看诸葛亮，指了指手中的书信，说：“白马寺要送寺中至宝金佛去河东灵鹫寺，诸葛亮，你随行护送，若是东西能够平安送达，我就收你入阁，如何？”

诸葛亮喜笑颜开：“这还不容易，得令！”

2

白马寺建于永平十一年，因大月氏国高僧摄摩腾和竺法兰以白马驮着佛经和佛像来汉而得名。当年自大月氏而来的佛像大多收藏在宫内，但还有一尊金佛一直放在白马寺中。如今黄巾贼四处祸乱，白马寺中就收留了不少难民。住持释明光害怕白马寺受黄巾军祸及，便派人向御龙九阁求助，想要带着几名僧人，送金佛去河东灵鹫寺避难。

黄巾之乱已经波及洛阳周边，时常有劫匪打着黄巾旗号抢掠过路客商，手段残忍，往往赶尽杀绝。原本盘踞在黄河两岸的白波贼也越发活跃，乘乱骚扰渡河的船只。

明光听说御龙九阁派人来了，早早去寺门前迎接，本以为会有力牧阁大将带一队人马前来，没承想却是黄承彦和司马徽带着一个约莫四五岁的小童前来。

明光合掌施礼，问道："黄施主，司马施主，御龙九阁可是忙于退敌，抽不出兵力？"

黄承彦笑着说："明光住持莫慌，九阁主力在前线退敌，可住持的托付，九阁也未曾怠慢，我鸿儒阁便是代表九阁来帮助白马寺的。"

明光稍稍安心："久闻鸿儒阁以智谋见长，若能得黄施主相助，贫僧自是安心。"

"非也，非也。"诸葛亮装模作样地也双手合十道，"此番出手相助的不是黄统事，而是我！"

明光吃了一惊，对着诸葛亮说："小施主莫要说笑。"

司马徽在一旁看得哈哈大笑："哈哈哈，这孩子可没有说笑。他就是九阁派来帮你的兵力啊！"

明光不敢相信，转而看向黄承彦，发现他也是笑着点头："正是如此。"

诸葛亮也叉着腰说："可不要小看我哦！"

明光见真的是这个孩子来帮自己，也无他法，知道御龙九阁一向有担当，既然派了这小孩来，想必胸有成竹，便合掌曲拱送走黄承彦和司马徽，吩咐寺中和尚赶紧准备车马，急着要赶路。

诸葛亮看见四名青衣僧人抬着一个破旧箱子出殿，一名孔武有力的武僧，持着一根方便铲，时刻护卫左右，开口问道："这就是你们要送的东西吗？"

"对，我们什么时候出发？"明光问。

当时为防黄巾贼，何进下令封锁洛阳附近，河南尹何苗指挥着孟津守军，没有大将军的命令，就无法渡河，即便能偷一条船也会被河上巡逻哨船拦截，何况一路上还要面对黄巾贼、白波贼的掠劫，到达灵鹫寺，谈何容易。

诸葛亮皱着眉问：“我接到的任务是带走金佛，为何还要带这些僧人？”

老和尚明光答道：“这些僧人，每人都精通二十部经典，能倒背如流，我带走他们，就算白马寺毁坏，有这些僧人和金佛在，佛教也能传播到天下。”

“好吧。”诸葛亮点点头，“我知道了。”

“什么时候出发？”明光再问。

“大和尚莫急，再等两天上路不迟。”诸葛亮拦住明光。

“这是为何？”

诸葛亮眨巴着眼睛，笑着说：“两天之后自有天神相助，定能保佑金佛送达。若是如此着急要走，反倒欲速而不达。”

明光将信将疑，但也按照诸葛亮所言吩咐了下去。

诸葛亮：“对了，这名武僧看上去很有力，叫什么？”

“月空。”

“好啊，把月空借我用两天。”

明光大和尚莫名奇妙，不知何意，但还是同意了。

两天之后，一辆马车从白马寺驶出，车上载着明光大和尚和诸葛亮，四名年轻僧人，武僧月空和那只破旧的箱子。

车夫照着诸葛亮的指示，七拐八弯地绕了好多道，诸葛亮似乎对这附近的路了如指掌，闭着眼睛也能指挥，一整天下来，倒是真的没遇上黄巾贼，也没遇上趁乱打劫的强盗。明光正暗自庆幸，却听得一声马嘶，车子停了下来。诸葛亮探出头去，只见一位少年站在路中间，双手拄着两根拐杖，好像是腿脚有毛病，只是衣着干净，样貌清秀，倒像是个富贵人家子弟。

明光见状下车来，拄拐少年先一步发问：“大和尚，请问你们可是去孟津渡？”

明光说：“正是，不知小施主拦车所为何意？”

拄拐少年道：“我叫温达，本与家人自洛阳回河东老家，却不料路上遇见黄巾贼，因此失散。在下自幼双腿风湿，行走不便，不知是否方便捎带一程？只需带在下前往孟津渡即可。”

明光双手合十，回道：“阿弥陀佛，施主既是有难，就请……”

“阿弥陀佛！”诸葛亮从车里跳出，装模作样地行了个礼，大声说道，“我佛虽然慈悲，只度有缘人，我看施主没有剃光头，又不是和尚，尘缘未了，还是自己走自己的吧。”

明光和尚听诸葛亮这一通瞎说，完全不通佛理，啼笑皆非。

温达哀求道：“如此偏僻小道，我行路困难，走不到孟津渡，只怕路上就冻饿而死了，师父救我。”

明光摇头道：“出家人慈悲为怀，不可以把遇难者丢在路上不管。小施主，请上车吧。”

诸葛亮只是叹气，但也不再阻拦。

温达行礼谢过，在车夫的搀扶下上了车。

3

天色渐晚，渐渐降下寒气。

“阿嚏！”温达不好意思地拿袖子擦了擦鼻子，又伸手去揉膝盖，默默咬紧牙。

明光起了慈悲之心，说：“今天走了一天了，不如先歇歇，烧个火取取暖。”

温达感激地对明光点点头。明光正要吩咐车夫，诸葛亮举手示意等等，起身撩开车帘，探出身去看了看，回来说：“有贼人跟着，不能停。”

“真的？”明光忙问。

温达也吃了一惊，扶着车厢走到门边，撩开帘子的一角，看了看，说：“左手边三百步，至少有一匹马。”

诸葛亮爬到车轼前，对车夫说：“此处已经靠近孟津渡口，是著名的孟津迷路，跟着我的指示走，一定可以甩开他们——向右拐进林子里。”

“进林子？天色太黑，进了孟津迷路，怕就出不来了！”车夫说。

“听他的。”明光对车夫说。

“不用怕，我来指路。”诸葛亮走出车厢，一手扶着车轼，一手向前探着，突然向右指，“这里！拐进去！”

“两百步了，三匹马！”温达也在车后说着，车夫一咬牙，向诸葛亮指的方向驶入林子。车身一阵颠簸，明光被吓得不轻。

“他们进林子了，还在追！快加速啊！”温达喊。

车夫道：“不行，林子里太黑了，跑这么急，会撞到树上！”

诸葛亮说：“那就点起火把跑！”

“啊！”众人都吃了一惊，“点起火把，不是给贼人指示方向吗？”

月空是个沉默寡言的和尚，他一声不吭，从背上行囊中取出一根早准备好的火把，哧的一声点燃。火把照亮了林间小路，这里岔路果然极多。

“再向左！向右！过了这棵树左拐！这块石头前面右拐！再往

右……”诸葛亮指挥车夫驾着马车在林子里打着转。

“一百五十步！还在追！我看到五匹马！不对，八匹，一百步！有两匹马跟丢了！还有六匹！甩不掉他们……”温达双手抓着车门，不断报着贼人的位置。

“阿弥陀佛！阿弥陀佛……”明光嘴里叨念着，随着马车的急转，从车厢的一侧滑向另一侧。

“五十步！我看到……小心！”随着温达一声大喊，一支利箭射穿车帘，斜扎入车壁。

车夫已经害怕地拉起了缰绳，诸葛亮大喊：“停车！”扭头对月空说：“就在这里。”

月空沉默地跳下车，原来此处是个大斜坡，路边却早摆好一个竹子编的大竹篓。月空把火把塞进竹篓，踢了一脚，竹篓顺着斜坡一路滚了下去，火光在斜坡路上晃动着越来越远。

诸葛亮大声说：“往左拐。”

车夫拉着马车，挤过一丛看似穿不过去的灌木，竟然是一片空地，他们藏在密叶丛中，大气也不敢出一声，眼看六名骑手骑着快马，从身边擦过，追着滚动下山的竹篓一路跑了过去。

诸葛亮轻声说：“这里是白波贼的地盘，这些人果然是白波贼。过了这一关，就到孟津了。”

等到马蹄声稍远，在诸葛亮指示下，车夫拉起马车，回到来路上，轻手轻脚地疾行了二十步，又钻入到一条岔路中去，三绕五绕，悄悄地越走越远，眼看那些白波贼决计追不上来了。

林间静悄悄地起了一些雾气，他们在湿漉漉的小路上潜行，突然拉车的马长啸一声，车停了下来。

“完了。”温达说。

只见前面的林间空地上，有着三乘马，马上之人个个膀大腰圆，为首的握着一张长弓，只怕刚才的一箭就是他放的。

贼人喊道："车上人下来！"

月空率先从车上跳下，手持方便铲守在前面。

诸葛亮随后跳下，明光也扶着温达，和四名僧人下了车。僧人们面无血色，只顾低头念佛。

"来者何人，为何追着我们不放？"诸葛亮一边问，一边走到为首的贼人跟前。

"我乃白波军韩暹。你们快快把藏的宝贝献上来，饶你们不死。"

诸葛亮作了个揖道："老韩啊，你们白波贼不过是群山贼，山贼劫道，倒是天经地义，但也得找富商劫呀。你看我们这群穿得破破烂烂的白马寺僧人，能有什么钱？将军莫不是追错人了。"

"哼！"韩暹把弓收回背上，从腰中抽出一口刀来横在身前，"小毛孩子别骗人了。别看你们穿得破，我早得到了线报，这老和尚带着一尊金佛要过孟津渡去灵鹫寺，我知道得清清楚楚！老实交出来，不然我这刀可就要见血了！"

"大胆贼人！知道我们护送金佛，还敢劫道！不怕佛祖怪罪，降祸于你？"诸葛亮脸色一沉，突然喊道。

"呵，老实说吧，金佛不是我要的，我也是受人之托，抢了金佛，可换三百两黄金报酬。佛祖慈悲，降祸就降到要夺金佛的人头上吧！"韩暹哈哈笑道。

诸葛亮惊道："什么？我也是受人所托，只要这金佛到了灵鹫寺，可得黄金一千两！你这才三百两，韩将军，你是不是被人骗了？不如韩将军护送我等前行，到了地方我分你五百两，可不比你原本的三百两更多？"

“啊……”韩暹张着大嘴愣了半晌。

两旁的白波军也看向他。韩暹琢磨了一会儿，还是把刀一扬，骄傲地说：“五百两是更多，不过，我们山贼说话也要算话的，答应了人家，就要按价交货，童叟无欺。你还是速速把金佛交来，我白波军不杀老人小孩，可以放你们一马。”

“谢韩将军不杀之恩。”诸葛亮一拱手，脸上露出微笑，“不过你想要金佛，得先追上马车才行！月空，拦住他们！”

诸葛亮这一通胡扯，全是在拖延时间，车夫早已悄悄后退，掉转了车头，随着诸葛亮的一声大喊，纵马就跑。而月空挥舞着方便铲，拦在了韩暹三人面前。

韩暹大怒，掉头吩咐手下：“不要和这些和尚缠斗，追车里宝贝要紧！”

三人与月空虚过了几招，绕过他沿着车辙追了下去。

4

见韩暹跑走，明光大松了一口气，暗自庆幸鸿儒阁派了诸葛亮来。原来车上的破箱子里，放着的不过是尊假铜像，真正的金佛不过手掌大小，装在一个小藤箱子里，一直被明光抱在怀中。韩暹去追的马车，只不过是诸葛亮设计的一个幌子，只是车夫落入险地，让明光颇为不安。

“放心，大和尚。我已经跟车夫说了，跑出三里地就弃车，让马自己跑，此地向东再走一里就到孟津渡了，他不会有性命之忧。”诸葛亮像是知道明光在想什么，回答了明光心里的疑问。

诸葛亮又说：“不过韩暹追上马车就会知道自己被骗，必会寻回来，我们得在他回来之前赶到孟津渡，温兄，恐怕我们得丢下你了。”

“这……”明光又吃了一惊，“扔下这位施主，若他落入贼人之手，必死无疑啊。”

温达看了看自己的双拐，只是苦笑，知道是因为自己腿脚不便，耽误大家赶路了。

明光和尚说道：“出家人慈悲为怀，一腿疾之人，深夜处于山林之中，就算韩暹不来，怕还是有狼要来。”

“可是大和尚，如果韩暹追上来，那就不是温达一个人的事了，我们大家都会死，金佛也会丢，这账要怎么算呢？”

明光左右为难，可还是说：“无论如何，不能见死不救。月空，你来负着他。”

月空看向诸葛亮。

诸葛亮犹豫了，终于心中不忍，摇摇头，说：“好吧，负上他一起走吧，可是，韩暹追上来……我们就连唯一一个能动手的人都没有了。”

一行人跌跌撞撞急行，天快亮时来到一处道路特别纠缠之处，就连诸葛亮也不得不停下来仔细观察，耐心寻找正路。

温达突然叫道：“等一下，我尿急，想要尿尿。”

诸葛亮不耐烦地说：“憋一会儿。”

温达说：“不行了，要尿在师父背上了。”

诸葛亮气得拿眼狠狠地瞪他，最终也只得让他快去树后方便。幸好诸葛亮还是找到了方位，此后一路顺畅，天终于麻麻亮时，众人也快要到孟津渡了。黄河的涛声远远地传来，大家如释重负，加快了脚步。没走出多远，突然一位手持巨斧的大汉从树上一跃而下，拦在路当中，大声喝道：“留下怀中物，饶你们不死。”

月空放下温达，大喝一声，持方便铲上前交手。月空身材魁梧，高出对面的大汉一个头来，手持方便铲，气势如虎，然而只是一个照面，就被大汉将方便铲击飞上天。月空还待空手相对，诸葛亮早看出他远不是大汉对手，连忙喊道：“停，停！”

月空如今对这个小小孩童已经是言听计从，依言停住了手。

“此人武功这么高，定然非无名之辈。”诸葛亮转向对方问道，“你是何人？”

大汉：“我乃河东徐晃徐公明！奉韩暹将军命令守此路。”

“你当了强盗，不就是要抢钱吗？这里有黄金五十两，可否放行？”

“你想收买我，当我徐晃是什么人了？”大汉“呸”了一声，扬起斧头喊道，“快快束手就擒，否则别怪我不客气了。”

诸葛亮也一时惶急无计，他没有料到离渡口如此近的地方，居然还会被一员猛将拦住，急切间猛然想起司马徽提醒自己的话：“想收买一个人时，想一想他更需要什么，不要和他的头脑说话，和他的心说话。”

徐晃走近，扬起巨斧，喝道：“怎么说？”

诸葛亮猛一挥手，指着徐晃喝道：“且慢，我还有一问，壮士武艺高强，相貌堂堂，为何要随着贼人一道，为匪劫路？”

“苍天已死，黄天当立。天数有变，神器更易，有德者据之，此乃自然之理。”

“张角聚兵作乱，危害百姓，岂是有德之人？”

徐晃冷笑，道：“张天师创太平道，治病救人，治国安民，求天下太平，岂非有德之人？”

“哈哈哈！”诸葛亮大笑，“我原以为公明兄一表人才，知大义，明事理，没想到竟说出如此荒唐之言。如今汉统衰落，本是宦官外戚乱政所致，黄巾贼趁乱起兵，为害百姓，若致汉室衰亡，更会天下大乱，群雄并起，何来天下太平？你一身本事，竟投靠反贼，苟求衣食，昏乱至此，还有何脸面出来见人！”

“这……”

“住口！我今奉御龙阁之命，护送国之要器往灵鹫寺，维护天下安宁。你一个黄巾乱贼，不潜身缩首，还敢在我面前口出狂言，狺狺不止，真是厚颜无耻之极！”

“你……”

“你学了这一身本事，是用来干什么的？你自己想要什么，你都不知道，还学人家来抢什么东西？”

徐晃终于说出话来，带着几分火气：“我只是一个强盗，我连入御龙阁的资格都没有，谁会承认我？谁会承认我的地位，承认我的能力？”

诸葛亮哈哈大笑，“御龙阁还用人吗？你心中怀有天下人，怀有忠义二字，你就已经是御龙九阁的人了。”

徐晃听了这话，如雷轰顶，脸色红白不定。

诸葛亮又放缓了口气，道：“我见你尚有悔改之心，今日饶你一命。走吧！”

“我、我……”

徐晃一时说不出话，手中举着的斧子僵在空中，诸葛亮也不等他回答，就从徐晃的巨斧之下走过去。

徐晃举着斧子，石像般僵硬，直到诸葛亮、明光他们走远，还是一动也不动。

5

他们走出良久，明光才好奇地问：“那个叫徐晃的，为何一动不动？”

诸葛亮微笑着说：“我在他心里，埋下了一颗种子。种子发芽，需要时间，所以他现在一动不动。”

明光摇了摇头，只是不解。

众人越过徐晃，不一会儿就走到黄河边，孟津渡就在眼前，身后却又响起马蹄声和喊杀声。回头一望，十数匹马扬起烟尘，眼看就要追上来了。

诸葛亮看看天空，大喊一声：“雾神何在，此时不来，更待何时！”

果然，随着一阵阵清风，只见一团团白雾自河边芦苇丛里升起，很快就把四下全都罩住了。明光叹道：“这就是你说的天神助阵吗？”

诸葛亮微笑道：“今日起刮南风，江面必有大雾。小技而已。”

诸葛亮趁着雾气的掩护，拉着明光和温达等人就往河边赶，此处离官兵守卫的渡口只有数十丈，但大雾之中，也不用担心被发现。来到河边，明光抱着金佛叫了声苦，只见河水滔滔，如何过得了岸。

诸葛亮又大喊一声：“船来！”

一只小船从芦苇丛里晃悠悠出来，原本驾车的车夫成了船夫，站在上面摇着橹，稳稳将船停在岸边。船夫把缆绳扔上岸，月空帮忙系在一棵树上，船夫跳上岸来要扶明光和尚时，温达抢先把自己的拐杖递了过去。船夫只好先将他接住。

在那瞬间，温达突然抬起拐杖一点明光胸口，明光双手一松，怀中抱着的小藤箱子已经被温达提在手上。温达健步如飞跳上船，丝毫没有之前蹒跚的模样。他跪在船头，一手拿着装金佛的箱子，悬空放在船舷边，叫道："都别乱动，动我就把金佛扔下去。"

月空本来想跳上船去，此时也僵住了不敢动作。

众人面面相觑，诸葛亮只是苦笑，"温达兄，你这是干什么？"

温达嬉笑道："我可不姓温，我是温县的司马仲达！"

诸葛亮皱起眉头："你的老师叫胡昭？你就是温县大名鼎鼎的冢虎司马懿？"

司马懿站在船头，手里一只哨箭飞上半空，嘭的一声炸开。

正在到处寻路的白波贼听到哨箭声音，齐声欢呼："在这里了！"乱哄哄地纵马赶了过来，韩暹、徐晃都在，顿时将诸葛亮他们团团围住。

明光这才反应过来，自已中了这双拐少年的计了，气得直跺脚："都怪我，看不清好人坏人！"

诸葛亮只有苦笑，"昨夜在林子里，韩暹能一路跟过来，也都是因为你留下记号了？"

"没错，都是我。"司马懿得意扬扬地笑着，"你走的是飞鸟不入之阵，确实厉害，可惜遇到了我。"

"司马懿，干得好！"韩暹带着三四名骑兵，得意扬扬地出现在他们身后，"我帮你拦住这些和尚小孩，你可得按之前所说，把报酬给我了。我看你身上也没有三百两黄金，就把这尊金佛留下吧，哈哈哈！"他身后两人张弓搭箭，瞄准了司马懿。

"报酬？你就是韩暹的雇主？"诸葛亮奇道。

“快点，别拖拉。”韩暹叫道。

司马懿不屑地冷笑道：“终究是一群山贼，眼里只见得到钱。”他直起腰，将脚边的藤箱子踢到船下。

韩暹哈哈大笑，“忙活了大半夜，这宝贝终究还是落到了我手里。”他摆了摆手，身后的人放下了弓。韩暹跪地蹲在箱子边，取刀割裂绑住箱子的绳索，众人注目，只见箱盖滑落，从箱里却滚出一堆乱石来。

韩暹大惊间，转过头来，却发现船上的司马懿已经悄悄割断缆绳，“抱歉，我先走一步了。”木船顺流而下，转眼走得远了。

诸葛亮眼尖，看见司马懿脚边还有一个箱子，却不知道什么时候掉了包，把真的金佛箱子带走了。

韩暹气得哇呀呀大叫，没想到又被司马懿摆了一道，眼看岸上人全都两手空空，司马懿一个人在船上，转眼之间张起帆，摇起橹，趁着风势，向对岸疾驰而去。

“诸位，失礼了！”司马懿将双拐夹在腋下，在船上抱拳道。

韩暹劈手夺过手下的弓，朝船上射去，但船张起了帆，顺风顺水，去势极快，黑暗中射不中小小的人影。

“这个混蛋，侮辱了我们山贼的骄傲！”韩暹气愤地大喊。

诸葛亮叫道：“月空，火把！”

月空从背上行囊中又抽出一支火把，快速点燃，递给诸葛亮。

诸葛亮把火把朝徐晃扔去，喊：“射到船上！点燃它！”

徐晃一愣，劈手抢过韩暹的弓，将点燃的火把搭在弓上，略瞄了瞄，猛射了出去。火把在空中划了一道耀眼的弧线，落在司马懿的船篷上，篷子顿时烧了起来，火光熊熊，在河上如同明灯一般。

要知道那时候，黄河两岸都是河南尹的军队，奉命封锁黄河，虽然河上雾气很大，但很快发现了这条着火的孤舟，渡口上立刻擂起鼓来，几条快船划出，朝司马懿的船追去。

司马懿只觉得脚下晃动，低头一看，吃了一惊，河水正从舱底的一个洞里汩汩而入。原来那条船底下早就凿开了一个洞，又塞了木楔，木楔上用绳索连在帆缆索上，船上人若不注意，一旦拉动帆缆索，牵动木楔子飞出，河水就会灌进来。

司马懿冷笑道："这点小伎俩，难得倒我吗？"

他脱下身上衣服，浸满河水，扑灭了船篷上的火，将火把取下，放在一块船板上，顺水推开，又将湿衣服包住自己拐杖根部，塞进船洞中，漏水的流速顿时缓了下来。

那些快船大雾中看不清楚，都跟着燃烧的火把船板追了下去，却将近处的司马懿放了过去。

诸葛亮远远看着，也不由得叹道："这个人智计百出，没有办法，还是让他逃走了。"

韩暹急得直跳脚："小先生，你就这两招吗？还有没有什么办法？贼不空回啊，我带着弟兄们忙了一夜，什么都没捞到，回去就当不成大哥了。"

诸葛亮微笑起来，心道这个山贼倒也直爽。

"这样吧，"他说，"你帮我和这些和尚渡过河去，我还是给你五百两黄金。"

"金佛都没了，你还给我这么多？"韩暹瞪大了眼。

"我安排下的船没了，靠我的力量是没法渡河了。而孟津渡口，虽然防备严密，但你们这些山贼天天在这里做没本钱的买卖，必定有些关系吧。只要把我们带过渡口，我就给你酬金。对了，韩将军，你找到马车了吧？马车上的东西也得还我才行。"

韩暹转了转眼珠，“我可没那么傻，你们身上一定还有宝贝。”

诸葛亮微笑着举起双手：“将军不信，可以搜啊。”

韩暹打开几名和尚的随身物品，一一搜过，又打开马车上那顶破烂的箱子，翻了又翻，里面都是些不值钱的经书。

韩暹低头沉思一会儿，收回了刀，朝手下一抬手。一边的白波军取出一枚竹哨，放入口中朝着河面一吹。

“小兄弟，我且信你一次。一会儿我兄弟就会派船来。”韩暹说。

诸葛亮作了个揖：“多谢韩将军。”

6

不久，果然有一条快船悄悄靠岸，韩暹和他们讨价还价半晌，让诸葛亮和明光、众和尚们上了船，在夜里渡过了河。一行人快马加鞭朝河东郡赶去，一路上遇见几股劫匪骚扰，都被韩暹和徐晃打退，不出一日，便到了灵鹫寺。

只见黄承彦和司马徽站在寺门前等候，身后却站着一名少年，不是司马懿却又是谁？

韩暹大怒，想冲上前去找司马懿的麻烦，但黄承彦轻咳了一声，道：“佛门圣地，不可乱来。”

只见从山门两侧闪出两队精悍的武僧，个个手持戒刀哨棍，生龙活虎。韩暹不敢造次，忍住了气，退了回来，心想要糟，这些和尚莫非要黑吃黑，又或者要赖账不肯付报酬了。

却见诸葛亮翻身下马，对着司马徽长拜。

“师父，弟子来迟了。”

“不错，第一位带着金佛到终点的是司马懿。为师没有告诉你，来参加这场龙渊试炼的，可不只你一个人哟！”

“这个司马懿也是来参加比赛的？”

“哈哈哈，”司马徽大声笑道，“此番让两个娃娃加试，看来是司马懿获胜了。”

“明光师父，你怎么看？”黄承彦饶有趣味地看着诸葛亮带来的同行者。

明光双手合十，“诸葛小先生虽然输了，但时时以人为先，是他把我们几个僧人完整地带到了贵寺。”

黄承彦又问：“诸葛亮，你又是怎么想的？”

“啊，师父，黄统事，我可没有输。”诸葛亮叉腰叫道。

两名御龙阁老统事都是一愣：“嗯，此话怎讲？”

“师父，黄统事，你们出的题目是‘白马寺要送寺中至宝、金佛去河东灵鹫寺’，若是东西能够平安送达，我就可以入阁，是也不是？”

司马徽脸色一沉：“金佛可不是你送到的！你还想狡辩吗？”

诸葛亮道：“金佛不是我送的，可是这些和尚是呀。明光大和尚说，这些僧人每人都精通经典，背诵经文是为了传播到天下，他们才是白马寺的至宝呀。”

明光哈哈大笑，“我是这么说过，小先生说的不错，我即是佛，每个僧人都是佛。白马寺上下都会感激不尽。”

黄承彦、司马徽相视呵呵而笑。

“司马懿，你怎么看？”

“小先生手下留情了。”司马懿十分恭敬地对诸葛亮行了个礼。

诸葛亮也朝司马懿行了个礼，“不敢，师兄十分厉害哦。”

黄承彦说："你小小年纪，果然有不凡见地，但题目就是题目，输了就是输了。"

司马徽说："这两个小子都很厉害，正是我们缺的人。这样吧，司马懿录为鸿儒阁人，而诸葛亮就收为见员吧。"

黄承彦首肯。诸葛亮和司马懿谢过。

明光取回金佛，进了灵鹫寺。韩暹也拿到了司马懿许诺的报酬，徐晃临走前回头对诸葛亮说："我想好了，我要用我的才能改变世界。世界很大，但只要我徐公明足够努力，一定可以做点什么的。"

诸葛亮拍手："想清楚了就好！来日方长，徐将军定然能蜚声海内！"

两人互作长揖告辞。

第七章 / 败者与胜者

1

黄巾军日渐猖獗，不出两月，攻占大汉不知多少郡县。而各地羌胡也早就对大汉不满，趁乱烧杀抢掠，使得朝廷军队在讨伐黄巾之时还得分心防范羌胡。

此时河内郡各县战事胶着，郡内最大的粮仓平皋县已落入黄巾之手，董卓率一万军马在县外与黄巾军对垒，誓要在三日之内拿下平皋。这不仅仅是因为平皋县内囤有河内郡几乎所有的粮产，也因为过了平皋县后就是孟津，再到洛阳就不到两天的行军路程了。

除了董卓的部队，卢植、朱儁等部也在河内交战，皇甫嵩更是率其精锐锦貂军急行北上，直取张角所在。原本董卓等部只需将黄巾军拦在河内，阻止敌军继续前进即可，待到皇甫嵩进攻张角驻地，黄巾军自会退缩。届时各部再一拥而上，局势便可明朗。然而如此一来，皇甫嵩自然是攻打张角的首功之臣，董卓可不乐意，因此眼前这个平皋县，他一定要迅速拿下，之后挥师北上，抢在皇甫嵩之前击破张角。

然而正在董卓准备进攻之日，接到探子来报，太行山方向突然出现一支西匈奴骑兵，在百里外驻扎下来，不知是何意图。董卓暂停了进攻准备，召集手下至帐中商议。

董卓之子董珸已及舞象之年，前些日子在洛阳参加御龙阁选拔，被仓颉阁选作见员。之后又被董卓带在身边，随军参战。

董珸知道父亲看好自己，希望自己能够跟随他一起建功立业，不必再像之前一般被人看不起。但他有时候也觉得父亲太过执拗，很难听进他人的意见。要想劝服父亲，必须要找到一个能说服他的人。

于是今日帐中议事，董珸没有参加，反倒在大营门外等候。

不多时，一辆马车驶来，在营门口缓缓停下。司马懿和他哥哥司马朗走下车来。董珸上前迎接。

“在下并州刺史董卓之子董珸，在此见过两位公子。”董珸作揖。

司马朗没想到有人在此等候，连忙回礼道：“有劳董公子迎接，朗带愚弟回乡接家眷进京，路过此地，想问自此通往温县之路是否通达。如有打扰……”

司马朗话还没说完，司马懿拄着双拐走到前头，打断他的话问：“董公子在此等候，可是有事相求？”

董珸点点头，说：“实不相瞒，珸听闻司马公子将要路过此地，想来今日便当行至营前，因此先行等候。如今家父为攻打平皋，正在帐中商议军事，望二位公子一同入帐商议。”

司马朗听了连连摆手：“朗不识阵仗，贸然商议军事，恐怕……”

司马懿又打断哥哥的话，笑着再问董珸：“邀请我等入帐商议的主意，是你自己想的吧？”

董珸笑了笑，说:“确实如此。两位是京兆尹之子，仲达更是鸿儒阁人，对眼下局势定有高见，还请不必谦虚。”

“哈哈哈，我也正有此意。”司马懿大笑着，径直朝中军帐走去。

司马朗摇摇头，也只好跟上。

董珸带司马二公子进入中军帐内，李傕、郭汜、牛辅等人都正围在当中。

李傕说:“当然是应该先打平皋，区区几个黄巾贼，不足挂齿。一旦我们夺回平皋，匈奴都是骑兵，必不敢攻城，自然会退去。”

郭汜说:“黄巾贼自然不足为虑，但是匈奴骑兵马快，若是正当我们攻城之时从背后杀来，怕是难以防备。不如趁匈奴骑兵落脚未稳，先杀他们个措手不及，回头再取平皋，岂不更好？”

牛辅摇摇头说:“先取匈奴再攻平皋，这之间至少需要两日整备，延误战机。再说，匈奴人可以从背后偷袭，黄巾贼也可以。若是黄巾贼趁机偷袭我方大营又当如何？依我看，不如兵分两路，同时击破。”

几位将领争执不下，司马朗不识军务，听得一头雾水，而司马懿则默默摇头。

董卓听他们说了半天，得不出结论，这时见董珸回来，便问:“吾儿，你说说看应当如何？”

众将军知道董卓看重董珸，虽然董珸年轻，但也停下争吵，看着他。

董珸向各位一一拱手，再回董卓道:“父亲，珸未曾研习军法，此番也是初次临阵，不敢有什么谏言。今日恰好两位司马公子路过此处，儿擅作主张，请二位入帐参谋，望父亲听纳其言。”

董卓点点头，看向司马朗，帐内众人也齐齐转头。然而司马朗却是连忙摇头。

旁边的司马懿向众人行礼，朗声道："诸位将军所言，皆不妥当！"

众人先是一愣，想不到董琣所说的参谋竟是个小孩子。接着又听到这孩子像个小大人一样一口就反驳所有将领的意见，不免有些不高兴。

司马朗很是尴尬，他知道司马懿自幼学习军法，但毕竟从未上过战场，怎敢如此狂妄，连忙向诸位将军道歉："众将军，舍弟年幼，不知天高地厚，只不过读过一些兵书，不敢在此卖弄。"接着又回头呵斥司马懿："诸位将军身经百战，你尚年幼，让你入帐旁听已是万幸，再敢妄言，将军们要赶你出去。"

众将军窃笑，董卓也饶有趣味地看着。

司马懿没有理会哥哥的呵斥，无视其他人的嘲笑，保持着行礼的姿势，继续说："兵法有云：凡兵之道，莫过乎一。用之在于机，显之在于势，成之在于君。今诸位将军的策略，总而言之，不过是分兵强攻罢了，先已经失了先机，处己于劣势，未见机而分兵，轻于攻守，掌兵之人又犹豫不决，此为取败之道。"

这番言论一出，几位将军面面相觑，纷纷摇头。

郭汜指着司马懿，笑道："黄口小儿，竟敢在军帐中侃侃而谈，实在可笑之至。"

牛辅说："身不如刀长，嘴上倒是跑马。"

李傕问："不知所谓兵法有云，说的是哪家的兵法？"

司马懿面不改色，答道："此乃我司马家家传的兵法。"

"司马家？莫非是传自安西将军司马钧？"董卓突然问。

“正是。”司马懿答。

“呵。”董卓笑了起来，“可是司马钧一生百战百败。不知这兵法，说的是取胜之道，还是取败之道？”

众人哄笑，连董琣也为司马懿着急，司马朗更是尴尬地手足无措。

司马懿依然表情严肃，身姿不变，道：“董将军所言不错，家祖一生百战百败，传下善败兵法。众将军既不信我，懿便先行告辞。不过请董将军记我一言：善败者终胜。”

说罢，司马懿起身，拄着双拐，在司马朗的搀扶下离去。留下中军帐内一片笑声。

2

众将军又商讨了半天，依然得不出结果。等董卓走出军帐，天色已晚，想到皇甫嵩又领先了自己一天，董卓更加心烦。

自司马家两兄弟离开之后，董琣也先行离去了，走之前对他父亲说：“司马懿乃今年鸿儒阁破格录取之人，所言一定有其道理，还望父亲三思。”

“又是御龙阁。”董卓想到这里，询问手下司马懿的去向，寻了过去。

董卓来到一处营帐，大步踏入，却见司马懿独自一人，穿戴整齐，端端正正地坐在其中。

董卓左右看了看，问：“你一个人在这里做什么？”

司马懿答："将军今夜要来找我，是以我不敢离开。"

董卓略一扬眉，在司马懿对面坐了下来，道："你哥哥呢？"

"家兄在令公子指引下，去接母亲了。懿在此谢过将军。"

"哦，我说他怎么一下就跑了。"董卓顿了顿，似是不经意地说，"你之前在我帐里，说我手下们说的都不对。那你又有什么计策？"

司马懿拱手道："回禀将军，鹬蚌相争，渔翁得利。今匈奴人窥伺于后，其实不过如草原上的狼，窥伺于雄狮之侧，待机而动罢了。将军如狮，平皋如鹿。狮鹿相争，狮子如果受伤，则狼与鹿结盟，联手攻狮；若狮子胜鹿，则狼寻机从狮口夺取一些鹿肉，总之狼都不会亏。"

"嗯。"董卓面无表情，示意司马懿继续说。

"将军若是退军五十里，筑垒于后。这样将军就是狼了。"

董卓听了，略显失望地摇摇头，说："我从小在西凉长大，又跟羌胡作战多年，我太知道他们的想法了。如此简单的计策，他们肯定不会上当。"

"因此，将军需败。"司马懿笑着说，第一次在严肃的脸上露出了微笑。

董卓一愣，沉思良久，站起身，转身就要离开。

"善败者终胜？"董卓临走前问。

"正是。"司马懿答。

第二天天不亮，趁着晨雾朦胧，郭汜率一队精锐悄悄出营，专走偏僻的小路。天亮之后，牛辅和李傕各自率着两队人马兵分两路，牛辅一路向东攻打平皋，李傕一路向北袭击西匈奴营地。

牛辅亲自在平皋城外叫阵，凭着自己的大嗓门高声大骂黄巾贼，手下士兵以矛击盾，一面大鼓在阵中锤得响亮。黄巾贼登上城门一看，却不过寥寥千人，又被牛辅骂到痛处，三千黄巾军自城中冲出。

牛辅率军假意抵抗，实则一步步向后挪，最后直接下令撤回大营。黄巾军乘胜追击，一路冲到大营前。营中本就无兵，董卓下令即刻弃营西退，粮草装备全都不要。大营西边五十里处，董卓早派人用石垒了一道矮墙，全军撤入之后，依靠矮墙防守。

另一边的李傕带着二百骑兵一路疾驰，直冲匈奴大营。匈奴人本是存疑，但守了半天，李傕的骑兵已被营中射出的乱箭射死许多，却还不见有援军出现，便派了三百骑出去迎战。李傕没打几下就往回跑，匈奴指挥官怀疑有诈，让手下不要去追。可是李傕一边跑一边让士兵们故意高声大喊："大营被破啦！董卓弃营逃跑啦！"

匈奴人本就是一身血性，打赢了李傕这二百骑正在兴头上，一听大营被破，也不顾指挥，就朝董卓放弃的大营冲去。李傕的骑兵一路南逃，直直略过董卓的弃营，向南逃入山中。匈奴人的骑兵也不追了，围着董卓留下的粮草物资就准备运回去。

这时候，大营西边五十里处的垒墙后，牛辅对着黄巾军大喊："你们后面被匈奴截住啦！你们再打就回不去啦！"黄巾军将领一想不好，连忙带兵回头，与匈奴人交战一处。匈奴人已经到手的东西自是不可能放弃，可这区区三百骑又不是三千黄巾军的对手，只得又从营中派兵增援。另一边的平皋城里，黄巾军也派出五百骑兵驰援。

两边围着董卓原本的大营，混战良久。这时候，郭汜带领的精锐突然从平皋城的南边杀出，跟剩下的李傕部队会合，趁平皋城内空虚，攻打南门。不出一个时辰就攻入城内。稍作整顿，李傕和郭汜又带兵从西门而出。牛辅和董卓也从垒墙后率兵杀出，反而将匈奴和黄巾军夹在当中。而匈奴和黄巾军两相残杀，兵力大损，勉强又挣扎了半日，就溃散逃跑了。

于是董卓以极小的代价迅速攻下平皋，还获得了大量物资。在城中整备了几日，挥师北上，一路沿着皇甫嵩的行军路线，收拾被皇甫嵩击溃的黄巾军残部，战果累累。

3

诸葛亮入选鸿儒阁当了见员之后，便与司马懿分别，与司马徽一起回到洛阳。曹操自从辞了守门功曹之后，便在家安心读书，也很少去跟张邈、袁绍喝酒了。这天他听说大名鼎鼎的水镜先生来洛阳了，心生好奇。便整了整衣装，前去御龙阁拜访。

曹操来到钟楼前，想起之前自己叩门却被拒绝，不知道这次要如何才能进去。

正在曹操犹豫之时，却见那木门自己打开了。曹操疑惑，却还是走了进去。

走过长长的通道，一眼就看见司马徽坐在大殿中央席上，一边摆着香炉，一边一个小灶上正煮着一壶酒。跟前一条案几，案上摆着两个酒盅。

曹操左右看看，不见他人，问："先生在等何人？晚辈是否打扰了？"

司马徽笑着手抚白须，道："我就是在等你啊。"

曹操大惊，道："先生如何得知我会来？"

"如今你赋闲在家，除了读书，便是跟袁绍、张邈他们一起，飞鹰走狗。但你是胸有大志之人，不会蛰伏太久。你知我今日来到洛阳，必会前来见我。一是想听听我对你是如何评价；二来，也想向我这云游各处之人打听打听，当今这天下，可还有些别的英雄豪杰。”

曹操一听，便也不拘束，大笑着坐在案前，“人说水镜先生，算无遗策，果然名不虚传。”

司马徽从灶上取下酒壶，给曹操和自己斟上。

曹操端起酒盅，问：“那还请先生先说说，对我有何评价？”

司马徽喝了一口酒，端详了一下曹操，轻轻把酒盅放回桌上，道：“许劭说的不错。你是治世之能臣，乱世之奸雄！”

“哈哈哈！”曹操大笑，一口饮干盅内之酒，“得水镜先生此言，我心满意足。”

曹操又问：“那如今这天下，还有谁是英雄？”

司马徽微笑着给曹操再斟满，不答话。

“袁绍如何？”曹操问。

“袁本初志大而智小，色厉而胆薄，忌刻而少威，非曹公子之敌。”

“袁术如何？”

“袁公路勇而无断，骄豪残忍，冢中枯骨，何足挂齿。”

“刘表又若何？”

“刘景升性多疑忌，且无四方之志，不足为虑。”

曹操握酒盅的手微微发抖，问：“莫非我竟天下无敌？”

司马徽笑笑，摇了摇头，慢慢说道：“天下虽大，我却从未见过无敌之人。但就我云游所见，可比公子者，仅有一人。”

曹操双眼一瞪，问：“谁？”

“刘备，刘玄德。弘毅宽厚，知人善任。曹公子要小心了。”司马徽说完，饮干盅内之酒。

曹操听了沉默良久，一仰头，干了酒盅，谢过司马徽，扬长而去。

4

张角被皇甫嵩围在巨鹿城中长达三月之久，眼看就要攻破，张梁和张宝也被困在别处无法支援。张角甚至曾经发动法术以虚空化身迎击，然而皇甫嵩和他的锦貂军有神龙之力的加持，丝毫不惧，一身银甲让虚空黑兽也无法击穿，反倒让张角受了反噬，卧病良久。

“城内粮草还能坚持多久？”张角躺在榻上，问站在身旁的贾诩。

“最多半月。”贾诩答道。

“半月……”张角颓唐，“你说我可以入主洛阳，现如今要如何办到？”

贾诩笑笑，说：“师弟你还是太在乎兄弟和手下了，若是你早早听我的，放弃巨鹿，放弃张梁和张宝，以你我的道法，逃出大军的围剿不过小事。只要留得混沌之心在，洛阳迟早会落入混沌之神的手中。”

“好。”张角说，“那我现在逃出去还来得及吗？”

“来得及，容我去稍做准备。”贾诩笑着说。

过了几日，几个黑巨像护送着一队人马自巨鹿北门冲破了围城士兵的把守，向北而去，其中一辆车驾由四匹墨黑的马匹拉着，插着黄色大旗，一路疾驰。皇甫嵩料想这一定是张角要去曲阳与张宝会合，连忙率锦貂军前去拦截。然而真正的张角等皇甫嵩一走，立刻率着全城的兵力向南突围，张角化身黑色巨兽冲在前面，没了皇甫嵩的围城防线在他面前就是一层薄纸，一撕就破。

不过张角也因此变得更为虚弱，眼窝深陷，双眼无神，时不时就要咳出血来。刚一突围，张角就收回了化身，躺在马车之中咳血不止。其余黄巾军由贾诩指挥着，一路南下。皇甫嵩追上北边的那支车队，却发现他们都在一击之下化作了符纸，明白自己上了当，连忙回驰，同时赶紧派传令兵通知其他部队，自南边堵截。

董卓也收到了这个消息，连忙加紧行军，终于抢先皇甫嵩和其他将领一步，将张角在巨鹿之外的荒野重重围困。董卓仗着粮草充足，围而不攻。他想等皇甫嵩击溃张宝和张梁之后，再进攻张角，让自己做终结黄巾贼乱之人。

“仲颖兄。”

“义真兄。”

多年之后，董卓和皇甫嵩再次见面，两人各自骑在高头大马上，相互抱拳。

“仲颖兄可知这张角会使邪魔妖法，还请允许我带部下前去讨伐。”皇甫嵩说得诚恳，言语中又带着些许急切。

“义真兄莫急，张角手下如今仅剩三千余人，而我有六千士兵将其围困，纵使他妖法如何厉害，围个数月也是要饿死的。”董卓不紧不慢地说。

“嵩我之前也曾如此认为，却也因此被他的妖法所惑，令其逃脱。”

“呵。”董卓讥讽地轻笑，“意思是你战无不胜的锦貂军也有失策的时候？”

“胜败本是兵家常事，我只因城墙坚固而将其围守。如今张角已是暴露在荒野之中，围而不击岂不延误战机？”

“延误战机？董某我知道你皇甫大军还在巨鹿以北，如今张角已是笼中困兽，无处可逃。你不去讨伐张梁和张宝，却说我延误战机？”

皇甫嵩见无法说服董卓，叹了口气，抱拳道：“也罢。只是若仲颖兄让张角逃了，我必拿你是问！”说罢打马回营。

董卓这边却是冷笑，对着皇甫嵩的背影暗道：“张角可是我用来邀功的大人头，岂会让他逃了？倒是皇甫嵩你可要快点剿灭张梁和张宝，好让我早点结束这黄巾之乱啊！”

皇甫嵩果然没有让董卓失望。

锦貂军一路连夜奔袭，在黎明时分突袭张梁大营。一千骑兵如入无人之境，不知多少黄巾贼都在梦中成了刀下鬼。锦貂军冲锋之后，皇甫嵩大军压上，先是三轮齐射，之后步兵压阵，与张梁军战至下午。斩杀敌军三万多人，溃逃时溺死于河堤者又有五万。张梁被当场斩杀于马下。

随后皇甫嵩留下步兵休整，自己带锦貂军迅速追击，不出十日，攻下曲阳，斩杀张宝。

皇甫嵩大胜的消息传来，董卓终于开始进攻张角大营。此时张角的黄巾军早就不如以前了，死的死伤的伤，还叛逃了一大半，仅剩一个贾诩还在身边，却也使不出什么计策。而且不知为何，在此巨鹿荒野，就连虚空化身都无法召唤，到最后竟只能依靠纸符所化士兵与董卓对抗。董卓军摧枯拉朽，不费吹灰之力便将张角和贾诩生擒。

董卓对贾诩没什么兴趣，只是让士兵把张角带入帐中。他想看看这个曾经不可一世的张天师究竟是个什么样的人物。而此刻的张角已是瘦若干柴，形如枯骨，被带到帐中时站都站不稳，在地上摔了个狗啃泥。董卓命士兵抓着他的头发，将他拎起来。

张角原本已是行尸走肉，然而一看到董卓，突然两眼圆瞪，一口鲜血喷出。

“原来……原来你才是，你才是那个人……”张角伸着干枯的手，颤抖地指着董卓。

董卓见此异状，机敏地觉得事有蹊跷，连忙屏退左右。

“你说我是谁？”董卓问。

“咳咳，你……你才是我师父要找的那个人！”张角艰难地说道。

“我到底是哪个人？你师父又是谁？”董卓逼问。

“扰乱天下之人，原来扰乱天下之人不是我啊！贾诩你利用我！为人利用，半道为终，师父原来你早就知道！”张角大喊。

董卓听了莫名其妙，抓起张角就要扔出帐外。不料张角突然使出大力，反倒一把擒住董卓领口，枯骨般的脸凑上前来，对董卓说：“你就是那个天下的变数，你必将攻入洛阳，定鼎中原。”

董卓一惊，把张角推在地上，整了整领口，说：“我知你会些邪门妖道，我也不在乎。你说我能攻入洛阳，定鼎中原，可是真事？”

“呵呵呵，我已有混沌之心，自是不会认错。不过有一个前提，那就是你也要获得混沌之心！投靠混沌之神，有混沌之神相助，所向披靡，取天下又有何难！”张角张开双手望着天空，“师父，徒儿来成就你的心愿！”

董卓看张角又开始发疯，不耐烦地问：“那混沌之心在哪儿？我要如何才能投靠混沌之神？”

张角笑着指了指自己的胸口，突然伸手抽出董卓腰间的匕首。张角嘴角沁出鲜血，脸色狰狞，说："谋士贾诩，他也是混沌使者，我交给你。有他在，洛阳和天下都是你的。"

董卓想要夺下张角手中的刀，却只见张角将匕首一点点刺进自己的胸口，用劲一剜，一颗滴着黑血的心脏扑腾腾跳出来。张角看着自己还在跳动的心脏，笑容僵住，眼神涣散，松开手，向后倒下去。

董卓伸手接住血淋淋的心脏，缓缓放入口中。

第八章 / 内谋外策

1

昆仑山上艳阳高照，仿佛是为了庆祝黄巾之乱的结束，没有了往日呼啸的狂风。皑皑的白雪反射着金灿灿的阳光，透过层层回廊曲曲转转照进大殿内。御龙阁各个阁的长老围坐在巨钟之下，鸦雀无声。

大汉立朝数百年，至此时已是强弩之末，御龙阁对外抗击羌氐匈奴，对内牵制宦官外戚，为了天下的安宁，给汉室续了数十年的命。本打算就此续上百年、数百年，但自玉玺失窃之后，形势愈发地失控了。黄巾之乱好不容易结束，但董卓却因此名声大振，获任破虏将军，封斄乡侯，食邑一千户。而且他手握重兵，游离于御龙阁势力范围之外，成了另一个难以掌控的变数。

卢植不禁想起原力牧阁统事张奂。当年他本想招董卓入阁，但为了拉拢皇甫家势力而作罢。此事之后张奂一直心中有愧，几次跟卢植诉说心中无奈。当黄巾乱起，卢植也因此上书皇帝，辟董卓为将，前往征讨。当时他并不知这董卓已经因通敌之罪被张奂削职为民，逐出军队。而之后董卓对张角围而不剿，直等到最后一刻才斩获头功，狼子野心已是路人皆知了。

卢植心里叹了一口气，可惜张奂已在边疆远征匈奴时染瘟疫而死，不然若是他在，或许事情不致如此。而这瘟疫，未必不是混沌邪神所为。御龙阁千年使命，任重而道远。

沉默许久，卢植终于开口："眼下董卓得势，他的狼子野心，诸位都已知晓。今日请诸位前来，便是为了商讨此事。不知诸位有何良策？"

"董卓既允准其子董珸入我仓颉阁做见员，未见得必有反心。若我升其子为阁人，或可安抚其心。"仓颉阁统事蔡邕说道，"董珸为人和善，知事理，明大义，定能劝导其父，令其悬崖勒马。"

"呵，蔡老怕是连董卓的面都没见过吧？"力牧阁长老朱儁说，"我可是在战场上亲眼看见过他的。像他这种人，谁劝都没用。董珸要是多劝两句，就算是亲儿子说不定也给杀了！"

"董卓其人确实可恶，你们力牧阁就不该让他们去对付张角。按我们的计划，讨黄巾的功劳应当集于皇甫嵩一人，内可掌控朝廷，外可威慑羌胡。"鸿儒阁统事黄承彦隐隐有怪罪力牧阁的意思。

"怎的又怪到我们头上了？若不是你那新招的阁人司马懿偷偷给董卓支招，他能出得了河内？"朱儁反驳道。

"司马懿也是为天下着想。没有他的计策，黄巾之乱怕还要再持续数月！倒是当年董卓通敌，按律该斩，却被你们心软放过。力牧阁以勇武自居，谁道竟还有妇人之仁？"黄承彦也不甘示弱，这一句就差指名道姓说力牧阁前统事的不是了。

"好了！"卢植厉声道，摆手示意双方停下，"事已至此，勿要再相互怪罪。当务之急是想出办法。诸位若无良策，还请勿再争执。"

四下沉默良久，鸿儒阁另一位长老王允起身说：“此事不难，董卓素来贪财，又好虚名，自幼因出身贫寒而自卑。我可上奏皇上，请他进京做少府。届时他没了手下的凉州兵和白羌义从，又身陷洛阳，就算还有什么狼子野心，也难成大事。”

蔡邕问：“少府一职，掌管朝廷财政，如此重要的官职，朝廷能轻易封给董卓？”

“如今何进把持朝政，他也定在担心董卓坐大。少府一职有财权却无兵权，在治世时确是人人想要的肥缺，但此时却已变成热锅上的一块大肥肉，任人宰割。”王允补充道。

朱儁摇摇头，说：“董卓虽是粗人，但也因此更不会放弃手中的兵权，这等计谋他不会上当。”

王允点点头，说：“确实，但若是他真的抗旨，那我们也师出有名，将其拿下便可。”

卢植环视四周，见长老们纷纷点头，再无意见。

“那便如此办吧。”

西北凉州大营，董卓自讨黄巾封侯之后，便被派征讨北宫伯玉和韩遂。此次回来，董卓可算是衣锦还乡，收编了大量当地的兵马，愈发气派起来。这一日皇帝派钦差前来，在帐前宣读谕旨，招董卓进京担任少府。手下将领都很高兴，以为是朝廷看得起董卓，但董卓自己却面无喜色，独自一人回到帐中。

董卓正在帐中喝闷酒，思考朝廷下旨何意，帐外通报贾诩求见。董卓眉头一扬，放下刚盛满酒的五色盏。虽然董卓吞了张角之心，但贾诩一直未受待见，只是一路跟着，倒也没什么不快。此时突然求见，董卓倒也想趁此机会看看这混沌之使有何高见。

于是贾诩被请了进来，他神色平静，长相亦平平，丝毫不见有何过人之处。

“将军在烦恼是否要进京当少府？”贾诩开门见山。

“哦？混沌之使确实不简单。”董卓也不惊讶，昂着头继续问，“文和觉得我应当进京还是不进京？”

“进京。”贾诩的回答直截了当。

“呵，如此说来你跟外面那些没脑子的也没什么两样。”董卓摇摇头。

“可那些没脑子的士兵可是将军入主洛阳的保障。”

“所以我不能进京，不能不带他们进京。”

“不进京可是抗旨。”

“抗旨又如何？如今我帐下精兵上万，能奈我何？”

“将军此刻身处凉州，离京万里之遥，此时起事，怕是打不到洛阳。”

董卓沉默，一手撑着膝头，一手端起摇曳着酒光的五色盏，仰头一口喝下。

“我会上章婉拒，等我平叛回京，就没人能阻挡我了！”五色盏被捏出了一道裂纹，拍在案几上时发出了刺耳的刮擦声，董卓的另一只手也紧紧地攥成拳头，指节发白。

贾诩视之不惊，反而嘴角泛起笑意：“也好。此时非进京良机。诩这就去给将军起草婉拒的奏章。”

2

卢植没有想到董卓既没有进京赴任，也没有抗旨不遵，而是上章婉拒，而且奏章文辞优雅，情理通达，完全不似之前的奏章那般文理不通，用语鄙俗，一副乡野粗人模样，卢植不禁有些惊讶。

“董卓征战多年，或许新收服了些谋士，能写此奏章并非奇事。就怕这谋士再为董卓出些奇谋，我们就有些难对付了。”王允道。

“今天朝会之上，皇帝也没有怪罪董卓的意思。如之奈何？”卢植问。

“无妨。皇帝不怪罪，何进怕是不乐意。我去说服何进请皇帝再下一旨，任董卓为并州牧。”王允似乎胸有成竹。

卢植想了想，又问：“若是他要带兵赴并州，又当如何？”

王允回道：“皇甫嵩现在并州平叛，可命董卓将手下兵马转交给他，并州自有州兵，董卓无须带兵上任。若他还是不从，不用我们出手，何进就会去对付他。”

何进身为大将军，却未曾讨贼立功，只是强邀了马元义的功，当黄巾贼给办了。而董卓在外征讨，虽然都是拣的皇甫嵩的便宜，但最后论起功劳，却数他最大。何进早看董卓不顺眼。

如今外戚一派除了何进，其他人不成气候。若是能引何进与董卓争斗，御龙阁心病可去大半。剩下最难办的就是宦官一派了，不知受何人挑拨，近日宦官之间嫌隙渐渐扩大，稍施巧力，或可尽数瓦解。

卢植点头，虽然同意了王允的计策，但心中仍觉不妥，总觉得事情不会如此简单。

一月之后，第二道圣旨送到董卓大营。董卓托言在外操练，让贾诩代听圣意，领了旨，送回帐内。

“皇甫嵩！”贾诩一进帐，就听到董卓的怒吼。董卓手上一用力，可怜的五色盏终于碎了，“讨黄巾论功劳老子数第一，凭什么让我交兵权给他！还不就仗着御龙阁，不过是人家的一条狗！”

贾诩笑了笑，小心绕过地上的碎片，将圣旨递了上去。董卓也不看，顺手就扔到角落里，跟四处搜刮来的宝贝堆在一起。

“将军息怒，皇甫嵩和御龙阁固然可恶，但这道圣旨上需要注意的是另一个名字。”贾诩微笑着，两眼直视董卓。这几日跟贾诩见多了，董卓发现这个混沌使者别的地方都不出奇，但这一双眼睛，黑得深不见底，看久了让人如坠深渊。

董卓稍稍冷静下来，想了一下，“谁？何进？那个什么大将军？”

“正是。”

“他是什么来头？”

“何大将军乃当今皇后嫡兄，与皇帝称兄道弟，出入皇宫都不用通报，统御左右羽林军五营，精兵上万。在京城里除了皇帝，就数他最大。圣旨上说了，这出任并州牧的主意就是他出的。若是不如他的意，将军您怕是会被视作抗旨叛乱，给了他出兵的借口。”

“文和的意思是？”

“将军只要听我计策即可。”贾诩笑笑。

次日一早，大军开拔，却没走多久，约莫才走了十里地，董卓就传下军令，就地扎营，埋锅造饭。士兵们乐得清闲，兴冲冲把营地扎好，锅也埋起，就等着领口粮回来煮饭吃了，结果领回来的米不仅分量不够，还都是发了霉的陈米。这些当兵的，哪个是好相与的，更不用说其中还有不少蛮性十足的羌人氐人，立时便闹起来，营地里乱糟糟的，便如洛阳城的集市一般。

董卓正等着士兵闹起来呢，他故意让管粮的候长发下陈米，挑动得士兵们闹事。待士兵们闹将起来了，他才装作什么都不知道的样子，把几个领头闹事的老兵油子喊来，责问道："大胆，军营里也是可以胡乱喧哗的吗？"

老兵油子道："禀报将军，实是候长故意发下发了霉的粮食给俺们，俺们吃了这样的粮食，不拉肚子才怪，哪还能行军打仗，是以全都闹起来了！"

董卓装出怒气冲天的样子，下令把候长绑来，那候长还不知道自己犯了啥错呢，被五花大绑带到，一句话没说，直接就被砍了头。

士兵们看到候长被砍头，都满意了，安静下来，重新领了好米回去造饭。

如此又行了两日，依旧是每日走上十里就扎营。这日扎下营后，领来的米却少了一半，士兵们就嘀咕起来，哪想到又过一日，领来的米又再减半，下到锅里哪还成饭，就是锅能照出人影的米汤，士兵们喝完米汤，肚子里依旧咕咕乱叫。董卓知道士兵们不满意，假模假式，也跟着士兵们一起喝米汤，又对士兵们说："诸位将士，实在不是俺不愿给大家发米，朝廷克扣军粮，本能吃三个月的军粮，结果才吃了两个月就精光光了，俺已给老皇帝上了奏折催粮，粮车过两日便到，大伙儿且再忍一忍！"

众人听了，才慢慢散去。

朝廷的粮车如约在两日后运到了董卓大营外，眼看还有一百里就要到达。突然一伙蒙面的山贼冲出，将粮车拦住。如今世道混乱，盗匪众多，押粮的士兵自然早有准备，也纷纷抽出兵刃对抗，然而这伙山贼却一个个训练有素，进攻配合有章有法，全然不似一般的盗匪。

押粮官眼尖，一眼看出了这些贼人手拿的都是官制兵器，高声质问："你们是哪家的军队？竟敢假扮山贼劫抢军粮！若是朝廷怪罪，你们全……"话音未落，山贼这边的头领一把长刀掷出，直戳戳把押粮官给刺落马下。

"妈的，非要老子蒙什么面，还不是给认出来了！这些个谋士就是麻烦事多！"山贼头领一把扯掉面巾，原来正是牛辅，"全都给老子杀了！既然认出来了，就一个也别想活！"

牛辅的手下也不再隐藏，纷纷摘掉了面巾把押粮的士兵杀了个精光，仅剩几个跪在地上求饶。

牛辅吩咐手下："把他们的衣服脱了！脱了再杀！"然后又吹了个口哨，几辆空粮车从后头推过来。牛辅让手下把大半的粮食都搬到空车里，再在原来的粮车里填上沙土，让人换上干净的押粮士兵的衣服，把这掺了土的粮车给运到兵营里。而另外的粮食由自己带着，偷偷带到一处地方藏起来。

董卓营中的士兵们早就在盼朝廷的粮食，结果打开粮车一看，全是掺了土的粮，满营喧哗。这次董卓也不再帮朝廷说话了，跟着士兵们一起骂："狗日的朝廷，要俺们打仗，却又扣俺们的粮！还给一些沙土来糊弄俺们！朝廷不给粮，俺们就自己去找！朝廷不发粮，俺们就不行军！"

士兵们纷纷叫好，高喊着让董卓带着去找粮。

董卓对着士兵可以骂朝廷，但还是让贾诩拟了个奏章，找了个借口，只说军中已无粮草，洛阳来的粮草又半道被山贼打劫，将士们无粮可吃，心怀愤恨，更兼其中还有许多白羌义从，生性粗野，若是再无粮吃，怕士卒们就要哗变，董卓被逼无奈，只能率全军先移营到河东解县就食。

朝廷收到奏折，也拿董卓无可奈何，况且之前运粮的队伍确实被山贼打劫，虽然觉得其中另有蹊跷，但又没有证据。

解县在洛阳西北，跟洛阳隔着黄河，乃是河东产粮最多的县。董卓把一群如狼似虎的士兵带到这里，无异于驱虎狼入羊群。特别是那些白羌义从，本就以劫掠为生，来到解县后，都欢呼起来，头裹白巾，挥舞着锋利的弯刀，骑着白马，一个个村庄劫掠过去，所过之处，便如蝗虫过境一般。

偶尔有乡勇抓了劫掠的士兵送回来，向董卓告状。董卓假意把士兵训斥几句，把老百姓送走，回头却依旧对手下的士兵听之任之。有时董卓兴之所至，还亲自率领白羌义从出营去劫掠，所掠得的财物，全都分散下去，他手下的士卒，对他更是忠心耿耿。

3

洛阳，司马府，京兆尹司马防上朝回来，愁眉不展。司马朗、司马懿几个兄弟过来请安。

司马朗问：“父亲因何愁苦？”

司马防皱着眉，以手抚额，“宦官专权，贪腐横行，国将不国，如何不愁！”

“原来父亲是为宦官发愁。”司马朗笑起来，看来根本不觉得严重，“有御龙阁呢，阁中诸人皆是国之栋梁，他们肯定早已想到对策了，父亲不必太过忧虑。”

司马防听了也是点头。

司马懿却是摇头，道：“御龙阁真有如此能耐？”

“那是自然。”司马朗说，“不然父亲为何要送你入阁？”

“可那王允出的尽是馊主意，让董卓有借口带兵进入河东，他必要趁机屯兵河内，那才是对朝廷最大的威胁。亏他还是鸿儒阁的长老，我看是徒有虚名。”司马懿歪着头，小小的脸上表现出明显的不屑。

“放肆。”司马防伸手不轻不重地敲了下司马懿的脑门儿，“黄口小儿，竟敢妄议尊长。平皋一战凑巧取胜，仰仗的也是我们司马家祖传的兵法。朝堂上的事，你又晓得什么？王刺史深谋远虑，一举一动，自有其深意。你要知道这朝堂之上，可比沙场还要凶险！”

司马懿被一通说教，捂着脑门儿，不再说话。

司马朗揉了揉司马懿的脑袋，接着对父亲说：“要除宦官，须先架空他们的军权。如今蹇硕身为西园军主帅，名义上地位比大将军何进还高。父亲不如举荐袁绍、鲍鸿等年轻人去西园军任校尉。他们年轻气盛，出身名门，本就对宦官没有好感，不会太听蹇硕的命令。但蹇硕若是拒绝他们，就会得罪世族大家，不能不答应。如此一来，西园军便不再为阉党所有了。”

司马防听了频频点头，赞道：“此计大妙！”

可司马懿听了却着急起来，也不顾脑门儿上的疼痛，拉着父亲的胳膊说：“此计万万不可！若是激化了京城内的矛盾，便给了董卓带兵进京的借口，到时可就悔之不及了，万万不可呀父亲！”

司马防甩开手，作势又要敲司马懿的脑门儿。司马懿也不躲，只是一个劲地摇头，幼稚的面容上却显出一股坚定，惹得司马防又生气又想笑，忙让司马朗儿兄弟把司马懿带下去，让他好好在鸿儒阁学习，莫要再插手政事。

司马懿被带出父亲的书房，急得直跺脚。

曹府的地下室，曹嵩对外托病，辞去了太尉之职，成天又在这里翻看、批阅各种书简。曹操知道这是因为京城眼看就要起乱，若是身居高位容易成为目标，因此从明面的斗争中退下来，回到暗处。而外面的消息，每日由曹操在例行请安之时带给他。

“父亲，司马防举荐了袁绍去西园军当校尉，还有好多年轻人也被举荐去西园军。皇帝也都准了。”曹操对曹嵩汇报道。

“司马防这是要架空蹇硕的军权啊。”曹嵩停下手中正在翻阅的书简，抬头对曹操说，“这些年轻人不会服这些宦官管的。”

“何进也举荐袁术做了虎贲中郎将，虎贲军现在归袁术管了。”

“好嘛，这两兄弟都被拉拢了。”曹嵩沉思了一会儿，地下室的烛光明灭不定，将曹嵩的影子照得一会儿大，一会儿小。曹操觉得他父亲就像是这令人捉摸不透的影子。

“蹇硕跟我现在合伙垄断洛阳的酒市，我猜蹇硕之后也要拉拢你了。或者御龙阁也会举荐你，记得之前他们就很看好你。他们现在都在争抢你们这些年轻人，这京城可是终于要变天了啊。”曹嵩说完这番话，像是想明白了什么，又低头专注于手头的书简，只是简单地补充了一句提醒，“阿瞒你可要看准了，别忘了自己是谁。”

“父亲放心，孩儿知道。”曹操低头拱手，倒退而出。

不出几日，蹇硕果然给曹操留了个位子，做西园军的典军校尉。司马防举荐的许多世家子弟，也都任了职，有些还当了校尉，比如袁绍，就做了中军校尉。这些年轻校尉也确如司马防所料，都对蹇硕这个主帅不服气。

却说蹇硕有个侄儿，名叫蹇朱，长得十分肥硕，仗着自己的叔叔是十常侍之一,十分的跋扈，整日里在洛阳城内横行霸道，看见什么好东西，就要强拿强占，尤其还有一个癖好，就是喜欢霸占人家的姑娘，抢回府里去，玩弄几日，把姑娘摧残得不成人形了，就一扔了事。

曹操做了西园军典军校尉，要负责京城内治安，这一日带了一队西园军在洛阳城内巡逻，看到前面街道上乱成一团，街上的人都在慌慌张张地往两边跑着躲避，便如前面有老虎来了一般。曹操拦住一个人一问，那人道:“蹇猪儿来了，蹇猪儿来了，快跑快跑，不跑的被他碰到，少则挨上一顿鞭子，多的连命都没了！”

曹操倒是早听过这个“蹇猪儿”的大名，今日正好会上一会。他带兵上前去，果然看到蹇朱正领着一群人模狗样的手下，沿着大街冲过来。曹操喝一声，手下西园军放低了戈矛，呼啦啦围上去，把蹇朱的人全围在中间。蹇朱那帮手下，哪里见过这种阵势，吓得屁都不敢放。倒是蹇朱，仗着蹇硕是自己叔叔，又想在仆役们面前挣点面子，就大大咧咧上前去问道:“什么人胆子那么大，敢拦住蹇爷的去路？”

曹操冷笑道:“区区一头肥猪，也敢横行霸道，来人啊，给我拉下去，杖责五十！”

立时上来两个人，把蹇朱按倒在地，裤子拉下来，露出又白又大两瓣屁股，啪啪地打下去。蹇朱那些手下，看到势头不好，全都作鸟兽散，哪里还敢搭理自己的主人。

蹇朱开始还嘴硬，没打两下就疼得熬不住了，求爷爷告奶奶，装乌龟当孙子，只求曹操不要再打下去。曹操却不理他，足足打满五十杖，才收了手。蹇朱已经疼得趴在地上动弹不得，背上和屁股上血污成一片，没一块好肉。

曹操道："你给我记着，我行不更名坐不改姓，乃西园军典军校尉曹操，有种你就到蹇硕面前告状，看他能把我怎么样！"

直到曹操走远了，才有人过来把蹇朱抬起，飞一般走了，一路上蹇朱都疼得杀猪一般乱叫。

没等伤好，蹇朱就把状告到蹇硕那里去了。蹇硕跟曹家合伙卖酒，赚得盆满钵满，哪里愿意为了这个不懂事的侄儿得罪曹家，反倒摆出长辈面孔，把蹇朱大骂了一顿。蹇朱垂头丧气，只能把这口气吞下去，不再吭声。

4

没过多久，袁绍在芳泽楼大摆宴席，请曹操、袁术、张邈、鲍信，还有西园军的一些年轻校尉一起喝酒。

"今天请大家来，是要告诉大家一个好消息！"袁绍已经喝了不少，一手搂着来莺儿，一手端着夜光杯，兴高采烈地对大家说，"我，袁绍，袁本初，也是御龙阁的人啦！"

"恭喜本初兄！"席间一片祝贺之声，来莺儿也拍手叫好，领着众舞姬在席间跳起舞来。菜肴被撤下去，端上一坛坛好酒。曹操一尝，正是曹家和蹇硕一同垄断的七变碧玉酒，一坛市售二十金，现在竟然一坛接一坛地往上端。曹操没想到，原来自家生意的大买家就是袁绍。

"孟卓兄。"曹操拉过一旁的张邈，问，"袁绍这是入了哪一阁啊？怎么高兴成这样？"

"我还想问曹兄呢，那天咱俩误入力牧阁选拔，许邵不是很看好你吗？怎么你没进御龙阁，倒是本初老弟进了？”张邈摇着头，嘴上虽然问着，脸上却是不在乎的表情，端起酒杯狠狠地呷了一口，“啧，这酒真香！”

“我可对御龙阁没兴趣，装神弄鬼就会，也没见干啥实事儿。”曹操也喝了一口酒，“这酒果然香！”

“阿瞒你有所不知。”袁术也端着酒杯凑过来，“御龙阁如今已不再躲躲藏藏，反而开始广招天下英才，名气比原来大多了。你看我哥不过被选作见员，就如此得意。哪天我也去找个阁人个试试。”

“公路老弟，你如今已是虎贲军中郎将，还嫌名气不够？”张邈举着酒杯，朝袁术靠过去。

“孟卓兄这话说的，名气哪有够的时候。”袁术顺手将身旁的一个舞姬拉入怀中，“你说御龙阁这名字，是不是真的能御龙啊？”

曹操摇摇头，挪到一旁，自己喝酒去了。虽然这是自己家卖的酒，可他还是第一次喝。

酒过三巡，大家喝得东倒西歪。袁绍突然把酒杯一摔，跳上酒案，开始大骂西园军，骂蹇硕，骂宦官：“这帮阉人！就是帮皇帝抢钱的土匪！皇帝想要个什么东西，就派个阉人出来当‘中使’，出洛阳去弄来，像什么话！”

袁绍这番话，说得正义凛然，在座的却都吓了一跳，这明着是在骂宦官，暗中却是在指责皇帝。曹操听了心头一震，隐隐有些同意。

“这些个中使，作威作福，恐吓州郡的官员，大肆收受贿赂。”袁绍继续说，“刺史、二千石及茂才、孝廉的提拔任用，西园军居然要他们出助军需和修宫室钱。大郡的刺史，要交二三千万！不然铁定评定劣等，都上不了任！”

“狗日的宦官！”张邈也骂道。

“有些官员，钱交不够，甚至自杀！可怜好些名士，一身清白，不想涉足此等龌龊，请辞不仕，却被他们强行绑了去！无耻！”

“无耻！”曹操把手中酒杯一摔，也站上案去。几个西园军的校尉，也都知晓这些肮脏的勾当，纷纷摔杯而起。

袁绍见众人激愤，越说越大声：“在座诸位，皆是名门望族之后，祖上谁不是为大汉立下过汗马功劳。家里的钱财和宝贝，怎么能白白拱手让给这些阉人？若是长此以往，今日这七变碧玉酒，我们可还喝得上？”

“就是！哪能便宜了这帮狗日的！”袁术也大喊着，引得众人附和。

曹操也附和着，但听着心里却觉得有些不舒服。曹家可不是什么世族之后，曹操自己的父亲还是阉人的养子。袁绍这话就是看不起曹操的意思。然而要是没有曹家，这些士族子弟可喝不到这七变碧玉酒。

“如今京城内阉党横行，飞扬跋扈，把持朝政，成天在皇帝跟前说坏话。哪有一点把我们放在眼里的样子。兄弟们，你们说怎么办？”袁绍说到激动处，大手一挥，直指皇宫的方向。

“铲除阉党！匡扶汉室！”众人也跟着激动起来，开始大骂宦官。

曹操越听越觉得不对，摇着头悄悄地退了出去。

芳泽楼灯红酒绿，轻纱曼舞。这些士族子弟们一边喝着酒一边搂着姑娘，嘴里骂着宦官，骂他们挡了自己的官路和财路，抢了自己家里的银子，夺了自己看上的女人。还有人更扬言，说除尽宦官之后要把这几年吃的亏全给讨回来。

曹操走出门外，望着皎洁的月色，长叹一口气。

5

董卓的人马在解县抢够了粮食，又慢慢悠悠走了两个多月，走到距洛阳城三百里处直接驻扎下来，不走了。董卓成天就任帐下的白羌义从四处劫掠。这会儿不只是抢粮食了，女人、宝贝也都不放过。有时候董卓自己也带着西凉兵出去，蒙了面去抢，甚至有时听说有达官贵人的坟墓，还会让手下给刨了。如此一来二去，很是搜罗了一些宝贝。

这天，董卓正在帐里擦着刚抢来的宝刀，贾诩进来禀报一些日常琐事。董卓听得烦了，摆摆手让贾诩停下，拿手里的宝刀在身前舞了个花，问："文和啊，你们说的混沌之力有啥厉害的地方吗？我不是吃了那家伙的心脏吗，我是不是该有什么神力？"

贾诩笑笑，说："张角是使者于吉的徒弟，学了三十年道法，偷了召唤化身的咒语，又吞食了混沌古器，古器和他的心脏融为一体，如此才能使出混沌之力，召唤混沌化身。"

"混沌化身是什么东西？张角被我抓的时候拦着的那些纸人？"董卓一边擦着宝刀，一边问。

"那不过是一些道法。"贾诩摇摇头，"混沌化身身高百尺，力大无边，日奔万里，夜走八千，所到之处鸟兽遁迹，雷鸣电闪，风狂雨骤。"

"嗬，这么厉害？我抓他时怎么不使出来？"

"将军当年围困张角之地，是我特意选的。"贾诩笑着说，"那里正是逐鹿之野，上古时候轩辕黄帝在此迎战蚩尤，神龙之力曾降威其上，镇压蚩尤率领的混沌之军，因此土地之中留有龙威。张角学艺不精，找不出破解之法，最后只得以纸符应战，于是才被将军生擒。”

“如此说来，这混沌之力已经失效了？”

“召唤混沌化身的咒法诩可以教给将军。以将军的聪慧，大约十年可成。”

“十年我可等不了。”董卓擦刀的手一顿，“那这张角之心不是于我无用？”

“并非如此。”贾诩笑了笑，“将军若没有吃下张角之心，诩便不会跟随将军。”

“哦？”董卓顿了一下，突然举刀指着贾诩。

贾诩面不改色，只是微笑，用一双幽深的眼睛与董卓对视。

良久，董卓收回刀，也收回眼神，道：“张角说我是扰乱天下之人，必将入主洛阳。而你，谋士贾诩，将要助我进京。”后一句话，董卓说的一字一顿，尤其“助我”二字。

“时机未到，还请将军勿要着急。”贾诩低头拱手。

“哈哈哈，我已经着急了。”董卓笑着说，“今天一早我已派刺客进京，去刺杀皇帝。我知此事不会成功，但若能扰乱京城也好。又或者，不小心扰乱文和你的计策，如此也不枉我‘扰乱天下之人’的名号。”

贾诩摇摇头，也笑笑，说：“无妨。如今将军手握重兵，屯于洛阳城外，皇帝就算怪罪，只需矢口否认便可。”

“哼，如此甚好。”董卓背过身去，将刀置于架上，不再看贾诩。

6

芳泽楼宴会过后，曹操渐渐与袁绍等人疏远，看着他们天天在城里追着宦官各种刁难，心中生出厌恶来。每日只是带着自己的一队手下在城内巡逻，想做些什么又不知从何开始。曹嵩从太尉之职退下后，成天待在曹府的密室里。曹操几次去请安都寻不见，只知道源源不断地有资金流入曹府。如今朝廷国库空虚，莫不是都流入了曹家的地下？

这一日，曹操带队巡逻至司马门，心中烦闷，想找之前一同守门的功曹叙叙旧。刚吩咐手下回去，下了马，远远地跟旧识打了个招呼，却看见城墙边有个人躲在阴影里，戴着兜帽，神色可疑，时不时朝城门偷看。

“什么人！”曹操大喝一声，朝兜帽男子走去。

“我，我是个商人，第一次来京城，迷路了。请问官爷这是何处？”兜帽男子支支吾吾地回答，眼神闪烁。

守门的功曹也发现异样，渐渐往这边靠近。

“凉州口音？”曹操没有搭那人的话茬，接着问，“做什么生意的？文牒呢？”

“文牒？哦，有的有的。”兜帽男子慌慌张张，伸手往袖子里掏。掏着掏着，曹操看到他袖口寒光一闪，连忙拔出佩刀一挡。叮的一声，一把匕首撞上刀刃，从曹操耳边飞过。对方见一击不中，转身就跑。

“有刺客！”曹操大喊一声，快步追上。

刺客回手又扔出几枚暗器，曹操一个鹞子翻身躲过，手中佩刀掷出，唰的一声正中刺客后背。刺客应声倒地，被随后赶上的功曹们压在地上。曹操快步上前，拔出刺客背上的刀，横在他的脖颈之上。鲜血从伤口中汩汩流出。

“说，谁派你来的。”曹操问道。

“我说！官爷饶命！我说，我说！是董卓，董卓派我来刺……”刺客话音渐渐低落，眼见是不活了。

曹操缉拿了刺客，立了功，整个西园军都有赏。蹇硕把八校尉和大小军官请来一起庆功。曹操本不想跟他们掺和，但转念一想，又应承下来。

“曹阿瞒，”蹇硕在宴会上叫着曹操的小字，“如今你很是威风啊！”

“巡视京城本就是西园军本职，只是曹操我运气好罢了。还是多亏了蹇元帅教导有方，领导有度，才能顺利诛杀刺客。这功劳都是蹇元帅您的。”

“呵，阿瞒啊阿瞒，几日不见，都学会说客套话了。”蹇硕嘴角一抽，讥讽地说道。

“属下所言皆是真心。”曹操拱手作揖，恭恭敬敬地说，“前些时日元帅的侄儿在京城犯法，属下按律杖责，元帅未曾怪罪，实在令属下佩服。蹇元帅大人有大量，不计较属下之前所做恶事，今日还为属下举宴庆功，可不是教导有方，领导有度？”

蹇硕被曹操这一通夸，搞不清曹操到底是何用心。

曹操又对蹇硕使了个眼色，小声说：“蹇元帅，有件事，想跟元帅私下里说说。”

蹇硕不知道曹操葫芦里卖的什么药，带曹操进到一个隔间，屏退了左右。

“曹阿瞒你到底有什么事？”蹇硕问。

“蹇元帅，之前杖责您侄儿一事，并非单纯因为犯律。他说他替您收受各地送上的钱财货物，可是据属下所知，他暗中克扣，中饱私囊，给您的那份是完完整整的，不缺一丝一毫，可是给张常侍、郭常侍等的数量可就不对了。一时半会儿他们发现不了，可是一旦发现，可是对元帅您大大的不利啊！”

蹇硕一听，立马警觉起来。如今京城局势紧张，宦官之间本也不是铁板一块，自从自己得了西园军元帅的位置，张让等人就对他有了嫌隙。此时若是惹他们不快，跟曹家垄断的酒市生意怕是会遭到打压，而自己西园军元帅的地位也可能不保。

曹操见蹇硕皱起了眉头，知道他的话蹇硕已经相信，便接着说：“蹇元帅，咱们明人不说暗话。我曹家爱财，谈的都是生意。如今您侄儿已遭杖责，有失信誉。不如元帅您将这份差事交与我，从元帅您的份额中抽万分之一给我。我既收您钱财，自然替您办好事，其他常侍的份额我不动分毫。”

蹇硕听完恍然大悟，这曹操原来是眼红贪心，也想分一杯羹。这种人蹇硕见多了，也就放下心来，再加上自己跟曹嵩早就是生意搭档，想这曹操是放下了跟自己之前的矛盾，便点头答应了。

“曹阿瞒，”蹇硕拍着曹操的肩膀，“这事就交给你了。我分你万分之五的份额，你好好干！”

7

董卓在帐内喝着酒，一手捏着新找来的夜光杯，一手抱着抢来的两个舞姬，好不开心。突然帐外进来一个士兵，对他说，那进京的刺客把董卓给供出来了，还被曹操当场给杀了。董卓听了一惊，虽然之前贾诩说了无妨，但董卓心里还是有点不安。于是把舞姬都赶了出去，又把贾诩给叫了进来。

“将军，刺客一事莫要担心。”贾诩依然是开门见山，不等董卓问话就直接回答。

“文和说得轻松，我要如何信你？”

“刺客进京已过半月，此地离京城不过三百里，若是皇帝真要怪罪，大军已经到了。”贾诩答道，脸上依然是招牌式的微笑。

“哼。”董卓稍微放下心来，“那进京的时机还没到？”

“还未到。”

“我这闲得发慌啊。这方圆五百里的宝贝、钱粮、女人，我都已经搜刮光了，就等着看看皇宫里有什么宝贝了！”

“将军可是又打算派人进京？”

“文和你又算到了？”

“没有。”贾诩摇了摇头，“将军只要不是带兵进京，其他作何打算都没关系，不影响大局。”

“好。文和既然如此说了，那我就再派人进京去看看。”

“无妨。”

西园军主帅蹇硕的府邸，跟其他宦官的府邸相邻，各个府邸之间由一条窄巷隔开，巷子上开着侧门，毫不引人注意。但每天不知道有多少钱财，就是通过这阴影下的侧门，流入宦官们的口袋里。

这天曹操带着西园军，押着一辆小车来到蹇府。他让手下先回去，自己推着小车进了巷子，敲开了侧门，把小车推进去。蹇硕早就等在院子里，看到曹操推车进来，把车上盖着的茅草一掀，一整车的金银珠宝，看得蹇硕两眼放光。

“好，好，好。”蹇硕两眼不离车上的宝贝，拍着手，又问曹操，“张常侍、郭常侍他们的份额，送去了没有？”

“元帅请放心，属下已经安排好了。”曹操拿出一本册子递给蹇硕，上面一条条记明了车上的财物和来源，“这是这次的条目，请元帅过目。属下接下来就给他们送去。”

“甚好，甚好。”蹇硕摆了摆手，看也不看这册子，只是把车上的宝贝一个个拣在手上，随意把玩。过了好一会儿，才想起来曹操还在边上等着，挥了挥手，说：“快去办吧，别让其他大人等急了。”

“是。”曹操拱手作揖，倒退而出。

蹇硕不知道，曹操已经在册子上做了手脚，还以为曹操拿了自己万分之五的份额，会好好地听自己的话。

曹操又送了一小车至郭胜府上。郭胜为人谨慎，喜欢把什么东西都理清楚，收了一车的东西也没表现得太露骨，还找曹操要了册子，一页一页地仔细查看。果不其然，他发现册子里有好几处涂改的地方。

“这是怎么回事？”郭胜问。

曹操装模作样，接回册子看了看，摇摇头说：“属下不知，可能是蹇元帅改过错字吧。”

“错字？哼。”郭胜轻笑了一声，“就他那水平，还会替人改字？他怕是改了数字。”

“这……属下确实不知。”曹操继续摇头。

郭胜眯着眼看了看曹操，想问点什么，但最后还是摆了摆手：“算了，你退下吧。”

曹操告退。接着又把其他几个宦官的份额给送去，还是用这本涂改过的册子。曹操自己装出一副无辜的样子，说自己都是听蹇硕吩咐的，具体明细一概不知。惹得好些宦官都对蹇硕心生怀疑。

从最后一家宦官家里出来，曹操暗自得意，回想到当年跟张邈想要求见张让，还得花钱贿赂管家，到头来还只是做个样子，根本见不着真人。而如今各个宦官的府邸曹操随便进出，不只是正门，有几个侧门、偏门、暗门也都一清二楚。

这也算是出人头地吧？曹操这么想，他又记起父亲说过的话：别忘了自己是谁。可是自己究竟是谁呢？又或者，父亲其实想提醒的是自己该成为谁呢？

曹操越想越迷糊，摇了摇头，甩掉这些没有头绪的问题，准备回蹇府禀报交差，却突然发现，有一个人在府门前探头探脑。

“什么人？”曹操走上去问道。

那人见曹操穿着西园军官服，连忙低头作揖回道：“官爷，敢问这里可是蹇硕蹇元帅的府邸？小人想要求见蹇元帅。”

“又是西凉口音？”曹操警觉地将手搭在刀上，“该不会又是董卓派来的刺客吧？”

“不不不。”那人连忙摆手，“小人确实是董卓派来的，但将军派我来是跟蹇元帅有事相商。小人还带了礼物，还请让小人给蹇元帅送去。”

来得正好，曹操心里这么想。

“哦，原来是给蹇元帅送礼的。”曹操脸上立即有了笑容，把这人往巷子里带，“这边请，这边请。送礼这事得走侧门，来来来，我给你带路。”

“多谢官爷！”董卓的使者放下心来，欣喜地跟在后头，也进了巷子。

蹇府隔壁就是张让的府邸，曹操将那人从侧门引进张府里，跟守门的仆役打个招呼，就把使者往张让的书房引。曹操是进出惯了的，这些仆役都不过来询问。

董卓的使者本就没见过蹇硕也没见过张让，曹操引着他从巷子里的侧门进来，他还以为这里就是蹇府，一进书房，见了张让就拜，一口一个元帅，还从怀里掏出珍珠送上。

张让一开始摸不着头脑，多问了几句才知道，原来这使者是认错人了。但这珍珠已经拿在手里，断不可能还的。再加上之前曹操整的那一出，使他对蹇硕心中不满。于是就顺水推舟，开开心心地收下了珍珠，把使者打发走了。

而曹操，把使者引进书房门后就退走了。转身回到蹇府，跟蹇硕禀报："禀元帅，属下在门口遇上董卓的使者，说是要给元帅送上厚礼。可不巧给张常侍碰见了，硬是把使者给带回张府了，怕是使者所说的厚礼也……”

“什么？”蹇硕大怒，跳起来就打算冲出门找张让，走到门边又停了下来，一拳打在门框上，飞出不少木屑，“好你个张让，竟敢如此明目张胆地抢我东西。看我回头怎么收拾你！”

第九章 / 轰倾

1

端午临近，洛阳城内各个权要纷纷发出请帖，准备大摆宴席。如今京城局势紧张，权贵们都在尽力拉拢各方势力，请谁赴宴，去哪家赴宴，都是需要斟酌的事。此时曹操手里就拿着何进派人送来的请帖，邀请他端午去何府赴宴。曹操正犹豫着，袁绍来了。

自从曹操与袁绍疏远，两人除了公事，已许久没有见面。袁绍心大，没有察觉，还是跟往常一样，不等通报就进来了。一进来就称兄道弟，寒暄一番。曹操本不想搭理他，但袁绍自顾自地说了来意，原来袁绍也收到了何进的邀请，来找曹操商量。

“你不是鬼点子多嘛。你跟老哥说说，这个宴，咱是去还是不去？”

“袁兄意下如何？”

“依我看，咱不是跟宦官不对付嘛，那就跟何进联手如何？”

曹操摇了摇头，说：“何进见识短浅，歹毒少谋。虽然握有兵权，可全靠何皇后，他才能得到皇帝的赏识信任。而何皇后一介女流，出身贫寒，在宫内也势单力孤。何氏兄妹二人如此嚣张，迟早要被那些宦官害死。”

“嗯。”袁绍点点头，好像真的觉得曹操说的有道理似的，“那如此说来，我们要跟宦官联手，一起对付何进？”

曹操听了更是摇头，不敢相信袁绍居然会这么想，好像之前跳到酒案上大骂宦官的不是他一样。“万万不可啊袁兄！宦官窃据高位，横行郡县，天下人恨之久矣，我们只可与宦官斗争，岂可与他们同流合污？”

袁绍被曹操说得一愣，皱着眉头问：“那你说怎么办？”

曹操思索了半晌，袁绍在一旁看得着急：“与外戚联手不可，与宦官结盟也不可。如之奈何？”

曹操看着袁绍这不知所措的样子，又生气又好笑，说：“与何进联手除阉，是迟早要做的事，只是现在还不是时候。现在如果我们与何进结盟，何进必轻视我们，以为我们是困穷中去投靠他，他多我们不多，少我们不少。”

“哦，阿瞒说的有道理。”袁绍好像明白了的样子，“那我们现在……”

“如今我们只应先挑拨外戚与宦官争斗。待双方斗得如火如荼时，我们再携西园军与何进联手清除宦官，那时何进才会重视我们。”曹操笑着回道。

“妙计，妙计。”袁绍听了很开心，“如今这西园军早已归我们掌控。蹇硕还以为我们都听他的呢！”

曹操也笑着附和，心里隐隐又有一个计划浮现出来。等把袁绍送走，曹操偷偷写了一封匿名书简，派人递到了何进府上。

2

大汉皇帝刘宏，坐在御书房中，把玩着蹇硕刚刚送上来的一枚玉佩，却开心不起来。身为一朝天子，刘宏自是知道如今天下局势，可他不在乎。无论是外戚、宦官、御龙阁，还是其他世族，争归争，可全都还需要仰仗自己的皇权。他本就不是个有野心的皇帝，也没有体恤下民的高尚情操，浑浑噩噩当了几十年皇帝了，打算就这么过了。往后的事情，等几个皇子长大，看他们的造化了吧。只要大汉政权别在自己手上丢了就行。

如今几个皇子，年纪最大的是何皇后所生的刘辩，一直被养在宫外史道人的家里，何皇后想凭道人的法术保护皇子。可是刘宏不喜欢刘辩，觉得他行为轻佻，没有帝王的威严。

刘宏更喜欢的是二皇子刘协，由王美人所生。刚出生时就遭何皇后嫉妒，虽不敢直接对皇子下手，但下毒害死了王美人。当时刘宏很是生气，要不是那些宦官求情，就要废黜皇后。王美人死后，刘宏就把二皇子送到永乐宫，由自己的母亲董太后抚养。刘协自幼在宫中长大，举止端庄，很受刘宏的喜爱。

刘宏想立刘协为太子，然而这有违立嗣以嫡长为先的祖训，犹豫不决。为了这事，刘宏没少受董太后的唠叨。

不过这事现在也不重要，如今董卓屯兵河内，还派了刺客入京。虽然他矢口否认，但这狼子野心，任谁也看得出。皇帝也不敢直接问罪，怕逼急了真的直接杀进京城。如今京城里有何进的羽林军，有蹇硕的西园军，还有御龙阁，董卓要是进来，要对付的是三拨人马，应该也不敢有多大动作。但有如此权臣盘踞京城之侧，总是不免要担心。

想到这里，刘宏轻轻咳了几声。

刘宏这两三个月总是咳嗽，太医也查不出什么，只说是偶感风寒。可这风寒有持续几个月不好的吗？宫里的太医越来越没用了。听说御龙阁里有个妙手阁，有华佗和孙思邈两位名医，什么时候该让卢植请他们来给自己看看了。

刘宏正想着，一个小黄门来报，说大将军何进求见。

何进进门微微一欠身，当作行礼了。

“大将军此来何事？”刘宏也不计较，直接问何进来意。

“启禀陛下，臣今日收到一封书简，说是逆臣董卓派使者拜访蹇硕，还给蹇硕送礼。”

“哦？”刘宏听了并不惊讶，反而问道，“区区一封书简，莫不是有人从中挑拨，想要陷害蹇硕？”

“臣之前也是如此以为，但既然有书简递来，无风不起浪。臣派人在城中调查，真的让臣把那董贼的使者给抓住了！”何进说得信誓旦旦。

“这蹇硕果真与董卓私自交通？朕将西园军交付于他，让他掌管京城治安，他居然胆敢与权臣私通？”刘宏皱起眉，他不相信，西园军这么大一个肥缺给了蹇硕，他竟还不满足。

“董贼的使者还说，给蹇硕送了东海珍珠，是他亲手交给蹇硕的。到底有没有私通，陛下下道圣旨，让我去蹇府一搜便知。”何进拍着胸脯，一副定要把蹇硕拿下的神情。

“准了！”刘宏立刻提笔下旨，让何进领了旨去搜。

蹇硕在府中，听宫中小黄门秘密通报了此事，然而珍珠本就不在自己府中，而是让张让夺了去，于是自己便好整以暇等着。

何进大张旗鼓地进来搜查，蹇硕装出一副受委屈的样子，可怜巴巴地看羽林军在府里乱翻。搜了半天，羽林军来报，什么也没查到。这下何进张口结舌，不知道说什么好。

“大将军所查珍珠，确实不在我府中。”蹇硕这时候装好人，对何进说，“但我听说，是张常侍收了董卓的贿赂，这珍珠，应该是在他府里。”

何进一听，也不管有没有皇帝的谕旨，带着羽林军就要闯进张府。刚一进门，张府的仆人告诉何进，张让刚刚带着珍珠进宫了。

张府就在蹇府边上，羽林军刚进蹇府搜查，张让就知道大事不妙。赶紧让人把珍珠磨成粉，也不管磨得够不够细，揣上就往皇宫里跑。

刘宏还在御书房里等着，想着要是真的从蹇府里搜出珍珠该怎么办。只听小黄门又来报，说是张让张常侍求见。刘宏一皱眉，今天可真是够忙的。

张让进门恭恭敬敬行礼，身子不自觉有些颤抖。

刘宏免了礼，问:“张常侍今日所来何事？”

张让哆哆嗦嗦，从怀里取出磨了一半的珍珠，递给一旁的小黄门，道:“回陛下。近日董卓听说陛下龙体欠安，口干咳嗽，特意派使者带了珍珠前来，想献给陛下磨粉食用。但又怕皇上不相信自己，所以转托到老臣这里，想让老臣代为献给陛下。”

“哦，所以何进所说的珍珠，是在你这里？”刘宏皱了皱眉，没想到竟然是这个结果。

“老臣昨日收到珍珠，今早正寻了专人研磨，还没有磨好，不知谁给何大将军报了信，告到陛下这里。大将军也是职责所在，怪只怪老臣拖延，现把这磨了一半的珍珠带来，请皇上服用。老臣办事不力，听从陛下发落。”张让低着头，冷汗直冒。

刘宏接过小黄门递上的珍珠粉，看了一看，笑着摆了摆手，道：“罢了罢了。张常侍也是一片苦心，朕心中明白，不会怪罪。珍珠我收下了，你退下吧。”

“谢陛下。”张让低头行礼，倒退而出。

张让走出皇宫，已是汗流浃背。此次虽然涉险过关，但是却亏了一颗硕大的东海珍珠。他觉得一定是蹇硕嫉恨自己夺了他的宝贝，于是在背后玩了这一手阴的。当晚就到郭胜府上，二人一商议，都觉得蹇硕这人不能留，谋划着怎么除之而后快。

第二天，袁术被请到郭胜府中，张让也在座。郭、张二人为袁术送上黄金、珠宝和美姬，想要买通袁术，让他必要的时候以虎贲军来对付西园军。袁术本性骄豪，奢靡好色，虽然并不一定会真的帮他们对付西园军，但如果是对付蹇硕，他也乐得看两拨宦官窝里斗，于是自然满口答应下来。

3

端午节，进入仲夏的第五天，自古是祭拜龙神的节日。御龙阁每年端午节都会在君子阁内举办宴会，阁中巨钟内雕刻着巨大的龙神像，随着钟声的奏鸣，发出金黄色的光芒。众人围坐在钟下，身前放着酒杯，杯内波光流转，恍若神龙游走。

与往年欢乐喜庆的氛围不同。今年的宴会，虽然前来赴宴的人更多了，但是却都忧心忡忡，之前没能借何进之手除掉董卓，反倒让他得到机会屯兵洛阳城外。何进也忙着对付宦官，没有出兵的意思。卢植等大臣多次上书皇帝，却都不奏效。

“诸位，”卢植在殿中举杯，“今日宴会虽是庆祝端午，祭拜龙神。但别忘了如今天下局势不明，混沌邪神蠢蠢欲动。宫中玉玺失窃多年，三重封印已失其一。好在黄巾之乱已平，张角未曾攻入洛阳。然而如今董卓屯兵城外，战争一触即发。一旦洛阳城被攻破，皇帝再被带走，三层封印全失，混沌邪神破封印而出，则天下将万劫不复矣。”

4

洛阳城外三百里，董卓大营。

董卓又在抱怨无事可做，贾诩也依旧笑着，让董卓安心等待时机。

“时机时机，到底在等什么时机？你和张角是不是在诓我？”董卓把酒杯一摔，吓得怀里的舞姬尖叫起来。董卓挥挥手让她们出去，把贾诩一个人留在帐中。

“将军息怒。”贾诩笑嘻嘻地说，“将军若想掌控天下，必须借助混沌诸神的力量。可混沌诸神被封印于洛阳城下，其上是三层封印：一为玉玺，一为皇帝，一为洛阳城本身。如今玉玺已失，第一层封印被打开，将军要做的，就是破除剩下的两道封印。”

“那还等什么？”董卓一听，迫不及待就要去取他的宝刀。

“将军不可轻举妄动，现在将军进京，必死无疑。”

听贾诩这么一说，董卓又收回了手，想了想，说：“都说你贾文和奇智多谋，我看也不过是谨小慎微罢了。我不用亲自进京，就能让那狗皇帝离开洛阳。”

“无妨。”贾诩依旧笑笑，“将军只要不进京，其他尽管去做便是。”

第二天，牛辅带着他的百十个来个手下，又蒙了面，扮作了土匪的模样，去洛阳边上的平县劫掠，又攻入县城之中，杀死县官，放火烧城，闹出好大动静。

董卓又派一使者进京去找张让，张让作势就要赶走使者，“董卓的人别再来了，上次给我送珍珠，我没真的拿到手不说，还差点把我给害死！”

使者赔着笑脸，从怀里又掏出颗夜明珠：“董将军知道之前害张常侍受惊了，这次特地让在下前来赔罪。这颗夜明珠董将军让我送给您，只要您劝皇帝御驾亲征，扫平这平县的土匪。”

张让看这夜明珠通体透亮，毫无瑕疵，放在手心还隐隐有些暖意，自然是不愿放过，可这皇帝亲征毕竟是大事，也不好答应下来，于是便道：“平匪之事，非我等常侍可以插手，仅凭我一张嘴，怕是无法说动陛下。”

“无妨。”使者又说，“成与不成，这夜明珠董将军都已经是送给张常侍了。”

“那好，我便去试试。”张让把夜明珠收进怀里，笑嘻嘻地说。

张让本以为以皇帝的性子，是肯定不会亲征的，于是便随口将这事说了。没想到刘宏听了大为欢喜，当场吩咐张让赶快去准备，立马就要出征。这下张让反而慌了，反过来劝阻皇帝：“如今外面这兵荒马乱的，亲征剿匪可不比春秋围猎，还是陛下您的安危重要啊！”

“吵吵嚷嚷的，刚不是你说要朕亲征的吗？”

“老臣我只是随口一说，陛下没必要当真的！”

“少啰唆了，朕意已决，还不快快去准备车马！不对，召集士兵？不是，打仗前都要做什么准备来着？”

张让哭笑不得。

“呵呵，逗你的！”刘宏笑着敲了一下张让的脑袋，又立马正色说，“把官员们都召集过来，朕今天要上朝！”

许久未见皇帝上朝，没想到一上朝就是宣布说自己要亲征，三公九卿听了都是一愣。卢植第一个反应过来，连忙劝阻：“皇帝乃九五之尊，区区土匪，何须陛下亲征。臣带五百精兵前去即可。”

刘宏点点头，道：“朕知道你们平日里都看不起朕，说朕只顾在宫里玩乐，不理朝政，不恤下民。朕本也无所谓，有你们把朕的江山社稷看好，朕也就不在乎。可如今这土匪嚣张，都到朕的皇城脚下作乱了。这就是你们的失职了！”

皇帝这么一说，卢植一时间也不知道从哪里开始反驳。

“朕从今往后，每日都来上朝，你们递上来的奏折我一个一个看。你们理不好的朝政我就亲自来理！断不可让大汉就断在你们这些人的手里！”

皇帝转而又对卢植说道：“卢爱卿也想剿匪？正好，那便随朕一同出征吧。平县距洛阳不过百里，朕去去便回。”

“陛下！历来天子坐镇宫中，由臣子上阵征伐。皇帝亲征，此事古无前例。望陛下三思！”卢植苦苦恳求。

“别说了，朕意已决。此事就这么定了。”刘宏龙袍一挥，不再听劝，就这么下了朝。

卢植下朝回府，愁眉不展。皇帝决心管理朝政是好事，但这混沌封印一事包括皇帝也不知晓。如今皇帝这番举动，一定是有混沌使者从中鼓动，想诱使天龙离开洛阳。卢植左思右想没得主意，正打算去御龙阁召集大家一起想办法。下人来报，说司马懿求见。

司马懿进来的时候手里提着一盒糕点，卢植莫名其妙：“司马小弟这是何意？”

“卢统事可是在为皇帝亲征一事烦恼？”

卢植大为惊讶，但一想他的父亲司马防当时也在朝堂之上，定是回去向他说了此事。司马懿又是鸿儒阁加试入选之人，此番前来定是有了解决之道，连忙问：“司马小弟有何妙计？”

司马懿把手中的食盒一推，一脸天真道：“这有何难，一包泻药足矣。我已经将其拌入这牡丹楼的姜蜜糕之中。卢统事只需带入宫内，献给皇上即可。”

“这……”卢植面露难色，“这种市井小儿的勾当……而且这岂不是犯了欺君之罪？”

“成大事者不拘小节。”司马懿笑着说，“卢统事请放心，此药温和，除了拉一天肚子，没有别的害处。而这牡丹楼的姜蜜糕有止咳化痰之功效，正好进给皇帝止咳。”

卢植犹豫了一会儿，同意了司马懿的计策，带着糕点进了皇宫。

5

何进本来想借珍珠一事扳倒蹇硕，结果却被蹇硕将计就计，嫁祸于张让，不仅自己毫发无伤，还顺带把何进也将了一军，让何进在皇帝面前大大地丢了脸。何进本就是一屠夫，没什么大的心思，只想着如何在皇帝面前挽回颜面。想了半天，想到皇帝近来总是咳嗽，张让献了珍珠粉，不过是借董卓之手。若是自己给皇帝寻个方子，治好了皇帝这病，岂不是大功一件？

于是急忙派人去寻，结果还真让他找到一个方子，说是妙手阁孙思邈的一个秘方，专治久咳不止，便连忙煎了药，亲自端着，进宫就要献给皇上。

6

卢植带着糕点，正往御书房去。半路上遇见了董太后带着二皇子刘协，正在御花园里游玩。

“太后万福，皇子万安。”卢植放下食盒，躬身行礼。

“卢侍中，这么急急忙忙的，可是有什么要事？”董太后看到卢植身边的食盒，又问，“这是给皇帝送什么好吃的呢？”

“回太后，臣听闻皇帝咳嗽多日，今日偶得牡丹楼姜蜜糕一盒，说是专治久咳不止，便想进献给陛下。”卢植回道。

“此事不急，我让下人替皇帝收着，一会儿我给陛下带去。”董太后挥手让小黄门取了食盒，又把二皇子交给宫女，对卢植招招手，说，“卢侍中，跟我来一趟，我有些要事正好与侍中商讨。”

董太后招呼小黄门把卢植带来的食盒取走，又把卢植带到一处偏殿。卢植不好拒绝，看着小黄门把食盒取走，只盼皇帝真的能够吃下这姜蜜糕，也希望姜蜜糕里的泻药真的能够奏效。

董太后屏退了左右，与卢植面对面坐着，道：“卢侍中是朝中重臣，应该明白我今日请侍中前来是要商讨何事。”

董太后是皇帝刘宏的生母，素来爱插手政事，连皇帝也要听她几分。这些日子董太后正在为立太子的事着急，希望朝中众臣能奏请皇帝立二皇子刘协，而不是大皇子刘辩。要和卢植商讨的，估计也正是此事。

“董太后可是为立储之事？”卢植也不避讳，直接回答。

“正是。那卢侍中觉得如何？”

“立储一事，事关重大，理应由皇帝决定。卢某作为臣子不敢妄言。”

董太后摇摇头：“卢侍中可知道，先帝当年膝下无子。现今的皇帝就是当年的皇后听从当时的御史刘儵的建议而选出来的。卢侍中乃是国之栋梁，立储一事理当听从各臣的建议，绝无妄言的说法。”

卢植听罢，思考了一会儿，点点头：“太后所言有理。”

“那卢侍中的想法是？”

“卢某以为，应当立二皇子协为储。”

董太后点点头：“如此便好。”

7

蹇硕得知何进正带着汤药进宫，决定再次将计就计，彻底除去何进。蹇硕找来早已买通的太医，让他准备一服毒药和一份相应的解药。蹇硕早早服下解药，把毒药藏在袖子里，赶在何进之前，先一步到了御书房，假意跟皇帝汇报西园军事宜，实则等着何进进来献药。

何进进来，一眼看到蹇硕，顿时心生不快。但也压着性子，恭恭敬敬地献上汤药，道："陛下，这是臣寻的神医孙思邈的方子，专治咳嗽，药到病除。臣特地亲手煎了，献给陛下。"

"何大将军真是替陛下着想，能寻来神医的方子，大将军真是忠心可鉴。"蹇硕在一旁说着风凉话，"按例这外面进来的食物，都要老奴先尝过，才能让陛下食用。不过若是何国舅，这麻烦事就可以省了。"

何进身为国舅，之前不知给皇帝献过多少食物，从来也没走过这规矩，但如今被蹇硕这么一说，倒不乐意了，把汤碗朝蹇硕一递，道："宫里的规矩臣自是知晓，也没想用国舅的身份坏了这规矩。这汤药还请蹇常侍先行尝过。"

蹇硕假意推开汤碗，说："何大将军这又是何必呢？"

刘宏斜靠在龙椅上，看着这两人假意谦让，忍不住发笑，说："蹇常侍你就依了何国舅的意吧。"

蹇硕见戏演够了，便端起汤碗，暗中把毒药下在碗里，喝了一口，还故意呼噜噜地发出声音来。何进自恃药中无毒，就站在一旁看着，想着之后要说什么来讥讽蹇硕。可令他没想到的是，蹇硕竟然突然浑身抽搐，一口把嘴里的汤药都喷了出来，一步步往后退，一边指着汤药说：“有，有毒！”说完夸张地一抖，瘫软在地。倒地时还注意不把汤碗整个打翻，而只是洒出大半，还留了许些在碗内。

何进看了大惊，道：“不可能！陛下，这狗贼诬陷我！我怎么可能想要毒害陛下！”

刘宏也坐不住了，脸色难看，喊来人先是按住何进，不让他跑了，又喊来太医验药。太医取出银针，放入药中再取出，针头漆黑。

“不可能！一定是这狗贼跟太医串通一气！陛下不要相信这狗贼，我妹妹还在宫内，我岂敢如此！”

“若是皇后不在宫内，你就敢如此了？”刘宏大怒，“来人！绑下去，斩了！”

何进还要辩解，刘宏根本不听，回身取了案上毛笔，就要下笔落诏，却突然定住，一口鲜血喷在金丝帛上，接着身子一软，倒得比蹇硕还快。

御书房内立刻一片慌乱，蹇硕和何进都是目瞪口呆。

8

皇帝中毒，宫内乱成一团，几个白胡子老太医赶到御书房，一看皇帝的症状，都说是中了毒，但却没一个能实实在在说出来是中的什么毒。手忙脚乱下了几服药去，却一点好转都没有，急得太医们满面通红，汗流浃背。

皇帝的症状却极是诡异，之前并没有什么征兆，只是久咳不止，太医们不敢下猛药，只用一些温凉的药去医治，虽然不见好转，但也没变重，哪里想到突然毒发起来，却是极为凶猛，皇帝口吐白沫，手脚乱挣，半个字也说不出来，眼看是不行了。

董太后也赶过来了，只对太医说若是能把皇帝救回来，重重有赏。却哪里还救得回，没过半个时辰，堂堂大汉帝国的皇帝刘宏，便呜呼哀哉，命丧黄泉，却连自己究竟是如何死的，都不清楚。

皇帝驾崩，都知道是中毒而死，却不知道究竟是谁下的毒，又是中的何种毒。御龙阁的长老，都以为必是董卓用珍珠粉下的毒。董卓却清楚自己是冤枉的，他问贾诩究竟是谁下的毒，贾诩道："此毒是一种西域奇毒，无色无嗅，无形无影，人最初吃下时，除了久咳不止，并无别的不舒服，但连吃了三个月之后，逢到巳日巳时，便要发作起，无药可救，半个时辰之内，必死无疑。"

董卓听了，道："果然是天下奇毒，但却不太实用，你想，要连服三个月才能发作，除非极亲近之人，否则谁能用此毒害人？"

贾诩笑道："将军果然英明，一语道破天机，需是极亲近之人才能下毒，而宫中有此能力的人，除了皇后和几个妃嫔，便只有董太后了。皇后不说了，屠户出身，若没有皇帝，她现在只怕还在杀猪呢，几个妃嫔也还指望着皇上多亲近自己，生了一儿半子，他日不能登基为帝，至少也能封王封侯，怎么会下毒？所以唯一有可能下毒的，便只有董太后了。董太后不喜欢皇上。皇上想立大皇子刘辩为太子，天下皆知，董太后却想立二皇子刘协为太子，偏偏皇上就是不答应。她神不知鬼不觉，下毒毒死皇上，再下一道懿旨，让她喜欢的二皇子刘协登基，二皇子年纪尚幼，董太后名正言顺，垂帘听政，何其美哉！"

董卓听了，点头道："听文和这么一说，果然清清楚楚，只是董太后的美梦，只怕不容易实现啊！洛阳城中，还有何进和何皇后，他们岂会甘心让二皇子登基，必要想尽办法，扶自己的儿子登上宝座！”

贾诩道：“正是，将军只需坐山观虎斗，时机到了，再出面收拾残局，那时天下便是将军囊中之物了！”

董卓听了，哈哈大笑，“原来这就是文和你所说的时机！”

宫中一团忙乱，蹇硕和何进都趁乱跑了出来，也没心思互相对付，各自回了府。曹操在西园军的校场内操练，听闻皇帝驾崩，先是难以置信，接着脑子里疯狂跑着各种想法。不一会儿，像是想通了什么，先是交代手下不要听别人的吩咐，只管按兵不动，接着飞奔上马，朝蹇府而去。

蹇硕在府中正不知如何是好，见曹操来了，大喜过望。

“曹阿瞒啊，你可来了。现在皇帝驾崩，新帝未立，我该支持哪边？”蹇硕着急地问。

“皇帝驾崩，宫里现在谁的地位最高？当然是董太后。”曹操不紧不慢地说，“董太后喜欢二皇子，一直就想立二皇子为太子。这时候蹇常侍你就该立即写矫诏，拥立二皇子。如此一来，蹇常侍您与董太后联手，日后的地位便将稳如泰山。”

蹇硕听了觉得有道理，立刻准备车马，跟曹操一同进宫拜见太后。

董太后见蹇硕前来，知道自己有西园军撑腰，立刘协一事大有胜算。但又怕何进的羽林军和虎贲军。

“董太后莫要惧怕，如今执掌虎贲军的袁术与我交好，他早已不听何进指挥，绝不会为他卖命。而羽林军也很好办，只要太后下一懿旨，命何进带兵去凉州征讨叛乱的韩遂即可。”

董太后和蹇硕纷纷点头，立马招呼官员取来笔墨，即刻拟旨。

从宫中出来，曹操又连忙拍马奔去何府，何进正如无头苍蝇，在府内乱转。见到曹操，像是见到救星，也不管他是不是蹇硕的手下了。

“皇帝驾崩了，驾崩了啊！怎么办，这下怎么办？不是我下的毒，我真的没有下毒啊！我……你……我该……你说我该怎么办？”何进又惊又怕，话都说不清楚了。

“大将军还不快拥兵入宫，立大皇子为帝？”曹操单刀直入，也不说别的废话。

然而何进还是蒙头蒙脑，一脸不解，问：“大皇子？拥立大皇子为帝？”

“大将军莫不是急傻了？”曹操都急了，也顾不上用词口吻，“大皇子是何皇后嫡子，若是称帝，大将军您就是国丈。董太后喜欢二皇子这事大家都知道，王美人又是何皇后所杀，若是董太后立二皇子为帝，何氏一族的末日就到了！董太后现在肯定想将你调离京城，大将军您万万不可听从。”

何进恍然大悟，感激曹操提醒，连忙调兵，准备进宫中拥立刘辩。

另一边却说那虎贲军统帅、中郎将袁术，本就待值宫中，一得到皇上中毒的消息，便传下将令，命所有虎贲全副武装，在宫外集结待命。袁术自己守在宫中。皇帝驾崩，曹操和蹇硕进宫去见太后，袁术全都看得明明白白，知道蹇硕必是要联合董太后，立刘协为帝。袁术派个人把消息报给郭胜，郭胜一听蹇硕要立刘协，就急起来，带着刀进宫去找袁术。

郭胜自小就力大如牛，武艺过人，长得也是满脸横肉，如今宫中乱成一团，他带着刀进宫去，也没有人敢盘问他。他找到袁术，道："袁将军，你这回可要帮我的忙，万万不可让曹操、蹇硕他们立刘协为帝，若是蹇硕掌权，他睚眦必报，你我都没有好日子过。"

袁术却不言语，只是笑嘻嘻的。

郭胜道："将军放心，只要将军助我，帮着何进和皇后立刘辩为帝，何进必是要当太尉的，到时候，大将军之位，就是将军的了！"

袁术是贪财好色爱慕富贵之徒，听了郭胜许诺，心花怒放，口里却假意道："郭公公言重了，术助公公立刘辩为帝，不是为了自己，是为了国家的长治久安，大将军之位，术还真不放在眼里，可有可无。"

郭胜听了袁术答应，满心高兴。

再说何进，在曹操提醒下，急急忙忙带着羽林军进宫去，想要胁迫董太后下旨立刘辩为帝。蹇硕在宫内，下令关了宫门，不放何进进来，何进哪还管那么多，命羽林军撞开宫门，直冲进去找董太后。蹇硕一看势头不好，急忙下令西园军也入宫，偏偏西园军那八个校尉，就没一个听他的，半天也没有见到一兵一卒进宫来。蹇硕知道大事不妙，也不跟董太后打个招呼，转身就溜走了。

曹操挑得两方争斗，心中大喜，也不再出手，只躲在一边看热闹。

董太后成功毒死刘宏，还以为自己立刘协为帝的谋划已经无人可阻，却不料还没高兴多久，就见到何进这个屠夫，居然穿了一身绛红战袍，袍内是黄金锁子甲，腰间还佩一把宝剑，带着羽林军冲到自己面前来。

何进道："太后安好！"

董太后强自镇定，问道："大将军带兵进宫来，胆子不免也太大了吧？”

何进道：“事急从权，请太后下道懿旨，立大皇子为帝！”

董太后厉声道：“立谁为帝，岂是大将军可以置喙的！”

何进道：“这都什么时候了，水已烧开，猪已入圈，就等着下刀了，太后还是不要犟了，否则，不要怪我无情无义！”

何进一激动，把当年做屠夫时的老话都说出来了。

董太后思来想去，知道此时已经无人可以帮助自己，也只能听从何进的逼迫，不情不愿地，下了立刘辩为帝的懿旨。

再说蹇硕看到何进进宫，知道大势已去，急着想逃出宫去，不料慌不择路，半天也没出去，却窜到御花园里来了。正低头急奔间，砰地撞到一个人身上，摔了个四仰八叉。好不容易爬起来一看，却是郭胜提着刀立在面前。

蹇硕道：“郭公公不要挡道！”

郭胜冷笑道：“我却不是来挡道的！”

蹇硕道：“放我过去，日后相谢！”

郭胜也不言语，狞笑着走上前来，一刀劈下去，把蹇硕劈翻。蹇硕大惊，勉强爬起想逃，却哪里逃得走，被郭胜再连着两刀，砍死在牡丹花树之下。

第十章／汉为鱼肉

1

中平六年四月十二，星隐月藏，黑暗的天幕之下，火光熊熊，房屋倒塌声混合着男男女女的尖叫，烟尘滚滚里时不时闪出兵刃的寒光。大汉旧帝刚刚驾崩，新帝尚未登基，洛阳城内一片混乱。

曹操除掉了蹇硕，曹嵩十分满意，把家业交给儿子打理，自己换上一身行装。

“父亲这是要去哪里？”曹操问。

“曹家就交给你了，以后若是还有疑问，书信联系。”曹嵩交给曹操一封信帖，也不多说什么，登上马车出了城。

曹操接过信帖，恭恭敬敬送父亲的马车出了门，照着信帖中的方法开了地下室门上的机关，走了进去。但里面已经空空如也，只有十几卷竹简，记着曹家各处的产业细节，包括那天在袁绍宴会上喝的七变碧玉酒。

曹操在地下室里挑灯夜读了一整晚。

御龙阁内虽然不再相互埋怨，毕竟一服泻药不可能要了皇帝的性命，但眼下更要紧的是扶新帝登基。此时哪位皇子登基，对御龙阁来说反倒不是特别重要了。无论是董太后和宦官支持的刘协，还是何皇后和大将军支持的刘辩，尽早让他们登基，尽快重启第二层封印，才是最重要的。那日董太后将卢植招去，商讨了半天拥立刘协的计划，本以为早已安排妥当，回过头来却发现何进拥兵入宫，未受半点阻拦。

现在卢植还得说服各阁长老，转而拥立刘辩，而自从送泻药入宫一事被阁中长老得知，毕竟是犯了欺君之罪，卢植声望一落千丈。

君子阁是御龙九阁中的领导机构，负责统领和策划御龙阁的大方针，阁与阁之间的争端也由君子阁来调解。君子阁的统事实际上便成为了御龙九阁的最高领导人。与之对应的铁案阁，则对御龙阁内部成员有审判、责罚、罢免等权利，他们是公正严明的判官与冷血无情的杀手，失职或者背叛的御龙者便由铁案阁来处理。

如今卢植名义上还是君子阁的统事，但阁中私下里早已对他议论纷纷，都等着铁案阁对他进行处理。这一点卢植自己又如何会不知晓？但如今他整日在钟楼内与各长老辩论，说服他们尽早拥立新帝、补上封印，新帝品德、外戚把权等事都可稍后再说，而自己的君子阁统事之位，与之相比都不算大事。

至于现在这夜色中的骚乱，御龙九阁更是无暇顾及。

“淳于将军！我们家真的没有勾结宦官啊！淳于将军，冤……”一位老大爷跪在淳于琼的马边，老泪纵横地哀求着。在他的背后是他的正熊熊燃烧的房舍，以及被士兵们押在一边的衣衫不整的女眷。

“放你的狗屁！”淳于琼一马鞭抽下，直把老大爷抽得倒在地上，“这坊内的屋舍全都是贿赂蹇硕得来的，查抄蹇府时查出的账上记得明明白白。还敢在这里叫冤！”

“可是……”老大爷还要争辩，被淳于琼又一马鞭抽在脸上，倒在地上昏死过去。

淳于琼拉着缰绳，驱着马跨过倒在地上不知是死是活的老大爷，朝一旁押着女眷的士兵们走去。士兵们一脸坏笑，装模作样地行了个礼，“淳于校尉，这家的娘儿们还行，校尉挑一个兄弟们给您送去？”

“你们就知道女人，屋子里好好搜了吗？有没有什么值钱的东西？”

“搜过了，没啥值钱的东西。”

“啧，看来都被蹇狗给拿光了。”淳于琼往地上吐了口唾沫，“你们这边处理一下，其他人跟我去下一家。”

淳于琼带着西园军朝坊门外走去，却看到门外堵着许多兵马，借着火把的光亮，依稀辨得是羽林军的装束。

“羽林军骑都尉鲍信在此，何人胆大，竟敢深夜在京城里作乱？”门外军队喊道。

“西园军右校尉淳于琼在此执行公务，羽林军何故阻拦？”西园军一士兵回道。

淳于琼驱马走到士兵跟前，向对面喊道：“鲍都尉，某正查处与蹇狗勾结的余党，何来作乱一说？”

鲍信也拍马来到淳于琼跟前，道：“淳于校尉，你这边查处余党，可是奉了谁的命令？”

“哈哈哈，宦官乱政，为害朝廷百姓，人人得而诛之，何须奉命？”

“宦官有罪，当罚宦官，可这京城里的百姓，也是因宦官乱政而受苦之人，何来勾结之说？淳于校尉不过是借机劫掠，为自己敛财罢了！”

“鲍信！”淳于琼在马上拔出剑来，“我淳于琼未曾得罪于你，你却来断我财路，也太不识相了吧？”

“看来淳于校尉是承认了。”鲍信也拔刀出鞘，向前一挥，背后兵马冲进门内，“羽林军也是奉大将军何进之命维护京城治安，莫怪我刀剑无情！”

“兄弟们，给我上！”淳于琼大喊一声，执剑与鲍信战在一处，刀剑相交，火花四溅。西园军也放下手里抱着的钱箱、女人和各种宝贝，挥着兵刃朝羽林军冲去。

曹操从地下室里走出来，心中直感慨，没想到曹家居然如此家大业大，一时竟不知该如何进行下一步行动，想要找人商量商量现在的局势。

曹操先是想到袁绍，但袁绍已经倒向何进一边，跟他弟弟袁术一起，成了何进掌控洛阳的两大臂膀。何况上次酒宴之后，曹操已经对袁绍和其他西园军同僚感到失望。

除了鲍信。

鲍信虽然也是世家出身，但少有远志，宽厚爱人，而且沉着刚毅，有勇有谋。曹操的这帮兄弟里，跟他最要好的其实并不是袁绍、张邈他们，而是鲍信。

曹操想到这里，出了门，朝鲍信府上走去。

西园军和羽林军在京城街巷内混战良久，天色渐渐泛白，直到何进率兵赶到，才各自住了手，双双站在何进马前。

“鲍信，怎么回事？”羽林军军权归何进掌控，何进自然先询问自己的部下，然而淳于琼却抢先一步上前，抱拳道：“禀大将军，鲍都尉借口清除蹇硕余党，趁乱在城中劫掠，被我西园军发现，百般劝阻却不停手，还对我军兵刃相向。”

何进听了，转头问鲍信：“可有此事？”

“大将军莫听他胡言。”鲍信斜眼瞥着淳于琼，“找借口在城中劫掠百姓的是他淳于琼！我军奉大将军您的命令，维护京城治安，自然不能坐视不理。淳于琼不仅不听我军劝阻，还公然对抗我军，还望大将军对其治罪，还被害百姓一个公道！”

何进看鲍信一脸正义凛然，再看看淳于琼，也是面无惧色，反倒微微笑着。何进捏着胡须，稍作思考，道：“来人，把鲍信押下去，明日问斩！”

淳于琼笑得更开心了。

曹操来到鲍府，却被告知鲍信因为劫掠百姓被下了狱。曹操一听不妙，鲍信过于正直，本就跟何进不是一路人，更何况此招还能笼络淳于琼，将整个西园军全部收入何进囊中。

曹操匆匆忙忙赶到大将军府，想着何进这么贪财的人，用金钱应该能够把鲍信救出来，大不了变卖些家产。

“大将军！鲍都尉一事定有冤情，还请大将军明察！”曹操也不客套，开门见山。

“哦？曹校尉如此说，可有证据？”何进知道会有人来求情，但没想到不是鲍家，而是曹操，“现在京城混乱，为免其他将士趁乱做些不法之事，必须从重处罚啊。”

“大将军，我曹某愿为鲍都尉担保！”曹操也不想跟何进绕圈子，直截了当地说，“若是大将军信任曹某，我愿出一亿钱！”

“哈哈哈，曹家果然有钱。”何进拍案大笑，“可昨夜大火烧毁屋舍无数，还死伤了数十人，毁坏物件更是无法计数。这一亿钱，恐怕是不够啊……”

曹操故意略作难色，说：“那……五亿钱！不过曹某需要一个月的时间去筹集，在这之前，还望大将军留鲍都尉一命。”

“十亿。”何进笑着说，“给你一个月时间，带十亿钱来。鲍都尉我现在就放了，不过你得给我立下字据，替他赔偿损失，以钱赎罪。若是一个月之内没有带钱过来，那你就替鲍都尉受罚吧！”

曹操倒吸一口凉气，他知道何进必然会抬价，但没想到竟会如此狮子大开口。就算变卖曹家的所有家产，怕也换不来这么多钱。

“好，就依大将军的意思。”曹操咬咬牙，还是同意了。

“曹公子豪爽！哈哈哈！”何进大笑着，招呼下人拟了字据，让曹操签了字。何进看着字据，其实也看不懂，但还是装模作样地点点头，道：“来人，把鲍信放了。”

鲍信因此获释，虽然削职为民，但好歹性命保住了。

“多谢曹大哥出手相救！”鲍信对着曹操就要行跪拜之礼，被曹操拦住。

“为了兄弟，应该的。”

鲍信看曹操脸色平静，又问：“不过这十亿钱，曹大哥真的能拿出来？”

曹操摇了摇头：“我可变不出这么多钱，先把你救出来再说吧。”

鲍信愕然。

2

洛阳宫城内，何进凭借袁绍、袁术两兄弟的西园军和虎贲军，再加上自己掌控的羽林军，完全控制住了局势。董太后和以张让为首的宦官们完全被镇压住，让何进立了何皇后之子刘辩为新帝。而刘协，则封为陈留王。

何进立刘辩为帝之后，为了拉拢世族，把袁绍提拔为司隶校尉，又抬出袁绍和袁术的叔叔袁隗任太傅。明面上说是自己与袁隗共掌朝政，其实兵权却只在何进一人手中。

新帝登基，御龙阁一桩心事了结，终于是松了一口气。不过朝廷中属于御龙阁掌控的官员也死的死，逃的逃，剩下的也大多失了势。这下又需要重新安排。如今袁家在朝中与何进共掌朝政，无论有没有实权，总归还能说得上话，因此成了御龙阁最先要拉拢的对象。新帝登基后的第二天，御龙阁就把袁绍找来，将他从见员升为阁人，正式入了君子阁。

袁绍从御龙阁回到袁府，还在高兴，正好袁隗也下朝回来，袁绍便进去请安。没想到刚一进门，就听到袁隗在大骂何进。

“什么大将军，就是一贪财好色的屠夫！字都不识一个还在朝堂上指手画脚！粗鄙！粗鲁！粗……”袁隗气得说不出话，想要砸个什么东西又舍不得桌上的笔墨纸砚，看到袁绍进来，就收了手。

“叔父息怒。”袁绍说，“何进一介屠夫，何必与他计较。”

“计较，我跟他计较什么？有他这么一个人在朝廷上，我看这大汉是要完！”

“那，叔父打算怎么办？”袁绍想了想，又加了一句，“侄儿我现在正式加入御龙阁了，从见员升为阁人。不如借助御龙阁……”

“什么怎么办？御龙阁？他们要是真有能耐还能让何进这么胡搞？”

“那叔父的意思是……”

“忍着呗……”

何进在朝堂上飞扬跋扈，他妹妹何氏——刚进宫时的何红儿，后来的何皇后，如今成了何太后——更是母凭子贵，在宫内横行无忌。整天带着新皇帝在御花园里摆酒设宴，看小黄门角抵作乐。之前的董太后，如今的太皇太后，看不下去，当面指责何太后，说她带坏皇帝，却被何太后讥讽。

“太后何必说得如此难听。哦不，现在是太、皇、太、后。”何太后有意将四个字说得一字一顿，“想当年您儿子在这御花园里，不也是如此玩乐，是不是也是从小被您带坏的？”

“何太后！你岂敢侮辱先帝！”

“先帝是什么样的人你比我更清楚，我如此说法，可有什么不对？”

“你……”太皇太后一时语塞。

“我只不过带皇帝玩乐，而你当太后时，可是干涉朝政。我等皆是妇人，参预朝政，非其所宜也。当年吕后就是因为手握重权，全家老小被屠戮殆尽。如今我兄妹二人留你一条性命，封你为太皇太后，还不知足？”何太后继续讥讽。

“你当年以毒酒害死王美人，更是该死！至于你哥哥，我命我侄儿骠骑将军董重砍下他的脑袋，易如反掌……”太皇太后怒不可遏，但话还没说完，就见何进走进了御花园。

“是谁要砍下我的脑袋？”何进大声问道，太皇太后气得发抖，也不敢回话。

何太后满意地笑着，何进却觉得这还不够，挥挥手说：“来人，把太皇太后的冠带都给我摘了。”

“你敢？”太皇太后不知道何进是不是开玩笑，边上的宫女太监们也吓得不敢动手。

宫女太监们不敢动手，但是何进身后的羽林军可不怕，三两下就将太皇太后的冠带除去，押在一边。

“拖出去斩了。”何进接着说。

太皇太后这下真的怕了，哭泣哀求，但根本无济于事。御花园外一声惨叫，大汉便没了太皇太后。宫中诸人吓得面无血色，只有何进兄妹二人得意扬扬，放声大笑。

张让、郭胜等人得知太皇太后被杀，知道自己也危在旦夕，几人一合计，赶紧从各家府上拿来何太后喜欢的各种首饰珠宝，急急忙到何太后宫内跪成一排，哭得老泪纵横。

张让递上一颗硕大的夜明珠，“臣有罪，臣罪该万死！但请太后看在我们服侍娘娘多年的分儿上，饶罪臣一命吧！”

郭胜手捧着沉甸甸的金首饰，“还请太后念及当年先帝将王美人之死怪罪于娘娘时，就是老臣帮娘娘求的情啊！”

夏恽举着西域进贡的夜光杯，“老臣甘愿做牛做马来报答娘娘！”

程旷托着一整块云纹玉璧，“娘娘若是不在乎老臣的性命也罢，可娘娘要为皇帝着想！皇帝刚刚登基，朝中上下多少不满。若是此时再杀了我们几个常侍，难免落人口实，对陛下不利啊！”

侯览呈上来的是一把雕花琉璃鎏金梳，“太后娘娘，想我们当年能帮娘娘的忙，今后更是会帮助娘娘的。”

曹节从怀里掏出的是嵌星牡丹水磨铜镜，“老臣感谢娘娘曾经对我有恩，可若是此时取了老臣的性命，老臣如何报答娘娘啊！”

……

一个个常侍口中不停，求情的理由花样百出，已经全然不顾脸面和身份了。何太后看着满地的珠宝首饰，又想到自己当年毒死王美人被刘宏怪罪时，倒真的就是这帮宦官帮她求的情，心下一软。

何进刚走出皇宫，转头又觉得只是杀一个太皇太后还不解气，转身又带着羽林军进了宫，本来其实是准备去杀陈留王的，却发现那几个中常侍正在太后殿前跪成一排大哭。何进气不打一处来，抽出剑就朝他们走去。

太后赶忙走上前拦住。何进气恼地说道：“这帮蠢东西，我一并把他们都杀了得了。”

“大将军，辩儿刚刚登基，已经死了一人了，再杀宦官未免杀气太重，冲了皇帝喜气。”

“这帮阉人，留着也没用，何不杀了痛快！”

“大将军！他们不过是一群无能为的宦官，又没有兵权，不会影响大将军您的地位的。念他们曾经为我说情的分儿上，就留他们一命吧。”

何进虽然还是不解气，但是既然妹妹如此说情，也不好说什么。

“那就依太后的意思吧。先留他们一条狗命！”何进逞了个口快，转身回府。

洛阳城外，董卓大营。

贾诩依旧跟董卓汇报各种事宜，董卓听着不耐烦，好不容易都汇报完了，赶紧挥手让他离开。然而贾诩并没有走，依旧站得笔直，双手拱在身前。

董卓先是皱着眉头一愣，转念一想，跳了起来，问："时机到了？"

贾诩笑着回道："时机到了。"

董卓又问："何氏兄妹赢了还是宦官阉人赢了？"

贾诩摇摇头，道："不，是将军赢了。"

何进回到府中，下人通报董卓使者求见。

原来董卓听闻刘辩登基，何进独掌大权，就派了使者带着金银财宝来贿赂何进。何进大喜，连忙把使者迎进内堂。

"大将军，除了这些宝贝，董将军还从张角手里得了张藏宝图，那宝藏就藏在洛阳城内。若是大将军召董将军进京，待宝藏挖出，就与大将军您共分宝藏！"使者笑着说。

"不错，不错。"何进笑着点点头，"那这宝藏是怎么个共分法呢？"

使者稍一犹豫，拱手道："大将军七，董将军三。"

何进收起笑容，也不说话，就这么看着对方。

使者急忙说："大将军八。"

何进依然不出声。

"大将军九！"

何进还是不出声。

“天下财物，皆归大将军所有！这宝藏自然也是大将军的，大将军任取！只需稍稍赏赐一些给董将军即可！”

“哈哈哈。”何进终于拍案大笑，“来人，拟旨！召董卓进京！”

3

董卓使者刚走，下人又报淳于琼求见。果然，淳于琼卑躬屈膝，说自己愿为大将军效犬马之劳。何进大笑，将他收入麾下。第二天，何进就召淳于琼，还有曹操、袁绍和袁术两兄弟一同进大将军府议事。

“今我何进，掌握朝政，自当辅佐皇帝，治理天下。如今首要之事，即是肃清宦官，以求天下太平。”何进说得冠冕堂皇，下面坐的年轻人自然也是满口附和。

“可是太后不许，该怎么办？”这下一句话，何进说得就不怎么拿得上台面了。曹操听了忍不住偷笑，其实大家都知道，这个大将军从小就怕妹妹，甚至连杀猪的本事都不如她。

大家互相看了几眼，都说不出什么，最后还是袁绍站到中间，抱拳对何进说：“大将军何不召天下诸侯进京兵谏？这样大将军便可以诸侯兵谏为借口，以清君侧之名肃清宦官。”

何进一拍大腿，笑道：“这主意好！”

其他年轻人也都笑着附和，只有曹操冷笑着摇头，说：“要除宦官，派一狱吏进宫足矣，何须天下诸侯进京兵谏？”

这道理大家自然都懂，但何进不这么想，听了曹操这一句，脸色一变，道：“曹校尉，你还欠着我十亿钱呢。别的军国大事，先不用你来操心。”

这一下把曹操噎住了，只能默默施礼告退。而何进便命人拟旨，召诸侯进京。

曹操离开大将军府，垂头丧气地走回曹府，跟父亲之前一样，把自己关在地下室里。自曹操将鲍信救出之后已过了大半个月，时间眼看来不及了，然而自己在地下室琢磨了这么久，还是没想出该怎么凑出这么多钱。

曹操一直在地下室里待到深夜才出来，揉着太阳穴，愁得头疼。仆人见曹操出来了，快步走过来，递上一封信帖，上面写着“吾儿曹操亲启”。曹操大喜过望。

半个月前曹操就给曹嵩写了信，想问问父亲有没有什么好办法。本想着父亲之前成天待在地下室里忙活，曹家的家产肯定不止这么一点，一定还有别的办法。没想到过了大半个月，曹嵩才回信。曹操赶忙拆开信帖，就着月光看起来。

张让、郭胜等宦官虽然被何太后救下一命，但心里还是忐忑。大家一合计，带上自家的一众美妾加上金银财宝，到大将军府里又跪成一排，说着各种忠心的话，什么大将军天下第一，什么唯大将军马首是瞻等等。何进本就是一个粗人，听宫里这些人精一通夸，再加上这些宦官带来的各种礼物，一时也就作罢了。本来诸侯召集令都已经拟好，就等盖章送出去了，又被何进一个命令给压下来了。

袁绍听说召集令又不发了，心中又是不解又是不满，第二天早早就来到大将军府。等了老半天，何进才出来，两眼通红，面庞浮肿，显然是玩乐了一晚上。

“大将军这是为何？”袁绍问。

“哎呀，宫内总是还要留些人干活的嘛！”何进随意乱说，“不然皇后和皇帝岂不是做什么都要自己来？”

袁绍看何进眼神躲闪，又道：“宫里有宫女也有小黄门，这些中常侍除了贪污受贿，搜刮民脂民膏，又有何用？”

“没用是没用，可也不碍着我们嘛不是？”

现在是不碍着的，等碍着了你躲都来不及了！袁绍心里想着，却没说出口，他打心里不对何进抱有希望了。

“大将军若是已经决定，那我也不多说什么了。”袁绍抱拳对何进说，“我来此还另有一事想要跟大将军商量。”

“啊？还有事？什么事情，快说吧。”何进不耐烦。

“西园原本的校场因为日前的大雨，大半已经成了烂泥地。现希望大将军批准西园军另辟一处场所，以免怠慢了操练。”袁绍拿出一沓公文，要让何进盖章。

“准了准了。”何进不耐烦地掏出印章，“这么多章要盖的？这朝廷的手续我看该要简化一下了。”

袁绍暗自偷笑。西园军校场另辟一事自然是子虚乌有，他手上拿着的，正是他一早写好的召集令，如今何进亲自一个个都盖好了章。等袁绍辞别何进出了门，就寻了人立刻给各大诸侯送了出去。

曹嵩给曹操的信帖里写得婆婆妈妈，都是些无关紧要的家中小事，直到信的末尾才说：“乱世之中，钱财非紧要之物，逃逸之路线方最是紧要，我儿务必小心谋划。”

曹操想了半天，莫非父亲这是在暗示自己离开京城，做一个逃兵？

曹操之前帮蹇硕办事的时候，偷偷记下了各个藏匿珍宝之处，他就命手下西园军到处去搜查。而他自己，带着鲍信，骑着马，在洛阳城外四处探寻，思考父亲所说的逃逸路线究竟所指为何。

这一日，曹操策马来到北邙山附近，发现在原本荒芜的山林中，有一片大草场，有许多马在此悠闲地吃着草。

"这是什么地方？"曹操皱着眉头，"京城各种记载中似乎并无此地。"

鲍信也摇了摇头，说："我也未曾听说，不如我们偷偷进去看看？"

曹操点点头，二人把马藏在树林里，偷偷摸进马场之中。

张让和郭胜从大将军府里出来，长出一口气，也不回自己府第，两人乘着一辆马车驶出京城，直奔北邙山。原来山脚下的这片马场，正是张让化名所办。这段时间京城动荡，许多宦官都不敢回自己府上居住，平常都住在张让的这片马场之中。

曹操和鲍信躲在一边，看到张让、郭胜和一干中常侍从马车上下来，都吃了一惊。二人对视一眼，心照不宣地点了点头。

4

第二天，曹操把西园军从蹇硕各个藏宝地点找出来的宝贝全都送到大将军府，其中一把七星明珠宝刀尤为显眼。何进看了两眼发亮，爱不释手。

"曹家果然有些办法。"何进笑着说，拿着七星宝刀在手中比画，

“来来来，快来人，给我带头猪来，让我来试试这把宝刀！”

曹操在一旁默默摇头，屠夫就是屠夫呀，再好的宝刀落到他手中都成了杀猪刀。

何进砍了猪头，对宝刀赞不绝口，但他检视完曹操献上来的所有东西，却仍满脸不快，道：“曹校尉，其他那些东西就算了，这把宝刀还算值几个钱。可这离十亿钱还差得远啊！”

曹操拱手说：“大将军，十亿钱实在不是个小数目，还望大将军再宽限一些时日，再过几日曹某变卖家产定能凑够数目。”

“哼，少唬我，你曹家家产若真的有十亿钱，何苦拖到今日？”何进冷笑道，“来人，把曹操拿下！”

羽林军听了命令，就要来押曹操。曹操双拳握紧，也不敢造次，脑子里飞速地转着，却一点法子也想不出。眼看就要被羽林军拿下，门外突然传来一声大喊。

“大将军且慢！”袁绍从门外走进来，抱拳对何进说，“诸侯即将进京，肃清宦官在即，眼下正是用人之时。望大将军网开一面，多给曹校尉宽限些时日。”

“什么？”何进听了一惊，“召集令我不是说不发了吗？”

袁绍装作毫不知情的样子，道：“大将军何出此言？昨日不是托人将召集令交付于我，命我快马加鞭呈递出去吗？”

何进听着不对，不过想想也就算了，对那些宦官没有守信的必要，便道：“罢了，罢了。再给曹校尉半个月时日。”

“什么？”郭胜听到小黄门密报，大吃一惊，“何进竟然召集天下诸侯进京，这……”

“唉，”张让叹了一口气，看着郭胜说，“如今人为刀俎，我为鱼肉。”

郭胜看着张让的眼神，他明白这是要让自己这个年轻宦官动手。杀蹇硕之前张让也是这种眼神。

“若不铤而走险，便只能任人宰割！”

“报大将军，太后召大将军入宫议事！”何进手下羽林军突然来报。

曹操和袁绍还在府内未走，听羽林军一报，都是眉头一皱，知道此事必有蹊跷。然而他们也知道何进这怕妹妹的毛病，何太后召他入宫，他肯定一请必到。

“大将军，诸侯进京在即，此时若是轻易入宫，恐事多生变。”袁绍马上劝阻何进。

何进斜眼一看，满不在乎地说：“太后我妹妹，召我进宫能有什么危险？”

袁绍本想再说什么，但转念一想也就算了。而曹操更是巴不得何进出事，两人便都没有再加劝阻，任由何进进宫去了。

何进一走，袁绍立马去召集兵马，虽然他不确定是否真的是宦官假传旨意，但如果宦官真的起事，那也不需要诸侯进京兵谏了，这就已经完全有借口直接杀入宫内。

而曹操则开心地把鲍信找来，大摇大摆地就朝何进府库里走去，路上见了守门的羽林军，就说大将军有命，入府库来取东西。羽林军也知道曹操是何进手下的红人，因此一路通行无阻。到了府库里，曹操找了两个大袋子，把库里的好东西全都收入囊中。什么董卓送的明珠、各地搜罗来的宝贝，当然还包括那把七星宝刀。

鲍信吓得脸色都变了，赶忙阻拦曹操："不可如此呀！大将军回来该如何是好？"

曹操嘿嘿一笑，道："无妨，无妨！大将军如今进了宫，就出不来了！"

曹操猜的没错，这太后的旨意自然是假的，郭胜派小黄门假传旨意之后，自己带着几十个小黄门，拿着武器埋伏在宫中。

何进仍像往常一样，大摇大摆进来，往何太后所居住的嘉德殿行去，然而宫殿里空空如也，没有看见太后，也没有其他宫女。突然，躲在幕后的几十个黑衣人转过身来，领头的却是郭胜。

郭胜指着何进大骂："何进狗贼！不过是个屠夫，靠着十常侍举荐才得到先帝青睐，如今却不知感恩报德，祸乱朝政，妄杀董太后！"

何进大惊，后悔没听袁绍的劝阻，惊慌逃跑。但几十人一起拥过来，把何进团团围住。

数声惨叫之后，大汉有史以来最著名的屠夫被剁成了肉酱。

5

宫城外，袁绍带着西园军赶到，青琐门大门紧锁，一众军士被小黄门拦在门外。袁绍也不知道宫内是否真的如他所料已经生变，犹豫着等在门外。袁术听说何进进宫，知道事情不妙，带着虎贲军就往宫内赶，跟袁绍的西园军一样被堵在青琐门外。

"大哥，你还在等什么？"袁术驱马到袁绍跟前问。

袁绍看着弟弟，又看了看高大的青琐门，犹犹豫豫地说："此时宫内未必真有变故，理应遵循礼法，未得旨意不得进宫。"

"糊涂！"袁术撂下这么两个字，打马回到虎贲军中，大喊，"全军听令！强攻青琐门，肃清宦官乱党！营救大将军！"

一时青琐门外火光冲天。

张让看着被剁成肉酱的何进，正在高兴，郭胜突然指着宫外大喊："青琐门！他们攻打青琐门了！"

张让一听，赶紧让那些还在补刀的小黄门住手，道："走！快走！把皇帝带走！走密道，我们去北邙山的马场！"

跑了几步，张让又回头吩咐道："把陈留王也带上！"

轰隆一声，青琐门终于被打开，袁术带着虎贲军冲入宫内，袁绍所带领的西园军也一起杀入。然而他们还是来得迟了，除了嘉德殿内的一摊肉酱，没有皇帝，也没有陈留王。

袁术大怒："虎贲军听令！所有宦官，格杀勿论！"

虎贲军得令，在宫中四处追杀，但凡见到无须之人便刀斧伺候。不少宫女也因此被杀，有些宫女为了活命，甚至当场解开裙服，让虎贲军验身。

郭胜自恃年轻力壮，让张让带着皇帝和陈留王逃走，自己留下殿后。看到袁术提刀上前，不禁一笑，"袁将军别来无恙！之前蹇硕一事多亏袁将军帮忙，还未向袁将军道谢，改日郭某再设宴席，还望袁将军前来……"

话还没说完，半截刀刃已经刺入郭胜腹中。

曹操腰上悬着七星宝刀，跟鲍信一人扛着一袋宝贝，得意扬扬地从大将军府里出来。曹操又对鲍信说："快快随我点兵，我们到城外去救皇帝！"鲍信疑惑不解，曹操也不多解释，只让他跟着自己，回西园军军营里点了兵，直奔洛阳北面的北邙山而去。而此时宫内早已黑烟滚滚，在城外都看得一清二楚。

"不往皇宫内去救皇帝，出城何为？"鲍信问道。

曹操也不直说，只管打马拼命往前跑："去迟了就要被董卓抢了先手了！"

董卓在拿到何进召他进京的诏书当天，立马拔营起程，日夜兼程就往洛阳赶，刚过孟津，远远就望见城内黑烟滚滚。

"快！全军急行！"董卓大喊，带着士兵就要往洛阳城内赶。

"将军！不要进城！快领一队骑兵，往北边去！"贾诩骑马赶上来说。

"怎么回事？"董卓问。

"皇帝不在宫内！"

曹操和鲍信带着西园军赶到北邙山脚下，果然在那个马场附近，远远看到一队人急急往北邙山方向赶去。那些马匹早在前日被曹操和鲍信偷偷做过手脚，松了马掌钉，跑不快。西园军快马追上，曹操一马当先，大喊："狗贼宦官！快快留下皇帝！"

张让发现自己的马匹跑得不快，本来就着急，一看曹操追上来，惊恐万分，慌忙之中一把抓起皇帝和陈留王，拔出腰中佩刀，架在两个孩子的脖子上。

"让开！放我过去！不然我就让这大汉没了皇帝！"张让恶狠狠

地喊着，同时马不停蹄，朝西园军军阵内冲去。

曹操立马军前，弯弓搭箭，也毫不退让。

皇帝刘辩生来胆小，从小又在民间长大，哪见过这种阵仗，吓得哇哇大哭。倒是陈留王刘协沉着冷静，对自己脖子上的利刃也不害怕，张嘴一口咬在张让手上。张让吃痛，手中的刀一松。

曹操一看，利箭脱弦而出，一箭将张让射翻马下。鲍信在曹操放箭的瞬间策马前奔，皇帝和陈留王随着张让一同落马，被鲍信捞在怀中。

“陛下莫慌，鲍信前来救驾！”

随后西园军一拥而上，将其余宦官人等尽数拿下。曹操和鲍信救下了两个孩子，大松一口气，正打算带着他们回宫。突然间前面烟尘滚滚，一大队人马直扑而来。烟尘中一面“董”字大旗立在军中。

董卓带着手下凉州精锐，快马赶到北邙山脚下，虽然不清楚前面这队人马所属何部，但其中一个孩子身着龙袍，知道这肯定就是皇帝，于是大喊：“皇帝何在？”

曹操暗喊一声“糟糕”，拍马向前，弯弓搭箭，朝董卓射去。一旁的鲍信将皇帝和陈留王交给一旁的士兵，也随曹操朝董卓军冲去。

利箭离弦，眼看就要射中董卓，一柄大刀从侧旁伸出，将飞箭格开。持刀大将大吼一声，打马突出：“在下辽东徐荣！来者何人？”

鲍信不答话，挥刀朝徐荣砍去，徐荣咧嘴一笑，也不格挡，大刀一横，对着鲍信腹部削去。而曹操抬手又是一箭，弓弦一响，扎在徐荣持刀的手上。徐荣右手一松，大刀太重，单手提拿不住，索性抛弃。此时鲍信的刀锋已近，徐荣大喝一声，一个马上侧身，伸出左臂格挡锋芒。刀锋砍入约莫二寸，却被硬生生格住，鲍信反倒被徐荣那只扎着竹箭的右手一把抓住胳膊，一使劲，直接拖下马来。

曹操看鲍信落马，心中大喊不妙，连忙把弓一丢，就去取腰中的七星宝刀。然而徐荣根本不给曹操机会，把卡在左臂上的刀一拔，带着一串血珠直接朝曹操扔过去。曹操一个侧身躲过，却失去了拔刀的机会，被徐荣一个照面之间，一个马上擒抱，直接生擒手中。

“皇帝何在？”徐荣一手夹着曹操，立于马上，朝西园军大喊。

西园军看到自己的两位将领被轻松打败，本来也都是没上过真正沙场的贵族兵，吓得四处溃逃。西凉军和白羌义从呼啦啦冲上来，把西园军团团围住。

“皇帝何在？”董卓骑在马上，凶残地笑着，缓缓走过来，问道。

皇帝刘辩早被吓得瑟瑟发抖，眼泪都哭干了，紧紧抱着西园军兵士，看都不敢看董卓一眼。倒是陈留王刘协挣扎着从马上下来，拍拍身上的尘土，走到董卓跟前，道：“你就是董卓吧？”

“正是在下。”董卓笑着说，“你是皇帝？”

刘协也笑着说：“孤乃陈留王，陛下在后面，不知将军是来救驾，还是来造反？”

“哦，这么说那个屄包才是皇帝？”董卓拿刀指着刘辩问。

刘协也不惧怕董卓手中的刀，沉稳地回答：“正是！”

董卓看了看瑟瑟发抖的刘辩，又看了看毫无惧色的刘协，嘴里咂了一声，道：“把这俩孩子都杀了。”

董卓说得波澜不惊，却把大家都吓了一跳，董卓的手下也一时没反应过来，没搞懂董卓是不是在开玩笑，愣着不敢动。

鲍信第一个反应过来，挣扎着摆脱了押着自己的士兵，跪倒董卓马下说：“这可是大汉天子！将军若是心头有恨，鲍信愿以命为将军解恨！”

“哦？你叫鲍信？”董卓饶有趣味地看着他，淡淡地说，“你这一命凭什么能够换天子的性命？而且，这可是有两个孩子呢！”

鲍信一愣，随即回头看向曹操。

“我才不想死呢。”曹操也挣脱士兵，站起来说，“但是皇帝也死不了，陈留王也死不了。”曹操其实心里没把握，但他只能拖延时间。京城里出了这么大事，御龙阁也不都是傻子，拖下去总是能等到援兵。

“哦？你又是谁？”董卓也不惊讶，不动声色地问。

“典军校尉曹操。”曹操不紧不慢地说，“我早已送信给卢植，救驾的大军已经出城，你若是留皇帝一命，还能得个救驾的美名。若是杀了皇帝，你将死无葬身之地！”

“哈哈哈！”董卓大笑，“朝廷的大军？朝廷大军若是没有我，连张角都打不过。”

曹操脸上不动声色，心中却怦怦乱跳。幸好不久之后，远处出现烟尘，看旗帜是皇甫嵩、袁绍、淳于琼等人的兵马。然而董卓毫不在意，对徐荣一摆头。徐荣抱拳得令，提刀上马，带着兵马杀将过去。

董卓掉转马头，让士兵把曹操和鲍信也押到前面，说：“看着吧，看看朝廷大军都是什么货色。”

董卓带来的是西凉军中的精锐，人数不算多，但几员大将武艺高强，一马当先冲入对面军阵中，跟皇甫嵩、袁绍等人战在一处，将他们压在下风。朝廷大军见无法一击即溃，打算慢慢消耗，靠数量取胜。然而另一边，贾诩率着董卓的大部队赶到，白羌义从挥舞着弯刀呼啸着冲进阵中，完全打乱了皇甫嵩等人的阵脚。

“哈哈哈！”董卓在马上抚刀大笑，“你看，朝廷大军又能如何？”

曹操和鲍信心头一震，他们毕竟还只是在京城里跟宦官、外戚斗争过，从来没有想到，董卓的势力竟然已经如此强大。曹操觉得大局已无可挽回，恨恨地咬牙，心中不甘。

突然，又一支军队冲杀出来。速度之快，气势之猛，前所未见。为首的前锋蒙面出阵，手中一柄长戟闪闪发亮，如闪电一般，长戟冲入阵中，几道寒光闪过，董卓军的数员大将皆被挑于马下。

徐荣提刀迎上，只一个照面，就落了马。

持戟武将冲势不止，一路冲到董卓跟前，提着带血的长戟下马，站到皇帝和陈留王跟前。

“丁原军前来救驾！”

第十一章／黄钟弃毁邪神显

1

宦官外戚被肃清，皇帝被救下，洛阳城的大火逐渐平息了。

何进一死，何太后自然也失了势，宫内宦官也都被袁术杀了个一干二净，皇宫内只剩下皇帝和陈留王两个孤零零的孩子，一到夜里，万室寂然无人，只闻鬼哭之声。朝堂上群龙无首，被董卓乘虚而入。

董卓为人骄横跋扈，手下西凉军更是军纪败坏，仗着护驾有功，横行京畿，抢掠财物，就连王公大臣有时也无法幸免。一众朝臣在袁隗带领下，赶去董府（董卓一进京，就占了张让的府邸为住所）理论，连二门都没进去，就被董卓的女婿李儒带人赶了出来，一时之间，朝野之内，除了袁绍的西园军，就无人可以压制住这个西北来的莽夫了。

压在洛阳城头的乌云，非但没有散去，反而随时可能再起波澜。

御龙九阁再次召开长老大会，只不过这一次，并非是铜钟传音，也不是在昆仑山顶的御龙九阁召开。这一次，所有的长老、统事都收到了一封黑色的信笺。

他们收到黑笺，表面上不动声色，心中却都咯噔一响，知道这是铁案阁发出的召集令。

手持黑笺，来到笺上所述地点，跟随笺上标志所示，兜兜转转，寻到一处密道，直入地下。顺着漫长、曲折又阴暗的密道，众多长老一一走入一处地下会堂。会堂中燃着毫不晃动的烛火，将御龙九阁诸位长老的身影，稳稳当当地印在墙上。

这里，便是御龙九阁隐三阁中铁案阁所在之处。

铁案阁是御龙九阁中秩序的维护者，既定的御龙铁律是他们唯一的行事标准。若有御龙者违反铁律，他们便要对其施以惩罚；而要是有御龙者逃跑或是叛变，铁案阁的铁卫便会出动，将其刺杀。因而其余各阁，纵然贵为长老、统事，收到铁案令，也无不慑服。

如果说君子阁是御龙九阁以礼服人的面子，铁案阁便是按律杀人的里子。

现在，在铁案阁的会堂的上位，一条长长的铁案之后，铁案阁的统事戴着花纹繁复的白铁假面，看着铁案对面的君子阁统事——卢植。在会堂的两侧，各站着九位铁卫，跟统事一样，白盔白袍白假面，身前拄着统一的长剑。

“咣！”十八位铁卫提剑戗地，整齐划一，金属与青石击响，会堂内顿时肃静。

继而铁卫们开口，却不是齐声开口，而是一人一词，一词一顿，亦如金铁交击：“君子阁，统事，卢植。”

“植在。”卢植拱手鞠躬。

“曾，代力牧阁，选拔，不力，失，方天画戟。”

“植之过。”卢植低头道。

“以，泻药，入宫，欺君。”

“植之过。”卢植低头再道。

“拒，董卓，不力，使，皇帝受危。”

“植之大过。”卢植再次说道，身子弯得更低了，“卢植无能，不胜君子阁统事之位。今日请辞，望诸位阁老另选贤人，统领九阁。”

“不准。”这两个字，不是铁卫所说，而是来自铁案阁的统事。

卢植听了抬头，看着铁案之后的铁面。

“今，京城，危机未除。”铁案阁统事以手指叩击铁案，停顿良久，“按律，卢植，代，君子阁，统事。”

“植遵律。”卢植作揖，眉头紧皱。

“一月，内，另择，统事。”

另一边，京城钟楼内，除长老外的众阁人席地而坐，大摆宴席，以为庆功。袁绍和袁术二兄弟，因除灭宦官，得到特别嘉奖。袁绍被升为齐令，袁术也破例被召为阁人。两兄弟在宴上十分得意，满面笑容，邀各位好友饮酒相庆。宴席之上一片欢乐，全然不知铁案阁中之事。

曹操、鲍信、张邈等人，也被袁家二兄弟邀请参加宴会。本来这是不被允许的，但御龙九阁本就有意拉拢这些年轻人，便也不加阻拦。

酒过三巡，御龙九阁长老们也从密道内走上堂内，前来参加庆功。可是诸位长老脸上却是神情各异。卢植等人按位坐下，看着宴席中的一片欢乐，却一点都开心不起来。

“君子阁长久以来，没有齐令和长老。连阁人都只有两位。这怎么选？”鸿儒阁黄承彦小声问。

“刘备现在远在沛县，莫不是要选袁绍？”玄幽阁司马徽摇了摇头。

“袁绍乃三公世家，现在又是西园军统帅，有何不可？”仓颉阁蔡邕不解。

“唉，蔡老啊，书不是这么读的啊。”力牧阁朱儁也是摇头。

而君子阁代理统事卢植却是一言不发，默默地喝酒。

袁绍见长老们来了，一手端着酒盏，一手拎着酒壶，一晃三摇地走到长老们面前，“承蒙长老们厚爱，绍在此敬众长老一杯！”

长老们暂停了关于君子阁新统事的商量，也一一举杯。

“众位长老。”袁绍将杯中酒一饮而尽，却还不退下，举着空杯继续说：“绍此番因功升位，心怀感激。不过此次救驾，还有一人，功劳更在我之上！”

此言一出，会上突然安静。袁绍举着酒壶将手里的酒盏斟满，再缓缓转身，朝着一人叫出这人姓名：“这人便是曹操！”

袁绍喊得突如其来，曹操听了也是一愣，不明袁绍何意。

“我们兄弟多年，也曾经过许多同生共死之事。君子阁齐令袁绍，在此推荐曹操入君子阁！”袁绍再次饮尽盏中的酒，回过身对众长老作揖。

卢植、许邵等人微笑点头，甚至朱儁和蔡邕和其他众多长老也都点头称是。

众人哗然，袁绍也是一愣。他知道长老们肯定会同意，但没想到竟然如此迅速，而且没有一人反对，这待遇他还是头一次见到。他再看向曹操，却发现曹操似乎毫不在意。

“承蒙长老们抬爱，也谢谢袁兄举荐。”曹操慢慢地站起身，朝长老们长作一揖，“御龙九阁天下闻名，实乃名士心之所向，但请恕操不能加入九阁。”

众人又吃一惊，鲍信都端起酒杯准备庆贺了，结果手上一松，酒杯落在案上摔了个粉碎。倒是一旁的张邈似乎并不感到意外，仰头哈哈大笑。宴会上一片交头接耳，最尴尬的倒是站在中间的袁绍了。

“这是为何？”袁绍气鼓鼓地问。袁绍此人最爱面子。要知道曹操不过一个宦官之后，自己折节下交，引为至交不说，还引荐他入多少名门大家之后向往而不可得的御龙九阁，那是给了天大的面子，曹操竟然一口回绝。袁绍自觉下不了台，黑着个脸，想要个说法。

曹操最了解袁绍心气，叹了口气：“我曹操吧，是个小人，父亲最擅长的是做生意，我自小耳濡目染，什么事情不免斟酌利弊。让我加入九阁，总得有利可图吧，可你们九阁眼看大祸就在前头了，我现在加入干什么？”

他这一番话，说得阁人个个脸色不善。曹操心里再叹口气，作了个罗圈揖：“告辞了。”头也不回，昂然而出。鲍信、张邈见势头不好，也急忙退席跟着离开。

袁绍气呼呼地坐回席上，把杯子一摔：“是我看错此人，没想到阿瞒竟然是目光如此短浅之辈。我九阁刚刚将外戚内宦一扫而尽，扶危定倾，正要大展宏图之时，他竟说什么大祸临头，真是孟浪！不就是怕了那个董卓吗？我两千西园军可不是吃素的。”

卢植站起身，伸手压下众人的喧闹，说：“曹操的才能，只怕在在座诸位之上。他说的话，大家不要当笑话，警醒才是。”

许邵却说：“又是这个曹操。卢植兄可还记得我的品评，如果此人不能入阁为我所制，为匡扶汉室出力，不如早日除去，以免后患。”

卢植说：“我观曹操，目光清澈，虽然口中说自己是个求利之人，但心怀忠义，是个可用之人。”

袁绍依旧愤愤不已。

卢植:“袁绍!”

“在。”

“你和曹操是好朋友，最近多留意他。不入御龙九阁没有关系，只要不与我们为敌，来日或成一大臂助。”

袁绍想了想,“行。”

2

第二天，洛阳城外又来了一支大军，旌旗招展，衣甲鲜明。大军穿过朱雀门，引来无数百姓围观。

袁绍闻报大惊，赶到城门口观望:“是哪里的军队?”

来军回报道:“并州刺史丁原!”

袁绍默默计数，来军只怕有三千之众，兵力已强过自己的西园军，不知来人是友是敌，不由心中忐忑。

曹操也到城门口附近观望，与袁绍打了招呼。看那大军进城，突然脸色一变，原来在军中看见一位熟人。那人身长九尺，手持方天画戟，雄健的身形跨坐在高大的赤兔马上，一身火红的长袍在风中猎猎作响，行在军中犹如一团跳跃的火焰，引得围观的洛阳市民赞不绝口，正是在龙之幻境里夺走方天画戟的吕布。

“什么，这就是打出龙之幻境夺走力牧阁至宝画戟的吕布?”袁绍先前听过曹操讲述此事,“既然敢在洛阳现身，我们就召集九阁之人，把画戟夺回来!”

“不可以。”曹操说,“既然吕布现在为并州军效力，正是联络并州英豪，斩董卓于洛阳城内的大好时机。不能和并州军起冲突。袁兄，你和公路一起率西园军与虎贲军，再加上丁原军三千，兵力远胜董卓，定可再立奇功。”

“哈哈，我正有此意。”袁绍点头，“晚上就请曹兄去联络丁原和吕布。”

当天晚上，一乘轿子停在了董卓的将军府门口，贾诩从轿子里下来，急匆匆就往里赶。守门的士兵也知道贾诩是董卓的心腹，一路不加阻拦。贾诩直接推开董卓睡处的大门，看到将军光着两条毛腿，一手搂着一个美人躺在床上鼾声大作。

“将军危在旦夕，还有心情与美人睡觉！”贾诩大喝一声，将床上的三人吓醒。

董卓还算镇静，但那两位美人就吓丢了魂了，一边手忙脚乱地拿被褥遮挡自己的身体，一边高声尖叫起来。董卓一人一个巴掌扇过去，清脆的两声，高声尖叫转成了小声啜泣。

董卓半躺在床上，大剌剌地摊开双腿，懒洋洋地问：“文和，怎么回事？”

“将军手中有多少兵士？”贾诩反问。

“五千精兵！”董卓话里带着些许嘚瑟，“李傕和郭汜还带着大军星夜奔京而来，我的西凉军目下举国没有敌手！”

“哦，你这无敌手的西凉军什么时候能到呢？”

董卓听出了贾诩话中的讽刺意味，不高兴地坐起身来，“五日之内吧，怎么，这还不够快吗？”

贾诩摇了摇头，道：“今日丁原已率兵入城，其人马与将军相当。袁氏兄弟对将军本就虎视眈眈，若他们与丁原联手，西园三千，虎贲三千，丁原三千，合计万人，杀入将军营中，你可抵挡得住？莫说五日，就在明天晚上，将军的命就要丢了！”

董卓一听，直接从床上跳了起来，也顾不上穿衣服，两脚把还在啜泣的美人给踢下床，在床上走来走去，急得像是困在笼中的公鸡，好一会儿才意识到，贾诩半夜赶来，一定是想好了计策的，连忙两步走到床边，问：“文和可有什么办法？”

贾诩的微笑又回到了脸上：“诩确有一计，不过将军可得赶紧下令，若在天亮之前准备妥当，可保平安。”

董卓看着那令人讨厌的熟悉笑容，安下心来。

“就按文和你说的办！”

当日夜里，一支军马偃旗息鼓，悄无声息地从北城出了城，绕到城西的义马庄，解下包裹马蹄的软布，打开带来的“董”字旗号，敲起战鼓，大声喧哗，再次列队从西门入洛阳。马蹄阵阵，踏起漫天黄沙，声势比昨日的丁原军还要浩大。

袁绍早派了细作守在各处城门，听到消息，又偷偷来到城门，默默地看着这支部队进了城，大致算了一下，竟又有五千兵马之多。

袁绍一路垂头丧气地来到西园军军营，曹操早早在等着了。

曹操：“袁兄，丁原那边果然是来反董的，说到董卓骂不绝口，此人可信。我已经联络好了，今晚就可动手。”

“去除董卓之事……现今大概还不是时候……”袁绍犹犹豫豫地说。

曹操一愣：“袁兄何又出此言论？”

“就在刚才，董卓又有五千兵马入城。就算我们加上丁原军，此时也没有胜算。”袁绍摇头说。

“荒唐！”曹操急了，“董卓何又再来五千兵马？定是他使出的疑兵之计，袁兄莫要上了当了！”

“可是……”

“况且还有那个吕布，他夺走力牧阁魁首，获得龙神之力，一人执戟便是百人敌。我方何惧之有？”

“宫内格杀，损伤太大，如果两军相持不下，玉石俱焚。阿瞒，你不是主事者，未免把事情想得太简单了。”袁绍脸上不悦，“曹兄莫不是为争统事之位而故意陷害我？”

曹操一愣，没想到袁绍会这么想，几次张嘴也说不出话，最后只是略一抱拳，道了声告辞，转身离去。

3

洛阳北市，经过几次动乱，倒一直没受到太多波及，来往商人和各种行当，依旧熙熙攘攘。与其说无论朝中政局如何动荡，日子总是要过下去，倒不如说，正因为多有事端，老百姓们更认真地生活了，而那些达官贵人，也更愿意在各种地方赌上一把。乱世之中，朝不保夕，不如及时行乐。这么一来，赌坊酒肆，更为热闹了。

距离芳泽楼不远处便是一家赌坊，装潢华贵，如果不是腰缠万贯，恐难进得去。许多文官武将也喜欢来这里寻个乐子，当然，为了不被人认出来，都是蒙着面纱。赌场历来认钱不认人，一个个恭恭敬敬地迎了进去。要是输光了钱，反正蒙着面也不认识谁是谁，一律轰出来。

贾诩喜欢来这里，他喜欢看人，而看人，有的时候不看脸反而看得更清楚。而且这赌坊内不乏有钱有势的大人物，别人认不出，贾诩自有自己的办法能够认得。赌桌之上，最容易显露一个人的性情弱点，这可是贾诩最爱的东西。

连着三天，贾诩都在注意一个人。

这人身材高大，好穿胡服，一身衣物被撑得紧绷，有时候赌得兴起，袖子一挽，结实的筋肉就露出来了。贾诩第一次见时就认出来了，这位不是别人，就是吕布。

吕布战场上英勇，赌场中也一样，出牌出钱都甚是豪气，丝毫不留余地。然而，运气却不是那么好，每次都是没赌一会儿就输得底朝天。

这一次眼看又要被庄家赌官收走筹码，吕布不服，喊道："押宝押得迟了，你都开宝了，我才放下去的，这次不算！"

赌官道："那是爷你自己手慢了，你押慢了还押错，这不能怪我们吧。"

吕布大怒，拔出一把短刀，往桌子上一插，"你想和我抢吗？！"

赌官还待要争辩，赌坊老板连忙过来打圆场，倒不是认出了此人是谁，只是看吕布的体格身形，一看就是不好惹的角色，示意赌官算了。

吕布虽然夺回筹码，但终究手气不好，不一会儿工夫，又输了个干干净净。他瞪着血红的双眼，如狼似虎地看着周边桌子上堆得高高的筹码，捏了捏拳头，不服气地站起身来。贾诩跟着走了出去，又露出他那蛇一般的微笑，对着吕布一拱手，道："这位公子，在下看公子出手豪爽，某愿意结识，不知公子可否赏光去酒肆一坐？"

吕布一愣，看这人斯文打扮，也不知道是什么目的，"豪爽顶什么用，你要能帮我把钱赢回来，我就跟你去喝酒！"

“这不难办，在下虽然不懂赌术，但倒有些相人心的本事。”贾诩笑笑，附耳小声说，“一会儿你看我手势，我来告诉你对面是不是在虚喊使诈。”

吕布一听，来了兴致，摩拳擦掌就打算再入赌场。可又一想，自己已经输了个精光，哪里还有本钱？

贾诩又笑笑，从怀里掏出一个布袋，交到吕布手上，沉甸甸的约莫几斤重。吕布打开一看，竟是金灿灿的黄金！

另一边，朝堂之上，文武官员到齐，幼帝坐在龙椅之上。虽然登基已有多日，但每次上朝，却依然像是怕生一样。之前还有何太后在背后安抚着，现如今连何太后也一样惴惴不安。母子二人只得看着下面的董卓和丁原在堂上大吵大闹，吭也不敢吭一声。

原本董卓入京之后，所有朝议都是由他拍板说了算，而现在丁原一到，处处跟他对着干，每次上朝两人都吵得不可开交，龙椅上的皇帝和朝堂上的其他官员，都像是不存在一样。也就只有袁隗每次都出来当和事佬，勉强将二人分开，但他们依旧相互怒目而视。如果没有袁隗，他俩怕是要直接动起手来。

卢植如今在朝中失了威信，也只得在一旁看着，想来堂堂大汉数百年基业，如今连朝议都像是市井吵架一般，不免暗自叹息。

吕布凭着贾诩给的五十两黄金和所谓的相人之术，在赌场上无往不利，转瞬之间，赚了有一倍不止。见吕布赌得兴起，贾诩觉得差不多了，便把吕布从赌桌上拉起来，再次附耳小声说：“公子可还记得之前说的话，赚回了本钱，就与在下到酒肆一叙。”

吕布哈哈大笑，“你想收买我，我难道看不出来吗？喏，你这五十两还你，咱俩两不相欠！”吕布把桌子上的筹码一分为二，将一半扫进原先的布兜里，扔给贾诩，就又回头对赌官说：“再来，再来！”

贾诩摇了摇头，叹气离开，表现出一副懊恼的模样，心下却是暗自高兴。

贾诩回到董卓府中，求见董卓。

董卓刚下朝回来，还在生气，大骂丁原，一众兵丁和家仆都不敢出声。听到贾诩来了，董卓一把抓住他的胳膊拉了进来。

“文和，这丁原不除不行！”

贾诩笑道：“将军莫慌，大事已定矣！”

董卓喜出望外，大笑三声：“哈哈哈，我就知道文和有法子。快说说，怎么个办法？”

“丁原所仰赖的人，勇将吕布矣。他勇武非凡，深得丁原信任，但我今日在赌场见他，倒也不是全无头脑。越是这样的人，越容易心存妄想，容易说动。”

“好啊好啊，你要多少钱，我立刻让下人取来。”

“将军只要给我一个骑都尉的名额，吕布必来倒戈，丁原亡不旋踵！”

董卓大喜：“文和你速速去操办！别说黄金和骑都尉了，他要是能取来丁原首级，要什么我给什么！”

贾诩作了个揖，脸上依然是那标志性的微笑：“遵将军命令。”

出了董卓府，贾诩再次来到赌坊，果不其然，吕布也在，而且之前赢的钱也输得差不多了，手里数着最后的几个子儿，在一个个赌桌间走着，却也不敢出手。虽然隔着面纱看不清，但想必脸色一定很臭。他见到贾诩走过来，还认得这身打扮，三步并作两步上前，拉着贾诩的手道：“先生救我！”

贾诩笑了笑，“公子现在能赏脸与在下去酒肆坐坐了吧？”

到了酒肆，吕布往桌子旁一坐，急切地问：“想收买我，能给我多少钱？”

贾诩道：“呵呵，我确实是董将军手下，但却不是要替他收买你。”

吕布不解：“嗯？”

“我观察将军很久了，将军胸中养了一条狼啊。”

“这是什么话？”

“将军看似贪着小利，实则是胸口的狼觉得世事无聊烦闷，没有可供它奔驰的地方，才到赌坊解忧的吧。”

贾诩继续说道：“我且问你，将军现在丁原手下，俸禄如何？可能喂饱你的胸中大志？听听，你的狼可在不满地咆哮呢。没错，董卓一个奏折，可以让你当上骑都尉，可是这个骑都尉又算得了什么？它只是一个起步。啊，你的起步可就是在台阶之上，离皇帝的龙椅只有一步之遥。这样对得起你的狼了吗？”

吕布低头不语。

“我没有黄金给你，但你尽管想想，该何去何从。”

“先生果然会识人，您说得对，我主意已经拿定了。”吕布将手里仅剩的筹码向天上一抛，哈哈大笑。

次日一早，吕布手里提着一个头颅，一路血淋淋地走到董府门前，用一只血手敲着门。

董卓和贾诩早就等在门后，贾诩拉开大门，满意地看了看吕布手中丁原的头颅，丁原依然怒目圆睁，而吕布已经跪在了董卓的跟前。

4

丁原一死，吕布归了董卓，原本的三千兵马自然也尽归董卓。

董卓手下是真的有了八千精兵，更添了吕布这么一员猛将。董卓也说话算话，除了赏赐以大量钱财，更是上奏升吕布为骑都尉。一夜之间，董卓成了洛阳城真正的老大，自称“贵无上”，再也没有人敢与他对抗。

他在董府开席，邀请洛阳各大世家前来赴宴，自诩名士大阀的人家，总觉得有辱名节，拿捏着面子，不肯赴宴，但仍有不少趋炎附势的朝臣纷纷赶去捧场，这些人里，甚至包括了太尉之子曹操。董卓对这些投奔他的人，也是着意拉拢，封官许愿。袁绍听闻手下宾客禀告时，又惊又怒，只觉得连带着丢了自己的面子。

就连御龙九阁的阁内长老，也以为曹操终于被董卓拉拢过去了。

“当初在力牧阁选拔时，就不该手软，该早日除掉。”许劭对卢植说，“别忘了，现在已经是乱世了。而乱世里，他可不是英雄，而是个奸雄啊！”

卢植只是皱眉摇头，但不肯置评。

5

董卓成了洛阳城的老大，飞扬跋扈，连皇帝也不放在眼里，在他之下唯一还能说得上一点话又还未投靠董卓的，只有汝南袁家了，但即便是德高望重的司徒袁隗也不敢跟董卓正面对抗。朝堂之上，他说话已经很小心了，偶尔有些小意见，也只敢私下里跟董卓商量。

只是袁家的两个兄弟，对董卓是恨之入骨，私下里常常破口大骂。这一天在北市里的一处酒肆，袁绍、张邈、鲍信等兄弟又聚在一起，几杯酒下肚，说起董卓跋扈，个个都是义愤填膺，恨不得当场就出去把董卓给砍了。

正说着，突然酒店小厮禀告，曹操到了。

众人都是一愣，都传言曹操投奔了董卓，这一帮兄弟自然没有人邀请他。

袁术怒道："呸，这小子还有脸来。"

有人干脆说："大哥，我们出去把他打一顿。"

袁绍摇了摇头，对小厮说："你出去，就说我喝醉了。不见不见。"

曹操已经掀起门帘而入，一边走一边说："谁喝醉了，那我就和你们一起醉呗！"

大家没料到曹操上来得这么快，想必骂他的话都被听见了，不免有点尴尬。

袁绍坐在那里没有起身，瞥了曹操一眼，喝了一口酒，故意放大嗓门说："我袁本初，四世三公，又有御龙九阁支持，他董卓不过是凉州牧牛小儿，却敢跑到洛阳城来耀武扬威，你们怕他，跑去讨好他，我可不怕！"

众兄弟无不拍手叫好。

“当年若不是我叔父袁隗，辟那董贼为司徒掾，他现在还在狄道衙门里当差！如今他手里有了几个兵，居然就鼻孔朝天，全忘了当年袁隗提拔之事。这董贼若没有我袁家和御龙九阁的支持，保管他在洛阳城里待不久。从哪里来，过两天还得灰溜溜地回哪里去！”

众兄弟又是一阵欢呼。袁绍这番话本来就是说给曹操听的。但曹操好像没有听懂，自顾自找了个位置，斟了杯酒，往嘴里塞了几颗青豆。

袁绍干脆把话挑明了，伸手指着曹操道：“孟德君，我敬你一声兄弟，可你打死不入御龙九阁，现在还去投靠董贼！这是什么道理？你今天快说一说，否则，我们兄弟的情分就要断了！”

曹操听了，眉头一展，反倒笑了出来，却也不答话，自顾自喝酒。

袁绍这下真的是生气了，自己从小在洛阳城长大，还没有人这么不给面子，于是一把掀了面前的酒案，冲到曹操面前挥拳要打。一帮兄弟也都看不过去，只有张邈和鲍信赶忙上前拉住，才没让两人打起来。

曹操整了整袍子，摇了摇头，还是不说话，默默地转身走了。张邈和鲍信追出去，一把拉住曹操。

“曹兄，你今天到底是什么意思？”张邈直接问道。

“张兄，鲍兄，我是把你们当兄弟。如今董卓势大，连皇帝都要听他的，我若不去投靠他，还能投靠谁？”曹操笑着说。

张邈和鲍信目瞪口呆，完全不敢相信这是曹操会说出来的话。

鲍信站了一会儿，长作一揖，道：“鲍信之前承蒙曹兄出手相救。但如今曹兄之言，鲍信断不认同。从今往后，你我不再是兄弟，勿要再与我往来！”

曹操摇摇头，转身离开，嘴里叨念着：“罢了，罢了。”

等曹操要走，张邈却疾走几步，抓住曹操的衣袖，将其拖到街角，“别人趋炎附势，你曹操也这么做，我是不信的。你今天跑到这里来特意挨兄弟们的骂，更是奇怪。你快和我说实话，到底怎么回事？”

曹操四顾无人，叹了口气，低声对张邈说了心里话：“这么多人里头，我只想告诉你一个人实话。董贼不除，天下必难安定。但你们和御龙阁已经错过了正面击败他的可能。你们不能耍什么诡计，可我这个人，出身低贱，没什么顾忌，现在也只有靠我这个盗贼暗地里下手了。”

张邈微笑，“我知道了，你过去和袁氏兄弟关系这么好，董卓定然不会如此信任你。你今天果然是来找骂的。”

他放开曹操的衣袖，大声道：“曹操，你一定要认贼作父，我张邈今天也和你恩断义绝了！”

远处街角人影一晃，旋即又消失了。

曹操苦笑，他来确实就是要给人骂，演出这场戏给贾诩看。世上没有不透风的墙，这洛阳城内又怎会有？如今董卓权倾洛阳，又有贾诩一手操持，城里自然满是探子。

曹操朝张邈一拱手，转身扬长而去。

董卓自称贵无上，心里却知道还有一支力量，如同肘腋之患。他叫来贾诩，对他说：“文和啊，这御龙九阁，在洛阳城里势力庞大。虽然如今他们拿我也没什么办法，但他们这些人一个个以仁义道德自命，很得民心。只是他们处处跟我不对付，若不能将他们彻底赶出去，我就睡不安稳啊！”

董卓说得诚恳，然而贾诩倒是不急，依旧一副笑脸，“御龙九阁此时深受百姓朝臣景仰，要对付他们不是一时半会儿的事。就算要对他们动手，也总得有合适的借口吧。”

董卓听了烦闷，举起酒杯又想喝酒，酒杯却是空的。董卓生气，用力一拍条案，等着一旁的婢女。婢女哆哆嗦嗦连忙取了酒壶来斟，也不知是不是因为受了惊吓，手一抖，将酒水洒到了董卓手上。董卓反手就是一掌，直接把婢女扇在地上，又从腰间抽出佩剑，唰啦一下刺入胸口，婢女甚至来不及叫出声来即倒地身亡，鲜血顿时喷涌成一摊血潭。

贾诩皱了皱眉头。董卓提着带血的剑，看到贾诩神色有变，持剑走到贾诩跟前，气冲冲地问："文和还有何话说？"

"将军何必在此撒闷气，不如出门打猎。如今春阳和暖，正好可以围猎散心。"贾诩回道，笑容又很自然地回到了脸上。

"也是，还是出去痛快。"

董卓气鼓鼓的，带上几百士兵奔出城门到郊外打猎。刚出洛阳城没多远，看到道旁的一个村社正在社日，敲锣打鼓十分热闹。村民们围着一处火堆，几人扮作神龙，几人扮作龙子，扮作神龙的黄灿灿，扮作龙子的九个却是各不相同。另一边，还有数人穿着破烂的黑色布条做成的衣服，头上戴着黑色的面具，扮作各种邪神邪兽。两拨人围着火堆跳着舞蹈。

董卓拦住一个村民打听。村民不认得董卓，而且他出猎也没有穿着戎装官服，只道今日是重九日，是祭祀神龙和龙之九子的日子。村民解释说，这是在重演上古龙神与混沌邪神的黎明之战，自此之后，世间才有了人，才有了天下，才有了黎明。

董卓看得饶有兴致，也不去打猎了，就在一旁观看。

黎明之战之后，还有逐鹿之战，村民们依旧分开两拨，扮演轩辕黄帝和邪魔蚩尤，这个故事董卓听贾诩说过。之后是商汤伐桀、武王伐纣，一个比一个声势浩大，董卓也看得津津有味。再往后，就是秦灭六国，但很快又被九子率御龙九阁给诛灭，村民用草扎了一个胖子，挂了个牌子，写着“亥”字，代表秦二世，绑在柱子上给烧了。

到这里，董卓看得皱起了眉头，些许有些不快。然而更令他不快的是，烧了秦二世的村民似乎还不尽兴，又扛出一个比秦二世还胖的草人，说是丞相赵高，要扔进火中。草人上面挂着一个牌子，写了个“相”字。

董卓大怒，一把拔出刀来：“杀了！都给我杀了！一个也不许剩！”

村民们惊愕，但董卓手下的士兵们却毫不犹豫，如同围猎一般，圈起整个村子，拔出刀就开始屠杀。一时鲜血淋漓，火光冲天，村中几百人，全被杀死，董卓在鲜血中哈哈大笑。

董卓烧了村子，也不去打猎了，带着兵就回洛阳去。兵士的马匹上全系着人头，少的几个，多的十几个，一个个身上全是血污，冲入洛阳城，把城内搅得鸡飞狗跳。

骑兵回府，将乡民人头堆在董府面前，如同一座小山。董卓则暴跳如雷地点起兵马，要下令立即查封御龙九阁，搜捕天下御龙九阁人士，要把御龙九阁跟村民一样屠杀殆尽。贾诩匆匆赶到，惊问何故。

董卓将乡民祭祀的草人展示给贾诩看，低声道：“你不是要找借口吗？我已经有了。现在我是大汉丞相，这些乡民祭祀龙之九子，却使巫觋作法诅咒朝廷大臣，想要烧死我，这一定是九阁指使。难道我还不能动手吗？”

贾诩“哎呀”一声，叹道：“这倒是真想不到。不过，将军真的要动手，如此大张旗鼓，不过是打草惊蛇。御龙九阁耳目灵便，异士众多，有的是躲藏的手段。这么做只不过能抓到一些小喽啰而已！”

董卓本来兴致高涨，被贾诩这么一劝，气得举刀指着贾诩：“这也不准，那也不准，文和你是不是跟御龙九阁一伙的！”

贾诩被董卓持刀指着也不是一次两次了，他依旧毫不慌张，还是微笑着，拿那双深不见底的眼睛看着董卓，“将军忘了当年项羽的鸿门宴了吗？如果假传圣旨，诏令御龙九阁之人入宫赴重阳宴，看我安排手段，再让吕布来一次围猎，就万无一失了。”

董卓一听大喜，眉头一扬，收刀入鞘，拍着贾诩的肩膀：“还是你们这些读书人的鬼点子多！”

召开重阳大宴本来也是宫中旧习，皇帝发出诏令，不易引起朝臣怀疑。如今吕布为骑都尉，拱卫宫禁，要行事确实方便许多。

董卓急忙将吕布召来，由贾诩叮咛一番，又叫来一批黄门郎，写了诏书交付给他们。再与贾诩讨论一些细节。正商议间，突然又有一人上门。

董卓喜道：“曹孟德，你也来啦。”

对于曹操这样的京城官宦之后，董卓本来心存疑虑，但暗探回报曹操与袁绍等人在酒楼决裂的过程后，董卓对曹操就另眼相看。毕竟曹嵩也曾贵为太尉，将曹家拉入他的阵营，还是颇为增光的。这曹操也是乖巧机灵，天天上门请安，俨然董家亲信。

此时曹操看了看府前堆满的人头，“明公这是在忙什么？”

“哈哈。”董卓正要开口解释，却被贾诩打断。

"没有什么。将军刚刚游猎回来，杀了一些盗贼。"

"哦，是这样，血腥味好大。"曹操扇了扇鼻子，"我看见吕布刚走，匆匆忙忙的样子。有什么事吗？"

"只是为了宫中重阳宴做些准备而已。哎，孟德，马厩里来了一批北匈奴的好马，你要不要去看看？"贾诩岔开话茬，曹操也不好再打听，立刻显露出一副纨绔子弟的模样："丞相又搞到一批好马，这可不能少了我曹操的份，我要去骑骑看。"

贾诩让府中管家带曹操去了。

董卓皱眉道："怎么文和你对曹操此人还不信任吗？"

贾诩"哼"了一声："我虽然有相人之术，但这个人却怎么也看不透。忠奸不好说，总之是个麻烦的家伙啊。"

董卓哈哈大笑，不以为意："此刻用人之际，多加赏赐就是了。我就不信这种爱走马架鹰的人，还能有什么花头。"

贾诩脸上惯见的笑容消失了，阴鸷地盯着曹操的背影，用董卓听不见的低声自语："我担心他的花头就在走马架鹰上啊。"

曹操跟着管家去了马厩，表面上品评众马良劣，心里却是着急。他来的路上，撞见许多黄门郎手持文书流水介般从相府出去，见到董贾二人时，又见董卓杀气腾腾，贾诩躲躲闪闪，定然是有大事要发生了。可恨那贾诩对他提防很深，竟然是半点口风也不露。

此时，他看着马厩里果然良马成群，匹匹都是千里挑一的骏足。

曹操却摇了摇头："这里都是好马，但却少了一匹头马。你看这些马都怅然若失，又跃跃欲试想要夺位。"

管家笑道："曹将军好眼力，什么都躲不过你的眼睛。哈哈，这匹头马可不得了，是一匹赤兔马，身高一丈，日行千里，夜走八百，全身的毛像火炭一样漂亮。可惜刚刚被丞相赐给了吕布吕将军。”

“哦，是他？”曹操心里转了两转。他知道吕布是匹饿狼，喂饱了就不干活了。这么名贵的礼物，定然是要吕布去做什么大事，董卓才会送他。

曹操看到管家的手指上沾了墨，像是刚刚收拾过文房用品，于是假装了然于胸的样子，淡淡地问：“我也收到了请柬，管家知道宴会上都有谁啊？如果都是老头子，我就不去了。”

管家“咳”了一声，“重阳大宴吗？我刚刚分发的请柬，也记不得几个名字了。”他报了几个名字，都是御龙九阁的重要人物。

“没劲，都是些正经人，比死老头儿还无聊，不去了。”曹操嘴里嘻嘻哈哈，身上却急出一身大汗。

“哈哈，这匹菊花青不错，我猜赤兔走了之后，要以此马为尊了。”曹操故作镇静。

“是吗？”管家流露出怀疑的神色，“我还以为是那匹黑骓呢。”

“让我试一试就知道了。”曹操说，“帮我备马，拿马鞭来！”

重九宴，佩戴茱萸，饮菊花酒，都是宫中旧习。收到黄门郎传来的重九宴诏令后，北市钟楼内，卢植正和一众阁人密会，一起商讨，要趁这个机会，向皇帝进言，下勤王令，召幽州牧刘虞等人率军进京，以改变京城里的军力对比。

突然听到外面街道上一匹快马奔驰的声音，马蹄声密如骤雨，众人正惊疑间，突然马蹄声一停，随即曹操闯了进来。

楼内聚会的御龙阁人登时大哗，人人都知道曹操投靠了董卓，宛若董家亲信，此时他独闯御龙阁重地，如同捅了马蜂窝。

袁绍第一个拔刀而起，喝道：“曹阿瞒，我们上次已经割袍断义了。你居然还敢来此处，是觉得我们御龙阁当真不敢杀你吗？”

袁术也说：“你是来当董卓的奸细吧。”

曹操跑得一身是汗，一时说不出话来，只能摆手示意。

钟楼阁人哪里等得他分辩，武器出鞘，同时围了上去。突然有一人大喊道：“且慢！”

从卢植背后闪出一人，却是张邈。

张邈道：“各位且慢，我可以证明，孟德君心怀大义，实乃董卓府里的探子。”

曹操喘过气来，看着张邈，愕然道：“你怎么也在这里？你也加入御龙阁了？”

张邈有点不好意思地垂下头去：“孟德，我一直都是卢统事的学生。两年前我就入了御龙阁了。是卢统事命我与你接纳，近处考察你的为人。那一次将你引到龙之幻境，也是事先安排好的。长久以来，卢统事一直关注着你。抱歉了。”

曹操苦笑，“你瞒得我好苦，好吧好吧，这笔账我们日后再说。御龙九阁诸位还请速速离开洛阳。”曹操对卢植一拱手，也不讲究什么礼数，直奔重点，“董卓今日已经露出杀意，明日的重九菊花宴，定是鸿门宴。还请诸位早做安排。”

众人听了也是一惊，大家都知道董卓跋扈，但没想到竟打算公开对付御龙九阁。

鲍信等人喊道：“那我们不去就好了！让他竹篮打水一场空。”

曹操道：“董贼既然撕破脸皮，鸿门宴上抓不到各位，也一定另有安排，此刻吕布的并州军已经往各处城门去了，列位如果要离开洛阳，没有多少时间了。”

“他这么有必胜的信心？我这就去征召西园军！拼死一战还不知

道鹿死谁手呢。”袁绍不服气地跳了起来。

此时挂在大厅中的大钟突然轰鸣，一封红皮简从梁间飘落。卢植伸手接住，打开略微一阅，长叹一口气，颓然坐下。众人口不敢出气，看着卢植。

卢植脸上皱纹仿佛突然出现，老态尽显，“迟了迟了，李傕、郭汜大军已至孟津，离洛阳咫尺之遥。来得这么快。没想到我们苦苦维持，与外戚宦官争斗了这么多年，最终让董卓渔翁得利。此人背后必有高人相助。”

许劭失声叫了出来：“就这么败了吗？我大汉江山，千年基业啊！”

有人扑倒在地已经痛哭出声，众皆惨然。

曹操看看四周，突然仰天哈哈大笑，“你们在这里从白天哭到天黑，再从天黑哭到天明，能哭死董卓吗？”

袁绍怒道：“曹阿瞒，你别取笑我们。董卓窃取了天下权柄，你也没好日子过。”

曹操说：“我不管你们了。出来时间长了，董贼会怀疑我的。消息送到，我的事已了，还马去了。”

曹操甩手转身，瞬时走得踪影不见。

众人一起转向卢植：“卢统事，你说该怎么办？”

卢植稍一沉思，道：“如今在洛阳城内皇帝失势，我等商量多日也没有什么真正的办法。如同孟德所说，御龙阁的人，留在京城已经没有意义了。你们不如先离开洛阳吧，散布天下，游说各路诸侯，有能力的就自己募军，准备最后的决战。”

“要放弃京城？那封印怎么办？”许劭一时彷徨无计，大汗淋漓而下。

“大势已经去了，”卢植深深地吸了一口气，“只有死中求活，列位离开京城，还能保留御龙阁的火种。虽然汉室衰微，但还是天下共主，需要有人守护，洛阳城内留我一人即可，我会拼死保护最后的神龙封印。”

袁绍第一个站出来，抱拳对着卢植跪下，说：“卢统事不走，我等又有何颜面逃之夭夭？袁某愿与卢统事一道坚守洛阳！”许许多多年轻的阁人也在袁绍身后跪成一排。

卢植上前将袁绍扶起，“你如今已是君子阁齐令，任重道远，日后这御龙九阁或许还要交由本初统领，莫要逞一时义气。”

袁绍抹了一把泪，喊道：“好，卢统事在洛阳等着，我一定率大军杀回洛阳城！”

卢植点点头，袁绍和其他阁人一起对卢植长作一揖，匆忙离去。当天中午，御龙阁诸将就尽数轻装离开了洛阳。只有铁案阁的十八铁卫，肩负维持御龙秩序的大责，随同卢植留下守卫洛阳。

暴雨终于落下来了，雨水如同天崩般倾注而下。洛阳皇城依然雄壮威武，却如同失去庇护的幼儿，孤苦伶仃地屹立在风雨中。

6

“全都跑了？一个都没抓到？”董卓不可置信地问。他大发雷霆，又斩杀了几名城门官，才想起什么事，于是又把贾诩叫来。

“文和，你之前说的鸿门宴，一个人也没杀到，这是天大的失败吧？”董卓斜倚在案几后，举着酒杯问。

贾诩笑笑，“是我败了，不过也因此让御龙九阁的势力全都撤出了洛阳，未尝不是一件好事。将军再想行事，就不像过去那么束手束脚了。这又算是胜利吧。”

“呵，文和你这张嘴可真能说。”董卓懒洋洋地喝了口酒，“不过是谁走漏了风声，文和你也知道了？以后是不是我要干什么别人都知道？”

贾诩摇摇头：“无妨。将军如今手下兵丁近万，又都在这洛阳城内，走漏消息难以避免。不过真正要事，只有将军与我知晓。其他消息，也不过被我利用而已，将军不必担心。”

“哦。”董卓点点头，看着贾诩，半晌又说，“可我啊，还是没有抓到御龙九阁的人啊。我手痒啊。不杀个御龙九阁的人我难受。”

贾诩点点头：“将军想要谁？”

“皇甫嵩！”董卓立刻脱口而出。自在力牧阁的选拔战上第一次遇到皇甫嵩起，董卓就对他恨之入骨。他的衣着，他的风采，他的谈吐，无不暗示着董卓的山野出身。此人不杀，何以体味大权的滋味。

“属下遵命。”

“他还远在扶风郡，又精明狡猾，手握锦貂军兵权，你能把他召来？”

“用皇帝的命令，召他前来。还不是一道圣旨的事。”贾诩微笑。

“他要是不肯来呢？”

“那他的名声就坏了。这不就是你想要的吗？哦，贤德闻名天下的皇甫嵩，找不到一丝缺点的人，却公然违背皇上的命令，御龙阁不过如此嘛。”

“来了就是丢了脑袋，换我，我也不会来。”

贾诩淡淡地回道：“这就是皇甫嵩和将军不一样的地方了。”

董卓点了点头，似乎明白了一点，可这让他更讨厌皇甫嵩了。他已经迫不及待地想要看到这个骄傲的人，看到自己把他那颗骄傲得一尘不染的头颅砍下来，让它挂在城门上腐烂，可是这样，会不会让他距离自己更遥远，让他获得更好的名声呢？董卓简直是越想越生气。

董卓趿着木屐，负着长剑，走上了空荡荡的朝堂。这里原来文武分班而列，站满了一言可以改变天下命运的权臣。现在，只有他董卓一个人是真正有权力的人了。

龙椅上，那个渺小的小人缩成一团，脸色苍白。表面上看，他说出的话，盖下的玉玺，才是下达给这个帝国真正的命令。可那又有什么区别呢？他说的每一句话，下的每一道旨，难道不是他董卓想说的话，想下的旨吗？

董卓逼近龙椅，庞大的阴影笼罩在皇帝身上。

董卓："除了皇帝，什么官最大？"

刘辩战战兢兢："这个，我也不是很知道……太尉，太尉吧。"

董卓："我要当太尉！"

刘辩："爱卿应得此位！下旨，封董卓为太尉，领前将军事，加九锡假节钺。"

董卓："这个九锡假节钺是什么？"

换了一身朝服的贾诩在他身后微笑道："锡车马，再锡衣服，三锡虎贲，四锡乐器，五锡纳陛，六锡朱户，七锡弓矢，八锡鈇钺，九锡秬鬯，谓曰九锡，是皇帝对功臣的最高礼遇。节钺，是以黄金为饰的斧，帝王所专用，所以假节钺就是以黄钺借给大臣，即代表皇帝行使征伐之权之意。不错不错，再往上，也没别的东西赏了，那就要把皇位赏赐给你了。"

董卓志得意满地哈哈大笑，笑完又觉得有点无聊。此时他要什么就能得到什么，突然觉得空虚起来。

贾诩冲董卓挤挤眼："还有很重要的事别忘了。"

"对了，皇上，我看你一个人坐在殿堂里闷得紧，带你出洛阳城打猎吧。"董卓说着，大步走近，伸出一只毛手来抓皇帝。

皇帝战战兢兢，不敢拒绝。

"不可以。"突然从旁边冲出一个人来，挡到皇帝身前，白须飘飘，正气凛然，正是卢植。董卓吓得一愣，后退了半步。

卢植道："如今外戚宦官之乱刚刚平定，天下还没有稳定下来，皇帝应该恪守职位，天龙所在，不可擅自挪动。"

董卓怒道："好啊，卢尚书，你这是故意跟我较劲吧，莫非觉得我的刀不够快吗？来人！"

殿下的骑都尉吕布威风凛凛地大喝了一声："在！"

"且慢且慢！"贾诩急忙将董卓往后拖了两步，隐在柱子后悄声说，"卢尚书还杀不得。"

"为什么杀不得？"

"卢植这个人，名望太高。他刻的熹平石经现在还立在太学院门口，那是官定的儒家经本，天下儒生，皆奉为圣物。将军现在所控制的不过洛阳长安一带，其他诸侯都在观望。如果杀了卢尚书，天下都会震惊失望，不太好办。"

"好吧，不杀就不杀。但是我胸口的杀气烧得难受，总得杀个谁吧！你！你去把那个什么皇甫嵩给我弄来！"董卓对贾诩说，转身下朝去了。

皇帝果然下了一道旨，命皇甫嵩做城门校尉，让原本驻在扶风郡的皇甫嵩进京。

如同贾诩所料，皇甫嵩明知必死，依然奉召孤身进京了。

皇甫嵩一进京，就被董卓关到了大牢里。

董卓穿着太尉服到牢里来看皇甫嵩。他以为会看见一个一心求死，以留名青史的皇甫嵩，结果看到的却是一个蓬头垢面，任由原本洁白的衣服上积满污垢的邋遢汉。如今他和董卓相比，犹如一只尘土里的草鸡。这样的对比，让董卓心满意足。

“皇甫兄，你可想到还会有这么一天？”董卓装模作样地掸着袍服上并不存在的灰尘。

皇甫嵩扑通一声跪了下来，低头道：“确实没有想到。”

董卓笑了起来，“那是，那句话怎么说来着？燕雀安知鸿鹄之志哉！现在你说说，我们两人，谁是燕雀，谁是鸿鹄呀？”

皇甫嵩也笑了起来，“明公与我都是鸿鹄。我只是没有想到明公有朝一日竟成了凤凰！”

皇甫嵩彻底服了软，让董卓心里很是舒服。

“哈哈哈！”董卓大笑，走到皇甫嵩身边，迈出一条腿，问，“皇甫兄，敢不敢从我这胯下钻过，做我的一条狗？”

皇甫嵩一愣，很快又低下头去，道：“只要明公不记小人过，愿意提携小人，钻胯算什么！”说罢手脚并用，真的就从董卓胯下钻过。

“哈哈哈！”董卓拍着手笑着，“皇甫嵩，你也有今天。我喜欢你这个态度。接下来你想怎么样？”

皇甫嵩士气全无，低头说：“我懂，城门校尉，就是替将军看门的狗。我就替将军守一辈子城门。”

“我可不想在洛阳耗上一辈子。”

“明公去哪儿，小人就任公驱策到哪儿。”

皇甫嵩依旧伏在地上，低着头，丝毫不见一点斗志。像驱策狗一样驱策这个过去的劲敌，倒是让董卓有了一种莫名的快感，他捻着胡子，笑吟吟地看着皇甫嵩，挥了挥手，对狱卒道：“放了。”

皇甫嵩出了牢，立即就去找到了卢植。

卢植握住皇甫嵩的双手，“义真兄，你宁愿污损自己的名节，屈从董卓之下，这才是大牺牲呀。”

“如今形势危急，洛阳城里，能多留一个御龙阁的人就是一个。我个人名节是小事。”皇甫嵩苦笑道，“卢尚书，我来是为了警告你，董卓志不在篡位，他不想在洛阳久待，只怕身边有邪神暗助，一心想破除封印。”

卢植眉头紧皱：“我已经知道了，也只能拼着老命阻止他。他尚且忌惮我的名声，不敢着急动手。”

“董卓此计不成，定会另想他法，我们又该如何应对？”皇甫嵩问。

卢植叹了口气，摇了摇头：“如今只能走一步看一步，尽力而为了。义真兄，我有一事相托。”

“什么事，卢尚书尽管开口。”

“不论发生了什么，你一定要活下去。哪怕是看着我在你面前死去，也不要冲动行事。”

皇甫嵩大惊：“卢尚书何出此言？”

“御龙九阁已经到了生死存亡的时刻了。我已经抱定决心，与最后的封印共存亡。但是天命难测，如果邪神真的出世，御龙九阁难逃此劫，如若毁灭，需要你找到九阁的继承者，重建御龙阁，再与邪神决一死战。”

董卓回到府中，跟贾诩说了皇甫嵩在牢里如何如何，言语中尽是得意。

贾诩听了却直摇头："若是皇甫嵩大义凛然，不肯依从，那只需提防他个三四分。但他如此卑躬曲膝，更要拿出八九分的提防。按将军的说法，不如现在就将皇甫嵩杀了。"

好杀的董卓却沉默了，过了良久才问："我做的事情，史书上将来会怎么写？军师，你要直说。"

贾诩捂住了嘴轻笑，"不会太好看吧。你还担心这个？"

董卓恨恨地道："我杀了皇甫嵩，他就真的可以在史书上留个好名声了，岂不便宜了他！我偏要世人看着他腐烂，我做的每一件坏事，他都要有份。不杀！留着当狗！"

贾诩苦笑，"只要将军高兴。我们只要早日破除神龙封印，什么都好办。"

"皇帝连宫门都不出，我能有什么办法？"

贾诩眼珠一转："卢尚书的借口是皇帝不能离开天龙所在。那我们就来个釜底抽薪，皇城都搬走了，皇帝还能不走吗？"

"什么！迁都？"董卓震惊，"这可是一件大事。本朝建都洛阳，凡二百余年，要迁到哪里去？"

"当然是长安了。长安乃高祖刘邦建都所在，那才是真正的正统所在，迁到长安名正言顺。何况长安离将军的大本营陇西和凉州都近，退守关中，关外诸侯纵有千般想法，也不能奈你何。"

"妙计妙计，文和，还是你行，我明天就去和那个小皇帝说。"董卓哈哈大笑。

次日朝堂之上，董卓果然提出了迁都之议。

董卓说："汉东都洛阳，二百余年，气数已衰，天运合回，应该迁都到长安去。”

太傅袁隗、司徒杨彪相视一望，说：“当年王莽篡逆，焚烧长安成一片瓦砾之地，人民流移，百户不剩一二，这搬过去，皇帝连住的地方都没有，怎么可行。”

董卓大笑道：“没有住的地方算什么，再盖就是了。重新盖座宫殿，也就是一两个月的时间，户口不足也好办，把洛阳的百姓都跟着迁过去就好了！”

卢植站出来大声说：“无缘无故抛弃宗庙皇陵，老臣誓死不从。不行不行！”

“你们扯这些有什么用，大家听皇帝的。皇上，你说吧，迁不迁？”董卓走到龙椅之前，拍了拍剑柄，大声威吓说。

卢植大步上前：“皇上，你不用怕他，迁都是件大事，汉室基业震动，你自己决断，有老臣给你做主。董太尉如果要威胁你，先要让我的颈血溅到他身上才行！”

皇帝刘辩抬起头，看看凶横的董卓，面露恐惧之色，又看看卢植，终于鼓起勇气结结巴巴地道：“迁……迁都的事，动静太大，再议，再议吧。”

董卓狠狠地怒视了卢植一眼，转身下朝。

回到府中，董卓连忙又把贾诩找来：“文和啊，又被卢植那个混蛋坏了我的大事！你这招不灵了，奈何奈何！”

贾诩想了一想，笑着说：“无妨，我还有一计，将军只要照我所说，卢尚书再也没有办法阻挡你了。”

7

永安宫里，卢植带着十八名御龙铁卫，和二百虎贲军，寸步不离皇帝，只要皇帝牢牢立定在洛阳城，封印尚存，董卓就没有机会释放邪神。

卢植多日辛劳，此时双眼中布满血丝。一名铁卫劝道："卢尚书，请休息。你，已，三日夜，不眠不休。"

卢植苦笑道："你现在让我去睡，我也睡不着。我在宫里，天天都感受到邪神在地下翻腾咆哮，它也知道已到最后关头了。这几天我不看着皇帝，哪里放得下心。"

铁卫问道："卢尚书，忠心之士，已散。若，董贼，真反，我等，二百人，真能抵挡？"

卢植说："我们只要守定禁宫，不让皇帝出宫，圣上在此，董卓尚且不敢冒大不韪冲击皇宫。"

陈留王被从董卓刀口下救出之后，一直待在自己府中，由几个宫人照顾着。没了太皇太后，御龙阁也转而拥立刘辩，陈留王府一直是冷冷清清，反倒是贾诩和董卓，时不时会来看望，不知安的什么心。

刘协也不惧怕，每次这对将军谋士前来，都按礼数招待，但凡董卓有什么逾矩的举动，就直言呵斥，不卑不亢，满是皇家气度。

这反倒让董卓很喜欢，没事喜欢逗他，还没来由地跟陈留王套过近乎："我知道你是太皇太后带大的，都叫你'董侯'。你看太皇太后姓董，我也姓董，咱俩关系近吧，我该是你的亲戚呢。"

"将军妄言了！"九岁的刘协瞪视董卓，"若如将军所言，莫非天下刘姓皆我大汉皇亲？”

董卓大笑。

董卓周围的人，要么低眉顺眼，要么横眉冷对，剩一个贾诩还总是话不投机，倒是陈留王还能跟董卓说说话。自此以后，董卓便时常来这王府坐坐。

但今天却有点不同，董卓带着亲兵护卫，还有各色官员上百人。

宫人应声开门，董卓一挥手，呼啦啦数百兵丁涌入府内。陈留王站在堂上，厉声问道：“将军如此阵仗，前来所为何事？”

“风和日丽，正宜出行，请陈留王随董某去城外游玩。”董卓道。

“此时既非踏青时节，又非秋狩，无缘无故，若不肯说清缘由，我定不会出城！”刘协大声喝道，双手紧握榻沿。

“哈哈哈，今日我将于城外献大礼于你，出不出城？”董卓俯身逗问了一句，不等陈留王答话，一挥手，“不出也得出！”

几位兵丁上前，连人带榻扛起陈留王就走，直奔最近的北城门。

此时，城外已经连夜搭起了一座土台。此时刘协披着皇袍，被抱了上去，尚且不知道发生了什么，董卓当头拜下。

李儒在一旁展开一卷黄绢，念道：“……陈留王协，圣德伟懋，规矩肃然；居丧哀戚，言不以邪；休声美誉，天下所闻。宜承洪业，为万世统。请奉陈留王为皇帝，应天顺人，以慰生灵之望。”

众士兵跪在台下，三呼万岁。随后牵上青牛白马，祭祀天地。

董卓带着董家精兵口念祝词。他新收的那些部下中，与黄巾军血战过的将领和士兵，竟然听到了可怕而熟悉的祝语：“苍天已死，黄天当立！”

刘协就这样稀里糊涂地当上了皇帝。

8

另一边，洛阳城上，永安宫内，乌云压顶，暴雨如注，宫殿在雷雨中哗啦啦倒塌数间，黑暗中一条巨大的龙卷风冲天而起，跃入空中，消失在城北天空茫茫的雨水中。

士兵宫人惊惧不已，就连不露形色的铁卫也有些混乱。

“卢尚书，出事了！”

卢植对天高呼：“天龙已离开洛阳，大厦将倾，封印解除，混沌诸神现世，天下危矣！诸君但尽人事！”

铁卫互相看了一眼，齐声道：“好，我们陪皇帝一起死！”

宫外隐隐然传来铁甲战马的奔驰声，马蹄声如海潮怒涛，光听声音，数量就在万匹以上。只是此刻午门外被浓厚的雨雾笼罩，看不清兵马究竟在哪里。

铁卫纷纷除下面具，露出身经百战、遍布疤痕的脸。他们轻轻地抽出长剑，高举过顶，没有呐喊，几乎是悄无声息地朝着雨雾冲去。

他们的脚步卷起雨幕，形成一团团灰色的旋涡，随后消失在大风里。

卢植等了片刻，才听到风雨中传来的人马嘶叫声，痛苦的哀号声，兵器折断声，怒骂声，随即这一切嘈杂都逐渐消失，如同涟漪散尽。

狂风暴雨中的洛阳，仅有卢植一人站在午门通道前的广场上。

广场上依旧是风雨大作，对面不见人影。

随后有一匹马，一匹马孤独的马蹄声，踏在广场青砖上，不紧不慢地走近。

卢植眯起了眼。

一匹火红色的赤兔马，慢慢地推开雨雾，走到近前。马背上的人扛着巨大的方天画戟，来者不是吕布却又是何人。

卢植怒声喊道：“什么人，敢擅闯皇宫，是要造反吗？”

吕布冷笑道：“陈留王已被立为新皇帝，宫中那个小子，已被废为庶人，这里就是废王居所，何来冲击皇宫一说？”

吕布突然脸色一变，从怀里掏出一个卷轴，喝道：“卢植接诏，皇帝有令，卢尚书速将废王献上，可饶不死。”

卢植呵呵冷笑，“想要我大汉朝的皇帝，你要从我尸体上踏过去。”

吕布喝道：“踏就踏！”他长声呼啸，策马雨中疾驰，一杆方天戟直刺而来，卢植举剑回身，咣的一声劈在戟头小枝上。吕布带着赤兔马的冲劲，马疾人健，一戟下去却被卢植单剑挡住，只是在泥地中将卢植冲退了三尺。

“卢侍中好身手，怪不得其他庸才都逃之夭夭了，就你还敢在洛阳城露面！”吕布大喊，挥舞着长戟朝卢植攻去。

卢植双脚牢牢踏定，不肯再后退一步，一柄长剑气势雄浑，守得滴水不漏。

吕布不忿，大喝一声，赤兔马人立而起，吕布奋起神龙之力，广场上的风雨为之一窒。这一戟如雷电般劈下，只要是血肉之躯，势必要让开午门通道，但卢植不躲不闪，横剑一架。只听得铛的一声巨响，午门通道的砌石被这一震，全都放射状裂开。卢植居然站在原地屹立不倒，只是口角流下一丝血来。

吕布大怒：“卢尚书不肯让路是吧，那就看我用你们御龙九阁的神兵，击杀你这御龙阁的统事！”

卢植口角流血，却勉强一笑，“此方天画戟乃是神龙之力凝聚，死在它刃下，以我的血丰沃它的正气，再好不过。”

吕布收身旋臂，又是雷霆一击，只见一个人影从侧面闪出，奋起长枪，挡住了这一击。

卢植看时，却是皇甫嵩。

吕布怒道：“皇甫将军，你可是刚刚效忠董太尉的。这是何为？”

皇甫嵩目中流泪，“卢尚书是我殿上同事，我不忍心见他死在面前。”

卢植怒目而视，“你还记得上次说的话吗？自古汉贼誓不两立，你既然随了董卓，不要再啰唆了。”

皇甫嵩掉头不敢再看卢植，转身驱马离开。

卢植再道：“奉先君本性非恶，有此睚眦神器在手，早日改邪归正，方不浪费你的一身好本事啊。”

“少说废话，有本事在我戟下活着出去！”吕布大喝一声，自马上持戟冲下，犹如猛虎下山，四周的雨滴都被震开。卢植举剑去格。吕布后手握杆一旋，方天画戟犹如一条游龙，扫开一片水雾，戟上侧刃击在卢植剑身，长剑应声而断。继而戟尖长驱直入，没入卢植的胸膛。

“许劭说得对，奉先果然天下无双……”卢植话未说完，吕布抽手一拔，卢植胸口鲜血喷薄而出，随着雨水洒落在钟楼破败的砖瓦之上。

卢植垂首叹道：“皇帝啊皇帝，恕老臣不能再尽忠了。”

吕布看着卢植轰然倒下，御龙九阁的执掌者，君子阁统事，就此死于暴雨下的泥泞中。

吕布有些不忍，掉头朝着大雨里喊道：“贾诩，你上吧。剩下的事算你干的，杀皇帝什么的，我可不想看见。”

9

贾诩端一小盘，盘中两杯酒，稳步登上高台，何太后和刘辩正坐在高台上发抖。卢尚书的死，他们在台上看得清清楚楚。此时何太后看到贾诩手里的杯子，脸色大变。

“天色如此壮美，董将军特上寿酒。”贾诩弯腰，双手奉上。

何太后将刘辩护在身后，上前责问道：“你说此为寿酒，你敢先喝？”

贾诩朝后一点头，左右士兵上前，一人捧着一样东西。贾诩微笑着说：“若是不喝寿酒，那便要请陛下与太后领此二物了。”

刘辩从何太后身后探出头来，看到短刀和白练，哇的一声哭了出来。何太后回身将自己的儿子抱住，边哭边骂：“何进你真是个蠢人！不听我劝阻，非要引贼入京，把自己害死就算了，今日还要我母子二人性命！”

贾诩笑笑，一手托盘，另一手从怀里取出一卷策文，展开宣读：“孝灵皇帝，早弃臣民；皇帝承嗣，海内侧望。而帝天资轻佻，威仪不恪，居丧慢惰：否德既彰，有忝大位。皇太后教无母仪，统政荒乱。永乐太后暴崩，众论惑焉。兹废皇帝为庶人，皇太后还政。”

何皇后指着贾诩和士兵们破口大骂：“无耻董贼，来逼我母子二人，苍天不佑，不得好死！而你们这些人，助恶为虐，也一个都躲不掉！”

贾诩笑笑，挥了挥手道："将军等我回报，你们快一点。哎，对了，何氏，你仔细看看，这味药汤，你很熟悉呢。"

何太后止住哭声，颤声道："当年我赐毒汤给王美人，给我儿谋得帝位。如今也算报应。罢了罢了，你们今日谋害皇帝，也必遭报应！"说完颤抖着拿起一个酒杯，给怀里还在大哭的皇帝灌了下去，看着他挣扎着死在怀中，继而端起另一杯酒，一饮而尽。

贾诩对两人的尸体看都不看，自顾站在高台边，看着下面层峦叠嶂、高低错落的屋顶，叹道："真是壮丽啊。为确保迁都，看来只好放一把火，全都烧掉了。"

又是新帝登基，北市却再也热闹不起来了，呼啸的狂风撕裂了整片天空，街上满是慌乱的人群，矗立了数百年的钟楼也开始崩落。

曹操拍马赶到北市，只见那钟楼一日之间破败不堪，无数砖瓦纷纷跌落，一口大钟在暴风中咣咣作响。曹操跨过地上的狼藉，冲入木门之内，密道已然不见了，御龙九阁仿佛并不存在过。曹操长叹一声，怆然四望，拨马而去。

曹操冷静地穿过人群、雷暴、狂风和混乱的一切，回到曹府，取出那口七星宝刀，仔细地磨起来。在他眼中，是兴奋，是野心，是决心。

第十二章 / 宁我负人

1

洛阳皇宫毁于贾诩的大火。洛阳城龙神封印终于被解除了，被镇压不知道多少岁月，终于得以释放的混沌诸神，顺着呼啸的龙卷风化作无数道黑云从洛阳飘散而去。这世间规矩得太久了，何不来点乱子呢？整整三天，洛阳的狂风就没有停过，暴雨倾盆，摧枯拉朽。一直未受影响的北市也终于尝到了混乱的滋味。高悬钟楼之上的那口大钟，也被狂风吹落在地，碎成无数块，发出的声响却被雷暴掩盖，湮没在无边的黑暗之中。

逃出洛阳的袁绍远远地看到洛阳城方向天空中的黑云，暗自庆幸，快马加鞭，星夜兼程地赶往冀州。然而他不知道的是，从洛阳城中飞出的无数黑云中，有一朵一直紧跟着他，在一个无星无月的夜晚，化作一道黑烟，钻进了他的心中。他做了一个梦，梦中是自己坐在皇帝的龙椅上，俯瞰众生。

袁绍惊醒，前胸后背都是冷汗。他慌忙之中冲出驿站的客房，却看到袁术也站在门口，似乎也是彻夜未眠。四野之间一片寂静，连风声都听不到。兄弟二人相视良久，二人谁都没有说出自己在这一片漆黑的夜晚都看到了什么，或者说，二人各自心里都想到了什么。

“公路，进屋聊会儿。”

袁绍点起蜡烛，袁术对面而坐，虽然长夜漫漫，但他知道今夜不可能再入眠了。

“本初，你后悔吗？”

“后悔什么？”

“宦官之乱，我们有许多机会。西园军加上虎贲，其实我们的兵力，早够对付那些宦官，何必召集诸侯进京。董卓进京，其祸比宦官更可怕呀。”

袁绍努力不让自己脸上显出任何表情，淡淡地说：“你也看出来了？”

“可你还是偷偷把召集令给发出去了。”

“他们都觉得我笨，把大好机会让给了董卓。可他们哪里知道，”袁绍冷笑起来，“汉朝延续了这么多年，人心的基础如此厚实，虽然百病缠身，却轻易不会衰亡。若是洛阳城不被彻底摧毁，这天下就要永远地腐朽下去。不如让世界回到一切的本初。”

袁术笑笑，却也不像是惊讶的样子：“本初啊本初，你知道你在说什么吗？”

“本初，我在说本初。”袁绍重复了两遍自己的表字，“让世界归于本初。”

“大哥，你这……可是谋逆的言论啊。”

“如果帮助大将军何进击败那些宦官，重建汉室，我们袁家，不过永远是个辅佐者。你甘心如此？”

“现在……”

“现在可就完全不一样了。我可以以御龙九阁的名义，借助天下英雄的力量，会盟中原，进逼洛阳。天下盟主，舍我其谁？等我重新夺回京师，声望自会达到顶峰，只要用一根指头，就足以推翻龙椅……”

袁术看看烛光下的大哥，还是自小看惯的那张脸，然而笑容却很陌生。袁术不知为何，也觉得一颗心扑腾扑腾地跃动，好像被打开了一片新天地。

袁术说：“我年龄小，之前都听你的。今后当然也是唯大哥之命是从。”

“很好。”

“兄长要我做些什么？”袁术靠了过来，单刀直入地问。

“和我一起去南方，召集兵马，把我们汝南袁家的门生故吏、青壮男丁都召集起来。三个月之内，我们召集起一支大军，一起去对抗最大的敌人。”

“最大的敌人？董卓吗？”

袁绍笑笑，没有回答。

那天夜里，袁术自己出了屋，站在客栈外面，遥望铺满了西天的乌云，暗自再问自己那个问题：他最大的敌人，是董卓吗？他最好的兄长，是袁绍吗？

2

董卓在狂风骤雨中回到府邸，一路留下狂肆的笑声。

一进门，贾诩便让左右全部离开，等到偌大的宅子里只有他们两人的时候，贾诩带着董卓站在院子中，任凭风雨拍打在脸上。

“来吧！”董卓站在雨中大喊。

贾诩嘴里念念有词。

院子里的雨滴似乎停止了，又或者说，似乎被一个看不见的罩子隔在了外面。院子里的温度开始上升，所有雨滴在越过罩子之后便全部蒸发，升腾起阵阵烟雾。这水汽不是白色的，而是深深的黑色，就像有人把世界给挖了一个洞，而洞里是深不见底的幽暗。如同贾诩的眼睛一样。

黑烟慢慢地飘落下来，先是汇集在地面，湮没二人的脚踝，翻滚着。继而越积越多，越过膝盖、胸膛、脖颈、头顶。二人所见的一切都被黑雾遮挡，如坠深渊。董卓开始有些害怕起来，嘴里喊着：“文和！文和！”一边伸手向四周摸索。

“将军莫慌。”贾诩的声音传来，似乎还有一只手搭上了董卓的肩膀，董卓猛地向后一退，但慢慢地，贾诩的身影在黑暗中显现出来。

“这便是我的主人，混沌诸神中的无上神——帝江。”贾诩微笑着，缓缓说。他的眼睛与四周的黑暗一样幽深，似是一张人皮，包裹着一处深渊。

“帝江？在哪里？”董卓显然还没从惊吓中恢复过来，手忙脚乱地四处寻找，“在哪里？我又在哪里？”

黑暗中裂开一条缝隙，一只火红的眼睛迸发出来，出现在董卓的背后，将董卓肥胖的身躯照得犹如从火炉里掉出的炭球。董卓惊住，不敢转身，只是盯着脚下。然而他的脚下也裂出了一只眼睛，硕大，距离又极近，董卓仿佛就站在巨目那鲜血一般的瞳孔之中。董卓吓得坐到地上，在他的头顶、四周、近处、远处，一只只巨目相继裂出，不知是火花还是血液的光芒，流淌着，蹦跳着，看似触手可及，却又不知在遥远的何处。

贾诩缓缓下跪，嘴里高呼："恭迎无上帝江！"

董卓也连忙扑通一声跪倒，头顶顶着似乎是地面的位置，但双眼闭得死死的，半点都不敢睁开，嘴里哆哆嗦嗦地说："恭、恭迎无上、无上帝江！无上帝江！"

"董卓，你要什么？"巨大的、空洞的声音从远方而来，似万江翻腾，又似雷云滚滚，穿过皮肤，直达骨髓。董卓觉得自己的心脏被人紧紧地抓住，每一下跳动都无比难受。他知道，那是他吞下的张角之心，在与帝江共鸣。他是被选中的人，张角是这么说的，他突然意识到，他不必如此害怕。

我是被选中的人，董卓这么想着，睁开眼，缓缓地站起来，直视无数通红的、流淌着火焰的眼睛，"天下，我要天下！"

"我会给你。"帝江的声音再次滚滚而来，无数的红光汇集在董卓的身上，而他的心脏也被一下一下地攥紧，继而爆裂开来，鲜血一般的红色充斥着世间。

继而红光消散，黑暗褪去，院子中的雨还在下，董卓倒在地上。

贾诩还跪在院子里，一道笔直的血焰竖在贾诩的面前，直达天顶。贾诩知道，帝江还未离去，还有些话，帝江只能让自己知道。

"董卓，一时之选罢了。如今封印已除，随时可弃。"帝江说，声音依然沉重，但对贾诩来说，心脏完全不会有异样。大概，贾诩早已没了心脏。

“董卓不重要，那么谁才是那个必须之选？”贾诩问。

“曹操。”

3

袁绍一路赶到冀州，以汝南袁氏之名和君子阁齐令的身份，在本地的御龙九阁分部基础上，广招人马。冀州牧韩馥本是御龙九阁阁人，虽然官职高于袁绍，但敬重袁绍君子阁齐令的身份，将兵符和印章都交给袁绍，全力帮助袁绍招募军队。而新一轮的御龙九阁选拔，在袁绍的主导下，也即将开始，一时之间各路英杰纷沓而至。同一时候，袁术在南阳也在召集兵马，只不过动作要小得多，招募的多是密探、死士、刺客。

虽然还没有公开举起反董大旗，但天下人都知道，袁本初将是那个拨乱反正、匡扶汉室的天下盟主。

而洛阳城里，雷暴之灾已经过去了大半个月。董卓拥簇新帝，把整个洛阳牢牢地掌控在自己手中，紧锣密鼓地张罗迁都的事情。

曹操收到了袁绍派人送来的一封信。信中言到，自从卢植死后，御龙九阁形同崩坏，曹操继续潜伏在董卓身边，已经不起作用，不如逃出洛阳。只要到了冀州，自然天高海阔，他袁绍会将一支大军交给曹操率领，他们几个好兄弟，还是可以一起驰骋天下。

曹操看完信，微微一笑。将信放在烛火上烧了。

袁绍想起他这个兄弟，未必是真想与他共同建功立业，而是怕他独自起兵，成为一个有力的竞争者吧。

逃出洛阳城，他也不是没有想过，只是此时董卓为了防范士人逃亡，以便将他们全都带往新都长安，严密封锁洛阳，只能进不能出。

这种事情当然难不住他曹操，眼下就有一个机会，可以逃出去。

曹操腰间别着七星宝刀，从书房里走出。司马懿等在厅堂里已有多时。

司马懿一身出远门的打扮，穿着风帽大衣，手持长鞭，问:“准备好了吗？我们可以出发了。”

司马家也是名门望族，之前御龙九阁阁人撤出洛阳之时，司马懿并未撤走。一来仰仗家族威势，董卓不敢直接下手，二来司马懿年幼，不过刚刚加入御龙九阁，鲜少露面，董卓对他没有提防。

司马懿也不想待在洛阳城，如果被挟持往长安，那就更难以从董卓势力中逃离了。他拿出家族所有的财产，贿赂董卓身边的人，要给自己的家族买出一条生路。

几代人无数年的积累，数以亿计的金钱、土地、房产，就这样被司马懿流水一样花出去，流向洛阳新贵们的钱袋。西凉来的大老粗们何曾见过如此大的手笔？司马家成了那个唯一能离开洛阳城的家族。

司马懿和曹操早已说好，曹操可以藏身于家眷马车之内，躲避董卓军的搜查，但到了启程的日子，他找到曹操时，这个人却没有要走的意思。

“我不想走了。”曹操微笑着说，揉了揉鼻子。

司马懿看了看曹操腰间的刀。

“曹哥哥你可是要独自一人对抗董卓？”司马懿问。

“不行吗？”曹操大咧咧地说，“想灭董卓，可以兴义兵，也可以效荆轲。我的武艺还可以。”

曹操拔刀耍了个刀花，“也许我一个人，就可以结束这乱世呢。”

“太危险了。一个好汉三个帮，你总得有朋友相助吧。”

“盗贼没有朋友。”曹操看看司马懿，“也许你算一个，但你还小，等你长大了再说吧。”

司马懿低头默然。

曹操问：“你准备回温县？那里，不太好呢。”

司马懿点点头：“我们郡和京城境界相连，洛阳城东面有成皋，北面毗连黄河，兴兵讨伐董卓的军队如果不能前进，势必停留在附近。温县是兵家四分五裂交战争夺的地方，确实不好。”

曹操说：“不如趁现在道路还可以通行，带领整个宗室向东迁往黎阳。黎阳有军营，赵威孙过去和你们不是有姻亲吗？他在那里担任监营谒者，统领军队，足可以保你们一家平安。”

司马懿点点头：“曹哥哥，你一定不能出事，如果有问题，就逃出来，到黎阳找我。”

曹操笑着摸了摸司马懿的头，说：“小机灵鬼，我才不去投奔你，如果逃出去了，我自己要当一方诸侯，杀入到这个乱世里。”

司马懿摇摇头，知道曹操不可能听自己的劝，起身就走，行至门边，又回头说：“水镜先生说你是乱世奸雄，你可打心眼里喜欢做一个奸雄呢？”

曹操被问得一愣，司马懿却也并不想听曹操的回答，径直走出门外。

4

曹操送走了司马懿，一个人背着宝刀来到太尉府，跟门侍说要找董太尉。曹操天天来见董卓，俨然心腹，门侍也不以为意，说董卓正在午睡。

曹操心想，我就是知道董卓每日此时都要午睡才来的，嘴上说："无妨，曹某进去等候便是。"

曹操放轻脚步，轻悄悄地走进内室。董卓午睡时，众人不敢惊扰，都闪避到偏房等待。曹操却不进偏房，一个人悄悄往董卓卧室走去。见这位权倾洛阳的胖子正背对着自己，躺在榻上眯眼睡觉，又偷偷看了看四周，并没见其他护卫。

曹操暗自心想，承蒙卢尚书看得起我，他死得不瞑目，睁着双眼，也许就是在等我行动呢吧。

于是他悄悄捧着刀，缓步靠近。

一步、两步、三步。

曹操右手慢慢翻转，握上刀柄，还差一步之遥，就可以拔刀而出，手刃贼人。曹操的心跳不由得加快，四周似乎全都安静了下来，只有自己的脚步踏在地砖上的声音、刀刃和刀鞘的摩擦声以及自己的呼吸和心跳声。出刀的那一刻，却听到背后一声轻笑，他背上惊出冷汗，回头看时，却是贾诩。

贾诩问道："孟德这是要干什么？"

曹操急忙掩饰道："啊，我没事，找太尉随便聊聊。"

"睡觉呢，你来，你先过来。"贾诩朝曹操连连招手。

曹操手抚刀柄，心中正在盘算，却看见吕布满脸冰霜地从贾诩身后冒出，魁梧的身躯几乎将小小门廊塞满。曹操不敢造次，只好跟着贾诩、吕布往书房走去。

一路心中忐忑，不知道贾诩是否看出了他的行刺之心。

贾诩用扇子拍拍曹操的肩膀，悄声细语："孟德，你胆子不小啊。"

曹操道："文和此言何意？"

贾诩哈哈笑道，"我知道你胆子不小，所以带你去看样东西。"

他们进入董卓书房，吕布守在门口，贾诩揭开墙壁上一幅美人图轴，背后竟然有个密室。

贾诩拿起一根蜡烛，带头走入密室，曹操不知其中有什么，只得硬着头皮跟了进去。只见里面放满了珍珠财宝，毫光四射，几乎将曹操的眼睛晃花。在一堆珠宝中，放着一个不起眼的黑黝黝的盒子。盒子上竟然刻着一句曹操熟悉的咒语：苍天已死，黄天当立。

曹操惊问："这是什么？"

贾诩哈哈笑道："董卓吞下了张角之心，又从口中吐出了自己的心脏。这个盒子里，放的就是董太尉的心脏。"

"邪神？"曹操又惊又惧，"董太尉果然是……为什么给我看这个。"

贾诩冷笑道："你是董太尉心腹嘛。告诉你这个秘密，是要让你知道如何守护董太尉。"

"邪神选中的人，会拥有不可被杀死的力量，秘密全都隐藏在这颗心脏中了。"

曹操一边假意赞叹，一边说："世间岂有杀不死之人？军师说笑了。"

贾诩缩了缩脖子，"不要小瞧邪神之力，不毁灭掉这颗心脏，他总是有办法复活。"

“我还以为，邪神只是上古传说。”

“哈哈哈，当然不是。你想我们董太尉，只是西北荒山里的一个放牛娃，如今手握无上权柄，你以为是靠自己的力量吗？曹公子可有此野心？”

曹操想起父亲曹嵩对他说的话，贪婪的目光一闪而过，皆尽落在贾诩的眼里。

突然听到吕布在外面急叫：“军师在吗？长安来了公文，要你处置一下。”

贾诩对曹操说道：“我出去一趟就回来。你等我一下，这个盒子不要打开。”

剩下曹操一人守在室内，他摸了摸盒子，只听到里面还在扑腾扑腾地跳动。盗贼的血脉最让人好奇心重，曹操百般心思，想打开盒子看看，抓耳挠腮，心急得不行。

但他早已闻到浓厚的陷阱味道，强忍不动。

等了半晌，才听到画壁一响，吕布带了个小兵进来。吕布看了一眼盒子，面露微笑，“曹将军倒是忠心，说不动就不动。”

曹操咳嗽了一声，“那是当然，我曹操誓死保护太尉的……这个，心脏。”

吕布对身后的小兵喝道：“你，去把盒子打开。”

小兵伸手去开盒盖，盒盖刚刚打开两指宽，从中冒出一股浓厚的黑烟来。小兵突然一声哀号，被黑烟卷住，虽然双手拼命抗拒，却被硬生生地拖入盒中，骨节噼啪折断之声不绝于耳，被吞入盒中后哀叫声依然不断，良久方息。

曹操看得一身冷汗，暗自庆幸，要不是自己忍住不动，此刻死在盒中的怕就是自己了。

吕布笑道：“这个盒子如此重要，自然施了法术。要么是邪神选中你，自己打开，要么非得有天龙血脉之人，才可打开它。”

“天龙血脉？那可是有资格当皇帝的人啊。”曹操哈哈大笑，“有资格当皇帝的人，才能杀死邪神吗？我才不信。扔到火里一烧，不就连盒子一起毁了。”

“因为，”吕布神色古怪地看着曹操，“没有人真的舍得毁灭邪神呀。”

5

曹操回到自己府上，手心里都是汗，心里激动不已。虽然差点被贾诩识破心机，强作镇静，但更多的，是得知董卓最大秘密的兴奋。他把自己关进地下室里，不住地来回走动。回忆起手摸盒子的感受。虽然只是短暂的接触，一股强大的能量已经传遍他的全身，那股力量让他血脉贲张，在他心里细声细语地告诉他，无论他想要什么，只要与它结合，都能成功！能成功！！能成功！！！

他已经记住了太尉府内的布局，他有把握，再去一次的话，他想要做的事，一定能成功。

当夜，他穿上夜行衣，身上暗藏引火物，外面再穿上典军校尉官服，然后带着西园军在洛阳城内巡逻。来到太尉府门前，他假称要入府内巡察，让西园军在外面守卫，自己敲开门，对门侍说董卓召见。门侍知他白日来过，是董卓家的熟客，便也照样让他进去了。

曹操入府后，偷偷寻了一个黑暗处，脱下官服藏好，拿上手戟，戴上头罩，摸到董卓书房撬开窗户跳了进去。他熟门熟路地揭开美女画轴，推开墙壁，走进密室。

盒子依然摆放在原处，仿佛在等他到来。

曹操一步步地靠近，他想要做的，就是毁灭这个盒子。

他扯下四壁上的画轴，将它们堆在盒子边，再从怀里取出硫磺等物，此时，只需一把火就可以烧了它。最后一刻曹操却犹疑了，他想起日间摸到盒子的感觉，抑制不住想要再摸一次，再次感受一下那世间没有、强大无比的力量。然而这一摸，入手立马感觉不对，盒子空荡荡冷冰冰的，是假的。

曹操大惊，不及点火，推开画轴密壁就往外逃，然而窗外此时突然火烛通明，无数士兵举着火把，高喊着“捉拿刺客”。

曹操已经无路可走。此时，董卓书房一侧的房门被打开，贾诩小声对曹操招呼：“孟德，这里来！”

曹操知道贾诩是董卓身边最得力的谋士，不知道为什么要帮自己，心生怀疑，但此时士兵们的搜查声渐渐靠近，他别无他法，只能跟了出去。

贾诩带着曹操拐到一处角落，贾诩嘴中祝念，伸手一推，墙上竟然显出一个门洞。贾诩当先走了进去，曹操还在犹豫，被贾诩伸手一拉不由自主地跌了进去。门外火把光芒扫过，数个士兵来到这角落查看，然而虽然墙上的门洞大开，但外面的士兵却看不见里面。

待到门外士兵离开，贾诩对曹操说：“孟德何至于错过如此良机，可惜可惜。”

“什么良机？”

“你要窃国，就不可心怀仁厚，更不可有大义之念。盒子里的东西本来可以帮你，可你却要毁了它，让到手的机会脱手而去，何苦。”

“哼，别装作你什么都知道的样子，我才不需要你的教导。”

“也是时运未到，也罢。”贾诩从怀里掏出一块令牌交给他。曹操不明所以，收在手中。

“洛阳如今对曹将军已是凶险之地，万不可留。这处密道通往城外虎牢关。拿着这块令牌即可出关。”

曹操不解，问：“你，就这样放了我？”

“有一天，我们还会见面的。”贾诩没有正面回答，径自退出了门洞，念了个咒，把门洞又给封上了。

密道里突然亮起一盏盏油灯，在黑暗中绵延出去。曹操顺着亮光走去，待到出口时，天已大亮。

门外已有一匹良马拴在柱上。

曹操翻身上马，一路疾驰，出虎牢关，一路向谯县奔去。

6

中牟县，乃洛阳至谯县的必经之地。曹操快要行至此处，马力已经不济，倒地而亡。曹操不得不下马步行，走了半夜，才刚刚看见县城。然而城门口早已贴满告示，挂着曹操的画像，有擒操者赏千金，封万户侯。城守一眼就认出了曹操，围上来就将虚脱无力的曹操给抓住。

县牢里光线昏暗，老鼠乱爬，地上铺着潮湿肮脏的稻草，上面摆着发霉的食物。曹操箕坐于地。

此时的他早已没了力气和心志，一副颓唐的模样。

半夜里县令陈宫走进牢里，来到曹操牢门前，哐当一声打开了牢门。

“谁？”曹操眯着眼睛问。

“中牟县令，陈宫字公台。”

“呵，要来提审我了吗？”

“既然你这么说，我就问两句吧，董太尉对你不薄，为何想要谋刺？”

“哈哈哈，”曹操仰天而笑，“我和你有什么好说的。”

陈宫摇头说：“你曹操，不过是宦官之后，有这么大的理想？”

“董贼妄图颠覆社稷也就罢了，可他不体恤百姓的生死，为一己之利，无所不为，无恶不作，这就是我看不起他的地方。我今天落到你的手里，没什么可说的，快快杀了我吧。”

陈宫冷笑一声，“我偏偏不杀你。我是要来救将军出去的。”

曹操惊讶，问：“你我非亲非故，缘何要救我？”

“钦佩你是个英雄！”

陈宫说着，打开牢门，曹操在陈宫的搀扶之下站了起来，摇摇晃晃地走出了地牢。

7

曹操和陈宫每人一马一剑，继续往谯县行去，连着走了三天，又渴又累。才走到成皋，天色已晚，曹操突然想起附近有父亲说过的一位结义兄弟，姓吕名伯奢，也是绿林草莽的盗贼世家，在城皋城南边有一处庄园，于是便跟陈宫说起，前去投宿。

吕伯奢已经六十余岁，白须白发，但老当益壮，拄着拐杖行走如风。他迎出门来接待好友的儿子，拉着曹操的手说："贤侄不必说了，你的画影图形早已传遍天下，但到了这里就当是自己的家，官府也不敢来我这里随便抓人。"

又对陈宫行礼，道："你救了我侄儿的性命，也相当于我吕家的救命恩人。快请宽坐，我给你们准备接风宴。"

吕伯奢一迭声地叫下人准备酒菜，又叫家人出来见客。他两个儿子，一个沉稳干练，留着短须，另一个才二十出头，唇边上刚刚冒出软茸毛，望着曹操，眼中流露出钦佩的神色。

吕伯奢笑道："你做的事情，都已经传遍天下了。刺杀董贼，那是真正的英雄才干得出来的事，你们要好好跟着曹世兄学习。"

大吕二吕过来行礼，曹操连道不敢当。

吕伯奢又召儿媳出来。两位儿媳都是乡下村姑，健壮活泼，带着几分羞涩行了个常礼，就到厨下去烧火。

吕伯奢呵呵笑道："乡下丫头，没有城里那么多礼数。"

说话间，吕伯奢的小孙儿，抓着根糖葫芦，骑着个小木驴，凑到近前，仰头看着曹操说："这个大胡子叔叔，我在村口的图画上见过。"

曹操笑道："没错，我可是江洋大盗，你怕不怕？"作势要抓小孙儿。小孙儿"哼"了一声，用手中糖葫芦猛敲了一记曹操的手，竟然是正儿八经的剑招，口中大声说："我们吕家才是绿林好汉！怎么会怕你个小毛贼！"

曹操一愣，哈哈大笑，单手将小孙儿一下举过头顶，吓得他在高处哇哇大叫。

大吕二吕告了歉，道是农活紧张不敢怠慢，于是赶了牛去田里耕地，家里女眷就带了木盆坐在大树下的溪边洗衣。阳光穿过树影斜斜投下，鸡鸣狗吠，好一派安居乐业的田园风光。

曹操叹道："吕老伯，哪一天天下都能像你这里这么安逸平和，不枉了无数英雄一番抛洒头颅。"

吕伯奢道："我们老了，不行了，就看你们年轻人的厉害了。"

曹操一路行来辛苦，吃罢晚饭上了床榻倒头就睡，陈宫还在厅堂与吕伯奢寒暄谈话，直至半夜，陈宫终于摆脱了吕伯奢的健谈，悄悄地潜入曹操的房间。他看看熟睡的曹操，脸上突然露出一丝阴冷的笑来。

陈宫从包裹中取出一张纸符，贴在曹操额头。纸符忽地燃烧起来，曹操没有醒，这纸符化作的黑烟却凝聚成一条毒蛇，扭曲两下，钻入了曹操的耳朵。这枚符纸是帝江所作，经由贾诩之手，飞鸽传书给陈宫。此符名为"恐惧"。

那天晚上，曹操做了一夜的噩梦，梦里董卓派了各种各样的人一直在追杀他，自己身边都是黑暗的深渊，根本无处可逃，只得束手就擒。到这里噩梦还没有结束，被董卓抓住的曹操被绑在一根通红的火柱之上，围着他的是各种看不清模样的黑色野兽，尖牙利爪，撕扯着曹操身上的皮肉，刚一撕下，又重新长好。背后的火柱也是，一刻不停地炙烤着他的后背，没有停歇的时候。

曹操本来是一个天不怕地不怕的少年，想做什么事立即就做，丝毫不曾犹豫，但帝江却向曹操的心中注入了恐惧，而这恐惧，将要伴随曹操一辈子。

曹操从噩梦里醒来，冷汗涔涔，头疼欲裂。

他仿佛听到有人在窗边细语："要不，先绑起来吧。"

“对，绑起来再杀。”

这是梦还是非梦呢？曹操浑浑噩噩，仿佛还在被梦中的景象困扰。周围陌生的一切都使曹操害怕，不认识的房间，不熟悉的庄园，一个仅仅是听父亲提起过的旧友，还有永远摆脱不了的董卓追兵。头好痛啊！

董卓还在追我！这是曹操起床后的第一个念头。

第二个念头是由窗外的声音引起的，院子里人声嘈杂，有人喊话，他们在追逐着什么，抓住了，按倒在地，有人磨刀——董卓又追上来了！曹操这么想着，就听到了一声细微惨叫，是陈宫发出的叫声？

头好痛啊！

有人来到了房门前，伸手推门，他几乎是在猛烈地推门了，是要闯进来了？惊慌中曹操看到了陈宫赠予他的长剑，摆在枕边。曹操大喊一声，长剑出鞘，就在此时，房门推开，一人走了进来，形同恶鬼，端着一个盘子，张口露出满口白森森的獠牙。曹操大喊一声，一剑刺入饿鬼的腹中。

头好痛啊！

曹操持剑冲出门外，眼见院里满是妖魔鬼怪，遍身鳞甲，青面獠牙，有的手持短刀，有的手持棍棒，正满怀杀气地看着自己，而陈宫已被剥得干净，绑在一条长凳上，正引颈待戮，眼中充满惊恐的神色。

曹操大喊一声，举剑冲了过去。

手持短刀站在陈宫身边的青面怪首当其冲，它举刀一挡，挡不住曹操的长剑，掠过脖颈，头往后一仰，脖子里噗地喷出一股血柱。其他妖魔见了，呀呀叫着，各持武器，一起朝曹操扑来。

曹操左劈右砍，势同疯虎，他一剑将当面之魔的脑袋削去半截，又一个旋身，斜斜将身后之魔从肩到胯劈成两半。他从来没有杀得如此淋漓尽致，从没有如此将生平所学全使出来，转瞬之间院子里的妖魔鬼怪已经尽数倒地。

曹操也是浑身浴血，他用血手抹了一把脸，转头看见一只未死的妖魔，正拖着断腿向门口爬行，背后拖出一条长长的血路。曹操杀得眼红，自后赶上，抛起长剑，反手接住，双手下插，登时将那妖魔钉在地上。

“你是董卓派来的吗？”曹操持剑指着脚下的一具尸体说。

“你们吕家已经被董卓收买了吧！”曹操指着另一具尸体说。

“你们都骗我！”曹操一手扶着发疼的脑袋，一手还在拿着剑乱挥。

突然听到身边一人问道：“曹孟德，你都做了什么？”

这是陈宫的声音。曹操回过神来，迷迷糊糊看见陈宫正站在客房门口。

陈宫在此，那么长凳上绑着的是谁？

曹操掉头细看。

只见地上躺着的哪里是妖怪，都是吕家的亲眷和仆人，只是吕伯奢不在其中。大吕二吕、大儿媳、管家、佣人都在其中，他们手里拿着的不是武器，不过是擀面杖、捅火棍、碗筷和一些农活器械，长凳子上绑着的也不是陈宫，而是一只洗刷干净的肥猪。就连昨天拿着糖葫芦的小孙儿，也被长剑钉在地上，柔弱苍白的脸上，凝固着惊惧的表情。

曹操大惊，又赶到自己客房门前看时，只见倒在地上的是二儿媳，手里端着的早饭盒子洒了一地，肚子被剖开，早已活不成了。

曹操稍微冷静了下来，看着四周的鲜血，以及造成这一切的自己，反而更加深了他的恐惧。人啊，在清醒的时候总是比糊涂的时候更害怕。

“我做了什么？”

我做了什么？我的头好痛啊！

陈宫故作惊讶，随即拉着曹操就往庄园外走：“曹操，你误杀好人了！快，快离开这里，别让吕伯奢看见了！”

曹操提着剑，迷迷糊糊跟着陈宫就往外跑。他们跑到庄园门口，正好撞见吕伯奢骑着小毛驴，鞍桥上挂着酒壶，摇摇晃晃地回来，见到曹操这副模样，也是吃了一惊：“出什么事情了？阿瞒你要往哪里去？”

陈宫一言不发，上前一剑砍中吕伯奢大腿，吕伯奢大叫一声掉下驴来。曹操还没明白怎么回事，陈宫已经将吕伯奢拖到他面前：“杀了他，曹操。你已经杀了他全家了，这个人留不得！”

曹操愣愣地道：“我不能杀他，他是我的恩人。”

“留下他，让他去告官？他去告官了，曹孟德，你的雄心还能实现吗？你要让天下安居乐业的雄心，要因为一个村伯而放弃吗？宁可孟德负了天下人，万万不可让天下人负了孟德！”

在陈宫的呼喊声中，毒蛇悄悄地钻出了曹操的耳朵，招摇生长，它已经长出了九只头，在阳光下左右扭动，落在地上的阴影如同蓬乱的头发。

吕伯奢早已看出不对，惊叫：“阿瞒，你要小心！”

曹操一手扶着额头，一手提着剑，喃喃道：“宁我负人，毋人负我！宁我负人，毋人负我！”他双目血红，刺的一声，将长剑扎入地下，喊道：“决不可再杀人！”

陈宫忍耐不住，一剑刺入吕伯奢心窝，他抽出剑来，舔着剑上的血，冷笑道："那孟德何不把我杀了？你今日的苦，都是我害的呀。"

曹操如同中蛊，对着陈宫颤巍巍地举起剑来，但他灵台中毕竟还存着一线清明，他道："万万不可，你也救过我一命，我再杀你，就再也回不了头了。"

陈宫大笑，喊道："快杀了我，若不杀我，我便要将你今日之事传扬天下，天下人皆知你无冤无仇杀了吕伯奢一家，只为你不愿让天下人负了你！"

曹操忍住头痛，忍住杀陈宫的冲动。他喊道："留着你，警醒我知道世间真有邪魔！"

曹操把剑一甩，往荒野里跑去。雷声大作，大雨倾盆而下，洗刷着他脸上身上的血迹。

曹操独自在荒野里，只想一路飞奔，将这流血惨事全数抛弃在这疯狂的雨中。但他知道，邪魔已经永远缠绕在自己身上，再也无法甩脱了。

8

安喜县，刘备和关羽、张飞二兄弟在县里操练兵马，安民同乐。

富春县，孙坚告别孙策、孙权两个孩子，带着古锭刀离开家门。

河内郡温县，司马懿随着兄长带着家眷回到家中，将家财变卖一空，准备开始一番新的旅行。

南阳卧龙岗，诸葛亮随着司马徽在草庐内读书学习，为即将到来的乱世做着准备。

昆仑山顶寒风呼啸，阳光照耀的御龙九阁总台，正在一点一点地暗下去。

……

（未完待续）